陶纯中篇小说集

陶 纯 著

中国言实出版社

图书在版编目(CIP)数据

陶纯中篇小说集 / 陶纯著 . —— 北京 : 中国言实出版社, 2021.10

ISBN 978-7-5171-3854-9

Ⅰ.①陶… Ⅱ.①陶… Ⅲ.①中篇小说 – 小说集 – 中国 – 当代 Ⅳ.①I247.5

中国版本图书馆 CIP 数据核字(2021)第 220360 号

陶纯中篇小说集

出 版 人:王昕朋
责任编辑:肖 彭
责任校对:朱 悦

出版发行:中国言实出版社
　　　　 地　 址:北京市朝阳区北苑路180号加利大厦5号楼105室
　　　　 邮　 编:100101
　　　　 编辑部:北京市海淀区花园路6号院B座6层
　　　　 邮　 编:100088
　　　　 电　 话:64924853(总编室)　64924716(发行部)
　　　　 网　 址:www.zgyscbs.cn　E-mail:zgyscbs@263.net

经　 销:新华书店
印　 刷:北京盛通印刷股份有限公司
版　 次:2021年11月第1版　　2021年11月第1次印刷
规　 格:710毫米×1000毫米　1/32　8.625印张
字　 数:220千字

定　 价:68.00元
书　 号:ISBN 978-7-5171-3854-9

陶纯 本名姚泽春。山东人。先后就读于解放军艺术学院文学系、鲁迅文学院首届高研班。现居北京。著有长篇小说《浪漫沧桑》等6部，中篇小说30多部，短篇小说70余篇。曾两次获得"中国人民解放军文艺大奖"，两次获得全国"五个一工程奖"，以及《人民文学》《解放军文艺》《中国作家》《小说选刊》《北京文学》等刊物奖；长篇小说《一座营盘》入选2015年度中国小说学会年度排行榜、《当代》长篇小说"年度五佳"。2019年出版九卷本文集。

Tao Chun, with an autonym of Yao Zechun, was born in Shandong Province. He was graduated sequentially from the Department of Literature at the PLA Academy of Arts and the first Advanced Study Class at the Lu Xun College of Arts. He now lives in Beijing. He has written 6 long novels including "Romantic Vicissitudes of Life", and more than 30 novellas and 70 short stories. He was awarded twice the "PLA Literature Grand Prize", twice the national "Five One Project Prize", and other prizes issued by journals such as "People's Literature", "PLA Literature and Art", "Chinese Writers", "Anthology of Novels", "Beijing Literature". One of his long novels, "A Barrack", was selected to be in the 2015 annual ranking list by the Chinese Fiction Society and the "Annual Best Five Long Novels" by the journal "Dangdai Bimonthly". He had 9 collections published in 2019.

小说生来为人物（代序）

　　年轻时候喜欢过很多作家——中国的、外国的，古代的、当代的……可以说出一长串，但是人到中年之后，发现自己真正喜欢的作家越来越少，真正喜欢的作品也越来越少。如果让我说二十世纪以来自己最喜欢的作家是谁，我会毫不犹豫说鲁迅；如果要我评选一百年来中国最出色的一部中篇小说，我会毫不犹豫选《阿Q正传》。

　　几十年来，记不清读过多少遍《阿Q正传》，每次都有新感慨、新感悟。慢慢就觉得，身边有不少人是阿Q，连自己都是。阿Q是一面镜子，照出人间众生百态。阿Q精神注定很难退出历史舞台，它时时刻刻就在我们身旁，而且在我们身体里面长久驻留，成为我们精神世界的一部分。

　　当然，随着岁月更迭、社会变迁，它还会以新的面目出现。由此，我想到了阿P，乃至阿S、阿D……于是斗胆尝试，在2020年上半年疫情期间居家不出，冒险写出这篇《阿P正传》。这是一篇向伟大的鲁迅先生致敬的粗浅小说。文中之意，这里不再多解。

在我眼中，世上只有两种人，一种活在现实世界，生老病死，自然轮回；一种活在人的精神世界——这些便是艺术作品中虚构的人物，我们每个喜欢阅读的人都可以罗列出名著里面的不少人物名字，他们栩栩如生，风采各异，永远活在一代又一代读者心中。好的小说，必然由于里面有生动而鲜活的人物，否则很难成为好小说。所以，塑造人物是小说之本，小说生来为人物。如果你写的人物有一个被人记住，你就是了不起的作家。

年少做学生时，不怎么喜欢鲁迅，因为尖刻难懂；走上社会，逐渐老去，却又开始喜欢鲁迅，因为深刻锐利，一针见血。这就叫少年不懂鲁迅，读懂已不再年少。

鲁迅先生笔下的阿Q形象已经存活了整整一百年，可能还会存活一千年。我摹写的这位阿P，如果五年之后还能有读者记得它，也就心满意足了。

本小说集收录的五部中篇小说，都是新近创作。我一直在军队工作，发表的作品中军事文学占大头，但是这个集子里的五部小说，全是非军事题材。以前出版过多部中短篇小说集，像这样完全与军事文学不沾边的小说集，于我还是头一回。这其中，《阿P正传》写人的劣根性在当下的种种表现，既与一百年前的老祖宗阿Q一脉相承，又有了新的延展；《灵界奇遇》写虚拟中的鬼魂世界，算是对活着之人的一种警示；《平平的世界》借一只宠物犬的视角，透视人的欲望之壑；《王凯的故事》从多个视角讲述人性的复杂与多变；《汪家的宝贝》通过一对父母为女儿找对象的经历，探讨当下人的自我捆绑与自寻烦恼……

我向来以为，作家写自己熟悉的生活，那是必须要坚持的，是一个作家的"基本盘"，但是这还不够，应当尽可能地拓展题材，到新的生活领域施展手脚，只有这样，才能在创作的道路上走得更远一些。这五部中篇小说，五种不同生活样式的呈现，权当自我的一点儿小小突破与超越吧。

　　最后，我要衷心感谢中国言实出版社的领导和编辑们，正是由于他们的付出与努力，这部小说集才得以面世，更多的读者才得以读到它。

　　是为序。

陶　纯

2021 年 8 月 30 日

北京和平村

目 录

阿 P 正传

第一章　序

我要给阿 P 做正传，这个想法已经有好多年了。但一面想做，一面又犹豫不决，足见我不是一个"立言"的人。因为正像大文豪鲁迅先生所说："从来不朽之笔，须传不朽之人，于是人以文传，文以人传——究竟谁靠谁传，渐渐地不甚了然起来。"而现在终于忍不住要传阿 P，仿佛思想里有鬼似的。

然而要做这一篇速朽的文章，才下笔，便又想打退堂鼓。先前我曾经给本市两位著名人士写过传，或曰报告文学——一个是赫赫有名的老板，龙城首富，我狠狠地颂扬他一番，当然也狠狠地"宰"了他一笔，哄得我老婆颇开心，一时不再说我这个作家"百无一用"；第二个是市里的一名老领导，他虽然退下来了，但尚能发挥余热，为他写完书，人家帮我家亲戚朋友办了一堆事情，让我很有面子。这个阿 P，要钱没钱，也不是什么领导，况且和我非亲非故——他活着时，我只见过他一面，没说上几句话，并不曾特别留意他先前的"行状"——既如此，干啥非要为他写传，而且还要冠名正传，于我也是一时想不明白——或许我渐渐发现，他的某些"行状"，身边人不乏有，乃至我本人似乎也有。难道与这有关么？

这且不说，才要下笔，便发现困难和大文豪当年所遇差不多，什么文章的名目呀，立传的通例呀，乃至阿 P 的名字、籍贯什么的，都吃不准，对不上，拿不定。别的暂不提，单说名字，他活着时，人都叫他阿 Pi，据说也有人叫老 Pi，他死了后，没人再提起他。因之我这篇文章便面临着一个大大的难题：阿 Pi——阿皮？阿邳？倘或是阿屁？抑或阿癖？……首先，我猜想，阿屁是断然不会的，我不能凭空糟蹋人家；听说他生前比较顽劣，会不会是阿癖？似乎也不大像，因为据说 Pi 是他的姓，不是名，那么阿皮或阿邳的可能性便非常之大，皮姓和邳姓百家姓里都有，生活中虽不常见，但也偶尔能遇到姓皮或者姓邳的同胞。然而到底是哪一个？一时又拿不准。我不想皮冠邳戴。当然，我可以深入生活，到他生前居所附近的派出所或街道办居委会调查采访一番，想想却又作罢，一则我不愿张嘴求人，二则怕麻烦，何必为这点事费脑筋呢？俗话说前有车后有辙，当年大文豪不是写过一个阿 Q 嘛，模仿他老人家一下又有何不可？虽有抄袭之嫌，但也不至于吃官司。于是便师出阿 Q，略做阿 P。这完全是盲从人家，自己也很抱歉，但大文豪尚且如此，我还有什么好办法呢？只希望将来北京大学的陈晓明先生及其弟子们，或者能够寻出许多新线索来，但是我这《阿 P 正传》到那时却又怕已经被人忘了。

以上可以算是序。

第二章　南城名人

我们城市的南城区，有一条著名的街道——汉华街。猛一听这街道的名字，很高端大气上档次，它就该繁华。实则它著名，另有原因——它是因脏、乱、差而出名的。这条街统共不过六七百米，而且还是条斜街，曲曲折折，坑洼不平，时常还有污水横流，臭气烘烘。它处于城市边缘，城乡接合部，三不管地带。以前这一带有几家工厂，像什么化工厂、化纤厂、纺织厂等，如今这些厂子早都没了，遗留下不少老旧小区，有的还是棚户区。街里面还有一些奇奇怪怪的私宅，当然更不缺少违建，致使道路越来越难行。十多年来，几次传言这一片要进行旧城改造，汉华街首当其冲，却都是雷声大雨点小，汉华街依然如故，而且似乎更古老了。城市的重点发展方向在北、东、西三面，南城的事不好办。

话说回来，我们龙城是有名的大都市，繁华的地方很多，有一两条这样的街道，并不会抹杀龙城的伟大成就。话又说回来，本片居民相信市里早晚会解决的，改造区区一条汉华街，还能算个事么？

这不，春天刚过，就又传来消息：市里责令区里，抓紧落实汉华街改造事宜。不久，区里和街道办来了人现场调研，一些居民过来围观，阿 P 就在里面，人们都不吭声，唯独他大着嗓门喊道：

"领导领导，啥时候搞拆迁？……政府不能光说不练，糊弄咱老百姓嘛！"

于是，有人跟着起哄。

"我们来察看卫生状况的，不管拆迁。"有人回应道。

来人看了几个地方，然后坐上车走了。人们散了。阿 P 颇觉无味，晃悠悠往家走，突然他灵机一动：刚才明明看到一辆公车前窗玻璃下面竖着一个蓝牌子，上写"南城区旧城改造指挥部"。这不明明白白告诉你，他们是管拆迁的嘛！

阿 P 乐了。多年的经验告诉他，上面的话，你得反着听，他说不管这个，那就是管这个，旧城改造指挥部的领导来这里，还能有什么事？于是他暗自决定，一两个月之内，加盖两间房子。

阿 P 的家在汉华街的中间偏西部位，一个拐弯处。他住两间低矮些的灰砖房，虽然破旧一点儿，毕竟在大都市龙城有自己的住宅，而且还是独立住宅，比起那些在汉华街租住地下室的打工者来说，说它是"豪宅"，也无人来反驳。因此说起来阿 P 也算个成功人士。好像他无父无母，自由人士一个，赤条条来去无牵挂，一人吃饱全家不饿。他是何方人士，有何来头，何时住进汉华街，众邻居们都摸不清，他向来也不说，偶尔借着酒劲摆一回龙门阵，说他家原是北郊的，老房子被占，政府补贴了三套房，都在市里好地段，被亲戚们住着，唯独他发扬风格，住到这里来。

"这破地方！太差劲了！老子真不该来这里……"他愤愤地说。

"一有机会，老子就到市里住去……"他又说。仿佛这个地方是乡下。

有一次，借着酒劲，他还向邻居们透露说，他有个姑姑在美国纽约，嫁了个富翁，上几年他去探望过姑夫姑姑一次，感觉人家美国就是好。他总结道：

"有四好：空气好、食品新鲜、水好、人好有礼貌。哪像咱这里，你看这雾霾、这食品、这水，差远啦！还有咱街上这些人，随地吐痰、大小便，太没素质！"停了停又道，"我劝你们，找机会出去一趟，呼吸一下人家的新鲜空气。那才叫个爽！"

阿 P 说什么，邻居们皆不当回事，也不和他争，他喝了酒嘛，随他说去呗！他似乎也没有个正式职业，今天可能到这个工地干点杂活，明天可能到那个停车场帮人收费，后天又可能到另一个卖场帮人看货。好在如今只要你不懒，挣点吃喝钱没问题。阿 P 挣钱似乎不多，但生活质量却不低，三天两头下馆子，最爱去的地方是街西头化纤厂小区门口的夜排档，尤其夏天，几乎每天晚上都到那里喝扎啤、撸烤串。吃饱喝足之后，打着嗝儿、唱着曲儿往家走。

阿 P 嗓音还不错，音域宽厚，喜欢唱京戏，生、旦、净、末、丑，什么角儿他都能对付几下子，有板有眼的，蛮像那么回事，最爱唱《玉堂春》《群英会》《空城计》《打金枝》《野猪林》《红灯记》等几个戏的著名片段。他还会拉几下子二胡，夏天的晚上，喝过扎啤撸过烤串，光着膀子摇着大蒲扇回家来，忍不住就摘下那把颇有年头的二胡，吹吹拍拍上面的灰，边拉边唱咿咿呀呀来两段。倘若天气好，时间尚早，他便提溜个小马扎出门，坐到路边自拉自唱一阵，往往引发邻居和路人叫好。

你们看，阿P吹拉弹唱几乎样样在行。此外他还具备我们很多人都有的优良品质，比如仗义执言、疾恶如仇、吃苦耐劳、助人为乐等，这就不一一赘述了。他堪堪可算是汉华街的"名人"，按照我们写典型人物的一般做法，总要"拔高"一点儿，那么称他为南城"名人"，也颇能说得过去。

初夏的某个晚上，阿P从夜排档那儿抚着肚子挪回家，想到即将到来的拆迁，他一高兴，拉起二胡，亮开大嗓门唱道：

> 我本是卧龙岗散淡的人，
> 凭阴阳如反掌保定乾坤。
> 先帝爷下南阳御驾三请，
> 算就了汉家业鼎足三分……

正唱得起劲，后墙上的小窗户"砰砰"响了，阿P不用看就知道，是对面的李刚从自家窗户里伸出拖把杆儿，在捣他的小窗户，间或还能听到叫骂声：

"阿P你个狗×的！还让不让老子睡觉……"

阿P两间小房子后边，紧挨着原先纺织厂的一栋四层宿舍楼，那楼老得不成样子，墙皮都掉光了，感觉随时要倒，阿P整天提心吊胆的。可还是有很多人住里面，李刚家离他最近，李刚家的一间卧室正对着他后墙上的小窗户。此时李刚从家里探出身子又捣他窗户又大声叫骂，也不怕惊扰了邻居，这人忒没素质了。阿P不跟他一般见识，赶紧高唱了两句便收起二胡。

这李刚父母是纺织厂的退休工人，他老大不小了，正经事一点儿不干，就知道啃老，阿P实在瞧不起他。在汉华街，顶顶让阿P瞧不起的，也许就是这个老邻居李刚。李刚没啥本事，嘴巴还尖酸刻薄，得理不饶人，无理争三分，长成那个熊样，竟然还瞧不起阿P，处处跟他作对。前几年传言要搞拆迁，为了多拿补偿，汉华街不少临街户赶紧增盖房屋，没多久便雨后春笋般冒出不少简易新房。阿P当然也动了心思，别人能，为什么我不能？然而李刚却不干了，放出狠话：

"阿P，你今天盖，老子明天给你扒掉。看我敢不敢！"

"我盖我的，与你有鸟毛关系！"

"你加高，挡我家的光。"

"……我只加一层，盖矮点，行不行？"

"半层也不行！"李刚瞪着眼珠子，一点儿商量余地都没有。

"……多出来的面积，等补偿拿到，分你一点儿，行不行？"

"……多少？"

"……你说呢？"

"一半！"

这也忒狠了！阿P恨得牙根痒，但又没啥好办法，只得嘴上答应。但是他还没完，要求阿P先交两万保证金。阿P手头紧，一时拿不出这么多钱，且还不知道啥时候真拆，这事暂且搁下了。

因为这事，李刚彻底得罪了阿P。以后阿P处处看他不顺眼。李刚个头矮小，形象猥琐，尤其还是个秃头，平时戴假发，看上去特假，像茄子上头戴着只小草帽，真是越看越想笑。因此遇见李刚，阿P最爱说的前半句话是：

"秃头上的虱子，明摆着嘛……"

这会儿阿 P 听见李刚关上了窗子，他感觉肚子胀，灌下去的扎啤该找个地方出来了。前面忘了交代，阿 P 家没有卫生间，每每要到一百多米外的公共厕所去方便，大便没办法必得去，晚上放个水他就真没必要去了，自从李刚得罪他之后，他一般选择到自家后墙根下，也就是李刚家卧室窗下面解决。他认为，这并非自己没素质，而是李刚这种没素质的人逼他这样的。当然也要冒一定的风险，除了挨骂，有时候李刚还偷袭他，突然开窗探出木棍子捅他，或者是猛地泼出一盆洗脚水。

阿 P 光着膀子悄悄溜出门，悄悄绕到后墙根下，悄悄掏出家伙来——这时候却又突然清醒——马上要搞拆迁，何必再得罪他？于是又把家伙塞回，抬腿开溜。然而这时候突然窗子洞开，一盆热烘烘的酸臭水兜头泼向他，幸亏他有警惕躲得飞快，脏水只射了他一后背。

"阿 P 你个婊子养的……"李刚在里面怒骂。

"嘿嘿，李哥，刚才我没整出来，不信你看。"他走到自家屋山头，掏出家伙，把长长一泡尿往马路上扫射。

李刚还在骂个没完，阿 P 不愿惹他，想："以后就整马路上得了，相当于下小雨嘛，防止起灰尘形成雾霾，也算为环保做贡献……"

第三章　续南城名人

这以后见了李刚，阿 P 就表现得比较谦卑，甚至还有点诚惶诚恐。偏偏这家伙对他待理不理，见了他鼻孔朝天，哼一声就过去，视他为无物。似乎他也知道拆迁的事，阿 P 有求于他，有意拿一把似的。

邻居们都知道，李刚没个正经职业，想干的时候就开上他那辆破北京现代，到地铁口附近"趴"活——一个开"黑车"的不法分子，竟然也敢对自己亮鼻孔，这让阿P感觉很不舒服，很气恼。然而他没办法，谁让你跟这种人搭邻居呢？倘是碰到个好邻居，你不就想加盖一层小房子吗？多大点事，搭呗！

尽管心里不舒服，阿P见了李刚，还是得笑脸相迎，掏出一包特意买来、自己舍不得抽的软中华，抽出一根献给李刚。李刚接过来，举到鼻端闻闻：

"我不抽假的。"

"联华超市买的，怎么有假？……谁还敢请李哥抽假的！"阿P急忙辩道。

"阿P，听说了吗？又要搞拆迁。"

"有点风声了！您看咱这破地方，拆迁改造，那是秃头上的虱子，明……"阿P吓了一大跳——真是哪壶不开提哪壶，平时说顺嘴，一时滑了口，硬没兜住。

愣了愣，他抬手抽自己一个大嘴巴，以示歉意。李刚没完，脸子登时拉下来，轻哼一声，伸手捋捋额上假发，不乐意了：

"阿P你个狗×的！"

李刚来了劲，每次两人交锋，只要阿P先服软，那李刚必然更来劲。

"李哥李哥……既然咱话挑开了，我劝您呢，不必自卑！"阿P嘴巴还是比较利索的，当下续道，"头上毛少的，这世上有很多大人物呢！您看那个列宁、蒋委员长、什么什么元帅、法国球星齐内丁·齐达内、大明星葛优，还有好多好多，这叫聪明绝顶！您呀，我看将来也了不得，不信咱走着瞧。"

这话一说，李刚气消了大半，指点着阿P鼻子道：

"这还像个人话。您呀，小心点，地不平！……走啦，干活去！"李刚走到车那儿，钻进去，趾高气扬开走了。

阿 P 望着破车远去的背影，气得牙根疼。论相貌，谁都认为李刚和他不是一个档次，他身高接近一米八，黑发粗硬，面若银盘，浓眉大眼，高鼻阔口，看上去五大三粗，浑身有力，这样的相貌堪称堂堂！

当然，再漂亮的苹果都有疤，人吃五谷杂粮，缺点更难免，阿 P 不是圣人，自然也会有点小缺陷：他的右腿似乎比左腿略短一点儿，也就那么一丁点儿，走路不细看，看不出来，但是细看呢，又很明显，这使阿 P 颇有些烦恼，是他最大的软肋。李刚等不怀好意之徒，不看你优点，专盯你缺点，见了阿 P，往往拿此取笑助乐，说什么"地不平""肩不平""怎么又斜啦""拐来拐去"……让阿 P 难免有点泄气。但他每每想到李刚的秃、张瑞的瞎、黄平的聋、刘兴的拐、赵祥的猪八戒脸、宋伟的结巴（以上诸人皆为汉华街老居民），他又感觉自己颇有优势。一条腿短一点儿，实在不算个啥。他挖空心思去想世界上哪个大人物是瘸腿的，想得脑壳疼，但终于还是被他想起来一个：

"拿破仑！"

他得意地笑了。

有人说阿 P 这是学阿 Q 的"精神胜利法"，阿 P 不这么认为，他感到"精神胜利法"那种东西颇有些过时了，那叫自欺欺人，自我麻醉。不过他还是从中汲取了先辈阿 Q 的某些营养，在此基础上理论创新，自创了一个"自我安慰法"，略做"自慰法"。现在阿 P 不想跟李刚计较，因为没办法，你现在求着他，你必须得装几天孙子，得想办法抬举他，哪天不需要了，再收拾他不迟。于是他心里愤愤地骂道：

"呸！你个秃头等着，不是不报，时候不到，哪天老子再收拾你！"

他的火气顿时烟消云散了。

阿P倒背着手去上班，尽量走得稳当一点儿，刚走了没多远，就见有个清洁工在扫地，这人好像姓吴，人称老吴头。他觑了阿P一眼，没吭声，低头弯腰挥动大扫把，弄得乌烟瘴气，碎屑乱飞。在汉华街，阿P正经算个有头有脸的人物，谁人不识他阿P？这个老吴头以前见了他，常主动点头打招呼的，这次竟然目中无人！不仅不理人，而且嘴里还嘟嘟囔囔：

"这地不平，真难扫……"

阿P最烦听到这类话，简直是挑衅，令他七窍生烟！如果是个强人说，也倒罢了，偏偏一个扫大街的，竟然也敢当面腌臜他，是可忍孰不可忍！于是，阿P掐腰横在了老吴头面前，大扫把在他脚尖前面停下来，老吴头冷眼不语，那表情像是催阿P快点迈过去。

"扫地的，刚才你说啥？"阿P往前伸了伸大脑袋。

"说啥？"老吴头似乎一下子忘了刚才说的，顿了一顿才想起来，"噢噢，俺说，这地不平嘛！"

"再说一遍！"阿P眼珠子红了。

"那那……就是地不平嘛！你看你看，扫不起来。"老吴头拿大扫把划拉几下坑洼处的垃圾，尘土又起。

阿P抡起大巴掌，就要照老吴头黑瘦的小脸上扇过去——但到底他还是住了手，堂堂一个城里人，他不想跟这个乡下来的清洁工一般见识，但又有点咽不下这口气，于是手伸到裤口袋里，摸索出一个空瘪的烟盒，把里面仅剩的一支烟捏出来，夹到耳边，气哼哼把烟盒撕得粉碎、粉碎，猛一挥手，纷纷扬扬天女散花一般落了一地。

轮到老吴头不高兴了，瞪着阿P。阿P指着他鼻子说：

"瞪啥眼？显你眼大？爷告诉你，就因为马路上有垃圾，你们这些人才有工作，才有饭吃！马路每天都干干净净的，还要你们干啥？啊？还不都得滚回老家去……老子说的对不对？"

还真把老吴头给问住了，嘴巴张了张，啥也没说出来。

"明白了吧？你们这些扫大街的，得感谢我们这些扔垃圾的。没有鸡，哪有蛋；没有我们，哪有你们。"阿 P 为自己灵机一动发明的这个理论感到很是高兴。

而老吴头，显然认为他说的是歪理，却又一时不知该怎么反驳，便梗起脖颈，扭转身子，挥动大扫把扫向一旁。

阿 P 见他不服气，想继续教训老小子。这时，几个好心的闲人围上来看热闹，有的劝老吴头，反正你要扫地，多丢一点儿垃圾也没啥，随他扔呗；也有的劝阿 P，跟一个清洁工较什么劲，还不是闲得蛋疼。阿 P 见好就收，挺起胸脯往前走了，尽量走得平稳些。

前边有个叫"老曹鸡蛋灌饼"的小吃摊，阿 P 以前常光顾。有三个人在排队，他想起来还没吃早餐，便凑上去，照例插到第一个人的身后边。后面的两个人有一个不乐意了，嚷嚷道：

"哎、哎，排排队好不好？"

阿 P 回头扫一眼，说话的是个胡子拉碴的中年人，排最后，一看就没啥能耐——有能耐的人谁半晌午跑来排队买个破饼。阿 P 不想理他，那人不识趣，继续嚷嚷，阿 P 烦了，回头狠狠瞪他一眼。这时候前面那个人拿着烙好的饼走了，阿 P 排到了最前面。在汉华街，阿 P 是不排队的，他不加塞才不正常，哪怕只有两个人排队，他也是要加塞的，这似乎是他的"特权"，熟悉了解他的人都不计较，然而偏偏这个人跟他计较！

"讲点公德好不好？"那人没完没了。

"你住汉华街吗？我问你，几号？"阿 P 抬高嗓门审问道。

"我……我是路过。怎么了？"那人不知阿 P 想说啥。

"哼！难怪你不知道。你问问曹老板，问问这条街上的人，好好打听打听，我阿 P 啥时候排过队？"

阿 P 本以为做饼的老曹会配合他一下，哪怕点个头，可是这个怂人一声不吭，毫无表示，似乎阿 P 刚才说的都是假话。后面那人依然不服气，梗起脖子想吵架，多亏排他前面的那个小姑娘，一团和气地对那人说：

"师傅，要不你到我前面来？我不急。"

这一来，那人反倒不好意思，摆摆手，摇摇头，不吭声了。这当儿，阿 P 接过刚烙好的饼，瞪那老曹一眼，对着饼吹吹气，啃一口，大摇大摆往前走去。

这一天事情好像格外多，都让阿 P 赶上了——他刚走到汉华街的西口，刚把饼吃到肚里，就看到前面有很多人聚集，闹哄哄的，都在嚷嚷什么，像是发生了什么大事。阿 P 有个特点，一见人多就来劲，当下他快步奔过去，抹抹嘴巴，迎着人群大声问：

"咋的啦？"

"有人跳楼。"认识阿 P 的人，指着院里面一幢高楼说。

里面是汉华街 4 号院，是原先化纤厂的宿舍楼，斜冲着院门有一幢十一层高的灰楼，楼顶伸出的平台上，有个年轻小伙坐在那儿，双腿在外面荡悠，一会儿哭一会儿笑，扬言要跳楼，谁也不要拦他，而且让下面的人躲远点，砸死人不负责。下面的人真怕给砸着，都躲到离楼十几米开外的地方，仰起脖子看热闹。有人劝他想开点，不要犯傻。有人问他为什么跳楼，他不说，只说不想活了。

阿 P 听了一会儿，弄明白了，这小伙不是 4 号院的业主，也不是租户，不知他从什么地方冒出来的，居然让他爬到了楼顶。4 号院的业主们很不满，纷纷指斥门口的保安失职，这院里要是死个人，多不吉利！

阿 P 钻进人群，挤到最前面，又往前走了几步，仰脖子往上观望一阵，突然大声吼道：

"混蛋！好死不如赖活着，赶紧地给老子滚下来！你妈在家等你呢……"

上面的人一动不动。下面的人都好奇地看着阿 P，有人道：

"阿 P，你认识他？"

"不认识。我怎么认识这种没出息的家伙。来，大伙跟我一块儿喊。"他清清嗓子，边挥手边道，"退回去——危险——"

"退回去——危险……"众人七零八落地跟他喊。

上面的人不但不理睬，而且还有意大幅度踢腾几下腿，好像马上要往下跳，吓得地面的人惊叫着都往后缩了缩。众人又都望着阿 P，有人提出派两个人爬到楼顶上去，出其不意接近他，趁机一把薅住他。一个熟人对阿 P 说：

"老 P，咱俩上去？"

"我？我这腿前两天，摔了一跤，没法爬楼……"阿 P 回绝了，不是他怕死，而是他认为这个办法不可行。

果然，上面的人似乎听清了下面的话，扬言道：

"谁也别上来！一上来我就跳……"

人们毫无办法。阿 P 越看越着急，越想越冒火，不由得把上衣一脱，光着膀子，甩动着衣服，冲天上大吼：

"蠢货！有种你跳下来！"

阿 P 的话似乎提醒了众人，人们你看看我，我看看你。

"怎么还不跳？有种你就跳！跳啊……"阿 P 跳着脚继续高喊。

上面的人反而老实了，一动不动，凝固了一般。下面的人受到启发，一齐高喊道：

"跳啊！快跳啊！跳！跳！跳跳跳……"

某一个瞬间，上面那人身子前倾，摆出果真要跳的姿势。下面的人猛地往后缩一缩，都张大嘴巴，等待一个结果。

结果，上面那人又缩回身子。人群发出一片既失望而又庆幸的"嗡嗡"声。这时，警笛响了，一辆消防车开进院子，消防员们跳下车，快速布置防摔气垫。见此情景，上面那人又声嘶力竭扬言要跳。人们都不吭声，只有阿P还在仰脖子对天喊骂，也是有气无力的：

"有种赶紧跳！不然就晚了……这个傻×忽悠人……"

"哎、哎，先生先生，少说两句好不好？"一位消防员上前，把阿P拉回到人群，他很不甘地穿上衣服，虽感觉有点上当受骗，十分不忿，但又想到自己在人前大大地露了一回脸，愈发成为汉华街的"名人"，便又欣欣然地昂起头来。

"我就知道这傻×不敢跳……你越喊，他越不跳。这种人，就这操性！"阿P边说边挤出人群，尽量放平步子，哼着京曲儿出了院门……

> 我正在城楼观山景，
> 耳听得城外乱纷纷。
> 旌旗招展空翻影，
> 却原来是司马发来的兵……

第四章　恋爱的闹剧

阿P近来在南郊一个建筑工地上班，他是城里人，老板知道他有些路子，指望他和城管、环卫、消防什么的打打交道，所以不安排他干重活，只让他负责看场子。工地上似乎只有他一个城里人，干重活脏活的全都是乡下来的民工，所以阿P在这里是颇有些优越感的，尽管薪水不太高，工地灰尘大，晴天一身土，雨天一身泥，他也很乐意干，吃饱了就倒背着手到工地上转悠一下。

阿P最近瞄上了工地办公室负责搞接待的林翠，小林二十五岁，贵州山里人，长相蛮可以，白白净净，小巧玲珑。有些遗憾的是，她是个寡妇，一年前在工地做厨师的男人被一块突然掉下来的预制板砸死了。工地上不少人打她的主意，但她似乎只对阿P感兴趣，流露过"以后有了孩子想让他做城里人"的想法。阿P刚过而立之年，相貌还算堂堂，有独立住宅，龙城正式户口，虽算不上是"钻石王老五"，或者"黄金王老五"，那么说他是"白银王老五"，还是讲得过去的。大丈夫何患无妻，先前他不急于成家，近来却有点着急，因为他听说，李刚那秃子谈妥了女朋友，年内肯定做新郎入洞房，阿P不想落在他后头，所以找对象的事他想提上正式的日程，快马加鞭找个满意的，早点把喜事办了，最好能抢在李刚前头。

和林翠谈，最大的障碍便是她寡妇的身份。阿P夜里睡不着，翻来覆去掂量，慢慢竟有些想开了——龙城那么大，自个不说，谁知道她是个寡妇？再说了，历史上寡妇有名的，随便说一个，就能吓人一大跳，比如慈禧，不仅自个厉害，人家儿子还做了皇帝呢！那武则天，寡妇！甄宓，你可能没听说过，她可是袁绍的儿媳妇，老公死后嫁给了曹丕，最后成为皇后——人家曹丕都不嫌弃，你还说啥？扳起指头算，还有西施、貂蝉等，八成也都是寡妇……

阿P因为喜欢唱京戏，对历史还是蛮有研究的，通常说历史是面镜子，阿P从镜子里照见自己，从而得到解脱，他决定迅速出击追求林翠。他约她晚上出去消夜，她居然很爽快地答应了，这说明有戏。阿P拦了辆出租车，带她到南城的一家火锅店涮火锅，这地方离汉华街不远，工地上的人都知道阿P家住汉华街，林翠吃罢饭提出"去阿P哥家里坐坐"。阿P马上拒绝了，理由是"家里太乱，没收拾"。过了没几天，林翠回请阿P吃饭，阿P当然不能拒绝。他们找到一家川菜馆，二人都感觉很开心，开了一瓶二锅头，林翠的酒量似乎不比阿P差，也难怪，她平时搞接待，经常有酒局。这晚上林翠没有回工地，阿P到如家酒店开了个大床房——他本来想把她带回家，可是一想，家里没卫生间，总不能让人家小林尿脸盆里或者到马路牙子上放水，便承诺"下次一定带她去"。

办完事，小林满意地睡了。阿P却怎么也睡不踏实，总觉得哪儿有点不对劲儿——这才正式见两回面，她就愿意跟他上床，是不是太快了点？你跟我随便，那么跟别人，也一定是随便的。有道是寡妇门前是非多，以前就听说过有关她的风言风语，今天总算得到了验证。

阿P倒抽一口凉气。

他是个极要面子的人，做男人最大的悲哀是什么？肯定是戴绿帽子。真有了那一天，那可真是叫天天不应、叫地地不灵……天未亮，阿P找个借口爬起来走了。

他决定和林翠的关系先降降温，观察一段再说。

这期间阿P还和物美超市的会计许芳菲断断续续来往着，小许是正儿八经龙城人，大专学历，二十八岁，有过短暂婚史，无孩。她是独女，和父母住一块儿，结婚后可以住她父母家，有人做饭还不用交房租，蛮划算的。

小许最大的问题就是胖了点，那脸不比阿P的小，阿P曾给她开玩笑，说她那张脸：

"够大，好比是旋改的。"

当然，小许优点有很多，比如脾气好、能干、会过日子，等等。阿P有时合计，和她结婚也还成。俗话说："丑妻家中宝"，翻翻历史，人家诸葛孔明的老婆黄月英，小名叫黄阿丑，就是个有名的丑媳妇，兴许长相连小许都不如，诸葛亮都能接受，你有啥不能接受？还有，朱元璋的大脚皇后马秀英，据说长相也很一般般，估计比小许也强不到哪去……还是古人说得好，老婆只要贤惠就行，德是第一位的，过去讲"丑妻美妾，男人之福"，你可以"家里红旗不倒，外面彩旗飘飘"嘛……

阿P基本想通了，决定重点和小许来往。

可是，他很快又发现小许有个让人说不出口的"毛病"，她床上太能折腾了，阿 P 根本吃不消。这可真要命！一个大男人，床上被女人老鹰捉小鸡一般提来扔去的，太没面子了，啥时候熬到头？况且婚后倘不能满足她，她会不会出去打野食？现在的女人不比从前，据说"鸭店"的生意相当好，和平路就有一家酒吧，常有富婆去那里消费……

想想就怕。不能一棵树上吊死，阿 P 终于还是决定打退堂鼓。

找对象的任务相当急迫，阿 P 有点食不甘味夜不能寐了。晚上到夜排档那里要了杯扎啤，半天没喝下，这可是以前少有的。推开杯子，起身往家走，想唱两句，愣没唱出来。路过"婷婷花卉"，看到里面还亮着灯，闪烁的彩灯下，小店女老板周婷仍在忙活。这周婷是郊区人，来汉华街开花店得有两三年了，她大约三十岁的样子，相貌中等，个头不高也不矮，身形不胖也不瘦，戴一副小巧的眼镜，很文雅的样子。

阿 P 不觉心里面一动。去年他曾经有意无意追求过周婷一阵子，偶尔来买几枝"剩花"，还请她下了两次馆子，送过几件小礼物，但发现关系进展不大，而且当时也不甚急于找女人，所以也就罢了手。今天这么晚了，又让他遇见她，说明啥呢？

阿 P 停在店门口发呆，里面的周婷抬眼瞅见他，热情地打招呼：

"P 哥，进来坐坐吧？"

"坐坐……好好，坐坐……"阿 P 整整衣服，推门进去，乖乖地坐在一把小椅子上。周婷递给他一杯凉开水，他接过，一气喝干，感觉比喝扎啤还爽。

"P 哥，最近在哪发财？好久不露面。"周婷小嘴一噘，蛮可爱的。

"发什么财！在南郊工地打个杂，帮他们处理点业务。"

"P 哥，没听说咱这条街要改造吧？"

"早听说了！改造它，那还不是秃头上的虱子，明摆着嘛！"

一说到这，阿Ｐ就来劲，他最大的念想也是这个。

"唉，要是那样，又得换地方。"周婷叹口气，"我开店也不挣钱，真想关门回去算了。"

"别呀！哥帮你寻个繁华地儿。"

"谢谢Ｐ哥……其实呢，我也不愿回去见他们，父母整天唠叨，就怕我变成个'剩女'，嫁不出去老死家里，给他们丢人现眼。"

"赶紧找啊！"阿Ｐ抬眼打量着她，感觉灯光下的她愈发美艳了，不由道，"小周你是个美女咧，想找男朋友还不是容易得很！"

"Ｐ哥笑话小妹了……麻烦Ｐ哥关照一下小妹，如有合适的，给牵个线，咱不要求别的，只要有个住的地方，人老实巴交，家里没啥负担，也就行了。"

"这事包在哥身上。"阿Ｐ痛快地拍拍胸脯。

临走前，看到还有几束"剩花"没处理掉，快要蔫了，阿Ｐ提出买下来，周婷坚持不收钱，阿Ｐ大大方方甩下五十块，抱起花慌慌出了店。这一夜，鲜花的香味熏得阿Ｐ既兴奋又不安，他琢磨着周婷提出的条件，越分析越感觉自己最合适不过，她明明白白说的就是找他这样的。他和她，看来是王八看绿豆，对上眼啦……

半夜里，由于兴奋，阿Ｐ忍不住坐起来，颤声清唱了两句：

"今日里与妃子一醉方休……某一见貂蝉我性如烈火……"

这以后，阿Ｐ就一门心思追周婷，请吃饭，看电影，逛商店，时常买点小礼物，当然还得经常买下店里的"剩花"。兴许如人们说的：男想女，隔座山；女想男，隔层纱。眼见他的钱包瘪了，他和周婷的关系却是推进不大，顶多拉拉手，偶尔抱一下，想亲个嘴，都得费好大的劲，而且舌头还伸不到人家嘴里，只能仓促舔舔嘴唇。开房，那更是不敢想。失望之余，阿Ｐ又感到些许的庆幸——小周不是个随随便便的人，她有自己的原则，那就是不轻易投怀送抱，更不轻易上别人床。倘说起来，如今世风日下，她这才真叫难得。阿 P 早有识见，轻易到手的东西，往往不是好东西，天上是不会掉馅饼的，因此越是上不了手，他越是觉得小周是个品性高洁的好姑娘，很可能还是个处女身呢……啧啧，值得一直追下去。

到了秋天，汉华街老街改造的风声日渐衰微，眼见又泡汤。阿 P 着急之余，使用"自慰法"排解，很快想通——好饭不怕晚，等了那么久，不在乎再等个一两年；最起码这样一来，不用再看李刚脸色，他都忍了小半年啦。

一天夜里，阿 P 睡梦中憋醒，出屋小解，刚掏出来，就见一辆车忽地从他身边开过去，在前面猛然停下，仔细一瞅，是李刚开着他的"黑车"回来。车门打开，李刚下来，接着又有一人下车，这地方没路灯，看不真切是何人，但那人是个女的无疑，李刚裹挟着她，一闪身不见了。阿 P 呆愣了好一阵，不觉气恼异常，怒想道：

"老子都多久没开荤了？……你个秃子竟然公开往家带野女人，成何体统！"

他索性不尿了，顺着屋墙转悠到李刚家窗下，对着墙壁狠狠地射出去，不再担心被对方发现，动静整得挺大，似乎还捎带着放了个很响的屁。结果里面啥反应没有，可见对方多么心虚。

从这天起，阿 P 恢复了到李刚家窗下放水的老传统。

眼见到了年底，他追求周婷还是没多大进展——不仅没进展，反而有退步之嫌，约她出去玩，她借故不去；去她店里玩，她似乎也不那么热情了，常常把他闪在一旁。这天他实在忍不住，捏住她的手，面红耳赤表白道：

"……妹子，你说，咱俩……能成吗？"

"成什么？"周婷急忙抽出手，表现出很吃惊的样子。

"你傻吧？还能成什么？成婚呗！"

"啊？P 哥，你想哪去了……"她往后退了一步，仿佛给吓着了。

"婷，我……我可是真心喜欢你……"他动情地说，微微闭上眼。

"P哥，请听我说，我有男朋友了……真对不起……"

"谁啊？"阿P一惊，睁大眼望着她。

周婷犹豫一阵，叹口气，欲言又止。

"说嘛。"阿P并不太慌，知道她在骗他。

"……他是……他是我老家的……"

说谎不脸红，阿P更加认为，她在骗他，所以并不急，哈哈一笑，摸出一支烟点上，深深地吸一口。

过了好久，周婷眼圈红了，连连叹气，小声道：

"哥，我不想骗你了……他是你邻居……李哥。"

"哪个李哥？"阿P眼皮子一阵猛跳。

"李刚呀。"

阿P感觉脑袋像被驴蹄子猛踢一下，"嗡嗡"地响，头晕眼花的。他想起那天晚上从车里下来的那个女人，想必就是她了。真是大贼好挡，小贼难防，没想到让个秃子从他眼皮子底下挖墙脚占了先机！

阿P古怪地笑两声。周婷有点害怕，递给他一瓶矿泉水，柔声道：

"哥，听说您的房子是'违建'，与我的条件不符，所以请您原谅小妹……"

此话一出，令阿P更加的愤怒，他克制着，"咕咚咚……"把一瓶凉水灌进肚。世间的词汇里，他最烦这个，不用问就知道是李刚揭他老底儿。他的房子确实没有正规的房本，但他已经居住了那么多年，汉华街没房本的临街房有多少？包括这个鲜花店。

阿P不想同她解释这些，她信李刚的，就让她后悔去吧！此刻他不想让女人笑话自己没出息，便很平静地出了店门。她却又追出来，把一大束鲜花强塞给他，感谢他以前对她的照顾。阿P一点儿没客气，伸手接过来，又有百合又有玫瑰，还有康乃馨，芳香扑鼻。先前从她这儿买过无数次的花，这束没花钱，花儿却最鲜艳。

他怀抱鲜花，在大街上漫无目的走出好远。想起几句唱词，不觉哼了出来：

> 骂一声貂蝉女你胆大的贼婆，
> 你本是那王允许配的我，
> 又谁知暗地里你又配了董卓……

后来他发现自己来到了南郊工地。有人见他的样子，笑说：
"老P，给林翠送花来了？"
他木木地点下头。
"哈哈，你来晚了。人家林翠跟老牛出国旅游去了。"边上又有人说。
"哪个老牛？"
"咱这儿只有一个姓牛的，采购员牛正途呀！"
阿P想起来了，这姓牛的也是本市人，快五十岁了，至少离过两次婚。林翠怎么跟他？真是瞎了眼！

接着又返回市里，不觉稀里糊涂来到了物美超市门口，掏出手机刚要给许芳菲打电话，突然看见她跑了出来。这儿人很多，场面很乱，阿P正要迎上去，把花献给她，却见她笑眯眯走向附近一个四十岁左右的秃头胖男人，那秃子把一小束玫瑰递给她，二人手牵手，消失在了人群中……

阿P左思右想，颇为气苦，感觉吃下去一个秤砣，吐也吐不出来，拉也拉不出来。他想不明白，小许为啥要找一个胖秃子。看来世上的女人呀，大都瞎了眼，放着好的不找，非要往火坑里跳……真他妈妈的！阿P一生气，扬手把鲜花摔到一个垃圾筒里，又往上面啐了两口痰。

往家走的路上，阿P终于缓过劲儿来，仰起脖子朝天空嚷道：

"妈×的！天涯何处无芳草！大丈夫何患无妻！没你们几个臭娘们，老子还不照样过！有你们后悔的时候……"

第五章　面子问题

阿P很快离开了南郊的工地，老板挽留他，他推说家里有事，不能出来干了。实则他不愿再看见林翠和老东西牛正途，他感觉很没面子。前面说过，阿P是个特别要面子的人，他不怎么要里子，就要面子，你可以说他死要面子活受罪，但他就是这样的人，这便是他的特色——阿P特色。

他最担心的事情到底没有发生——年底李刚没娶周婷，据说秃子又有了新相好，那女人大约不好意思再在这里出现，过了年，就没露面——也是活该！"婷婷花卉"的门脸很快换成了"悦悦发廊"。

阿弥陀佛，老天爷总算给了阿P一点儿面子。

但是他年纪轻轻，不能在家混吃等死，得继续找活干。重活干不了，轻活挣钱少，他突然发现像李刚那样，开"黑车"倒是个好活儿，找个地方一"趴"，困了就眯一觉，遇到外地人小宰一把，而且还自由，想干就去不想干就回，交女朋友也方便……，难怪李刚这些年活得蛮滋润，与他开黑车有很大干系——阿P忍不住扇了自己一个大嘴巴，怪自己早干啥了，怎么才发现这个门道。

那李刚开一辆旧现代，阿P必须买一辆超过他的，衡量来掂量去，拿出几乎全部积蓄六万元，买了辆二手丰田，第一时间开到修理厂喷了漆，看上去很像新车，而且还请人把车屁股上的排量数字

1.6抠下来，换成了2.0。小心翼翼开进汉华街，见了熟人，他摇下车窗，压抑着兴奋，轻按喇叭，略做矜持状同人家打招呼。有人冲他竖大拇指，他感觉特有面子。过去没有车，羡慕有车的，现在有了车，该别人羡慕他了。过去习惯把李刚那种车叫"黑车""黑出租"，如今轮到他身上，当然不能再这么叫，早想好了新称呼，叫"自主车"或"自主出租"。

汉华街本来就不宽，私家车大都七七八八不讲规矩乱停，占道严重，到了晚上，为了争车位，经常有人吵架。阿P不用担心这个，他把车横在自家屋门口，想怎么停都行。最担心拉货的三轮车无意划了他的车，或者手贱的人故意划车，夜里爬起来好几回察看。第二天早晨发现，车漆倒是没事，就是左后轮湿湿的，乍一看像是狗尿上的，搭眼一瞅，不是狗干的，而是人干的，因为狗只能尿到轮胎下边，不可能滋那么高，轮胎的上面部位都湿了。阿P以前就这么干过，所以一眼就能洞穿。他怀疑是李刚干的，但又没有证据，赶紧提桶清水过来冲洗，边干边道：

"妈的，就知道妒忌，国人的臭毛病……"

一泡尿并不会抹杀掉好心情，阿P兴高采烈开着"自主车"上了路，他选择到偏远一点儿的几个地铁站附近"趴"活，每天跑几趟就比以前上班挣得多，愈发感到单干是对的，给别人打工永远是孙子，一辈子别想抬头。

不到一个月，就挣了一个整数，简直爽坏了！但是他的爱车却凭空多出来一些深浅不一的划痕，让他心疼。他开车很在意，百分百不是他剐蹭的，那只能是夜间停车的时候被人划拉的，由此可见，汉华街的坏人特别多。阿P夜里几次设伏想抓个现行，却是白费。一天早晨，他在睡梦中被一阵"唰啦唰啦"的声音惊醒，似乎有什么东西划他的车，"嗤嗤"地响，赶紧爬起来，提上裤子打开屋门，就见一个清洁工挥动竹扫帚在扫地——说是扫地，扫帚尖儿不停地蹭上他爱车的车身，这还得了！他大喝一声：

"你干啥？"

"……干啥？这不扫地吗？"清洁工头也不抬，继续扫。

"住手！"阿P真火了，上前两步，劈手夺下大扫帚，扔到马路中央。这时也才看清，清洁工不是别人，正是上回惹他发火的老吴头。老吴头愣在那里，不明白这人为何夺他的扫帚。

"你看看，这不都是你划的吗？"阿P蹲到爱车跟前，指着车门上的几道划痕说。

"瞎说，扫帚能划坏车？"老吴头轻蔑地一笑，"我天天扫地，得划坏多少车了？"

"这不是吗？你看，新鲜的划痕。"阿P一把拽住老吴头，不放他走。

老吴头烦躁地一甩手。上回阿P无事找事骂人，就让他很恼火。这当儿，两人一个要走，一个揪住不放，纠缠在一块儿，谁也不让谁。正是上班时间，路过的人有不少停下看热闹，越聚越多。这么多人在场，阿P不可能认输，一手揪住老吴头的脖领子，非要让他认账。老吴头气得面孔紫胀，嘴唇直哆嗦，说：

"你找人鉴定吧！是我划的，我赔，行不行？"

"你赔？一个扫大街的，赔得起吗？"阿P想尽快制服对方，手上的劲越使越大。有人劝老吴头赶紧认个错，别惹阿P。偏偏那老吴头是个犟脾气，不想服输，更不想认错，手上也使了劲，与阿P推搡起来。阿P比老吴头高出一个头不止，都以为他会吃大亏，没想到他三拉两推，瞅准时机，猛一用力，竟然把阿P摔了出去！

阿P愣了。人们都愣了。老吴头也有些愣。只见阿P缓口气，麻溜地爬起来，大喝一声扑向老吴头。老吴头一闪一躲一拧身子，阿P竟又横着飞出去，结结实实砸在马路上。

这下人们都信了，高高壮壮的阿P，根本不是干干瘦瘦的老吴头的对手。现场的人都开怀大笑。阿P迷迷瞪瞪看到，李刚等几个他平时瞧不上眼的老邻居也在，那李刚龇着黑牙笑，像看耍猴一样，真不厚道……

后来不知道怎么散的场。汉华街打架，向来谁吃亏谁最后受安抚，当天下午，环卫站领导亲自出面，"押"着老吴头来阿P家里，给他赔礼道歉，老吴头还向阿P鞠躬，说不该动手打人，请P先生原谅。站领导还给阿P买来一大堆水果，并承诺修车。阿P大度地说：

"修车就免了，我有保险。"

原想让环卫站开除老吴头，让他滚回河南老家去，又看他可怜，便收回了这个要求，只提出把老吴头调到别处去，他不想再看到他。站领导痛快地答应了阿P。后来果真没见到老吴头，接替他的是个中年人，腰有点弯，见了阿P就点头哈腰给笑脸，非常客气。阿P感到很有面子，深有感触地对老邻居们说：

"看来不斗争不行啊，不斗争，谁能对你客气。"

阿P很快忘记了这次不愉快。但是龙城那么大，汉华街那么乱，自然每天都有不愉快的事情发生。这天傍晚，阿P收车刚驶入汉华街，就见前头堵得死死的，不但机动车寸步难行，连自行车、电动车、三轮车什么的，都动弹不了。隐约听到前头有人高声叫骂，他一见这个就来了劲，锁上车往前挤，边挤边打听，原来是一个外地人，可能路不熟，开车进来，结果给堵死，气得不问青红皂白，对着大街骂，疯了似的。阿P挤到最前头，看到一个四十岁左右的粗壮男人，站在一辆宝马X3车门口，撸起袖子，口吐白沫，仍然在不停地叫骂：

"龙城人都是傻×、穷×！就配骑车。这条烂街，真乱，真该开铲车来平了它……"

人们七嘴八舌指责这个人，他竟然还不收口。这个狗东西，说话贼难听，太嚣张了！阿Ｐ不由得气冲天灵盖，仗着人多势众，他跳起来对着那人吼道：

"闭上你的臭嘴！龙城是你随便骂的？汉华街是你随便铲的？给老子过来，看大爷我怎么收拾你个混账东西……"

阿Ｐ本是个唱戏的大嗓门，他一声吼，引发得围观群众义愤填膺，摩拳擦掌，如果不是有人拦着，那人会被揍扁。局面眼看要失控时，来了两个警察，声称带人到派出所处理，请大伙赶紧散了，别影响交通。警察带走了人，有群众提出，这事不能完，得有个说法，于是那些义愤填膺的人，有开车的，有步行的，有骑车的，都气呼呼地跟上，去了南城派出所。阿Ｐ当然不能缺席，他的车上挤进去六个人，大家一路上都不停地打电话、发短信，结果招来更多的群众。大家饭都顾不上吃，堵在派出所门口等说法。这时候有消息灵通人士打听清楚了，这个骂大街的主姓王，是Ｓ市人，在龙城开公司，有点钱，膨胀得不行。众人纷纷表示：决不能放过他，这人太恶毒，完全不给我大龙城面子，太过分了。

人越聚越多，南城分局来了位领导做大家工作，恳请大伙早点回家休息，承诺一定依法严肃处理好此事。群众不依，有的高喊："拘留他！"有的喊："劁了他！"还有的喊："枪毙他！"站在前排的阿Ｐ审时度势，说道：

"要我说，先让他道个歉，再赶走这个没素质的外地人，叫他滚出龙城，永远不要再来。"

很多人为他叫好。

熬到晚上九点多，那姓王的终于露了面，他被两个警察带到大门口，声泪俱下，作揖打拱，念完一份道歉悔过书，恳求龙城人民原谅他嘴上无德，彻底认怂。接着，一位所领导代表派出所宣布，依法对王佩章行政拘留十五日，并当场给他戴上手铐。群众仍不满意，但再闹下去对谁都不好，乱喊乱骂了几句，也就慢慢散了。阿

P回到汉华街，虽感觉又饿又乏，想到自己在这个事件中还是有功的，为龙城人民挽回了面子，便把车停到夜排档那儿，叫了两大杯扎啤和四十个羊肉串，犒劳一下自己。

转过年来，又让阿P碰到一件事。那年五月，四川发生了大地震，龙城离震中远，帮不上忙，捐款捐物便是龙城人民表达爱心的最好方式。居委会给每家每户发了通知，要求大家量力而行，为灾区人民献出爱心。阿P的屋门上也贴上了一张。要在平时，他是比较舍得掏腰包的，但近来生意不是太好，让地震闹的，出门打车的人比往常少，阿P就有点犹豫，捐多少呢？

晚上看新闻，都是各地捐款的消息，著名企业和企业家、娱乐界大腕、体育明星、海外华人华侨等各路神仙，纷纷献出巨款，令人热血沸腾。阿P留意到，全国著名男高音歌唱家（也是龙城人民的骄傲）万年青老师，只捐三十万——真是笑掉大牙，三十万，还不够他塞牙缝的，他可真好意思，走一次穴，都不止三十万。

国难当头，真不像话！阿P不由得愤怒了。

说来也是巧，第二天阿P往龙城大酒店送一个客人，客人下车后，他开车往外走，在酒店大门外，差点与一辆急驰而来的"大奔"撞上，吓得他灵魂都快要出窍——撞上这种车，倘若有责任的话，他是赔不起的。幸好，只差一点点。对方司机气冲冲下车，似乎要和阿P理论。车门一开，阿P一眼看到副驾座上有一个熟悉的面孔，这不是万年青又是谁！

阿P急中生智下车，兴奋得像个追星族一样靠近大奔，高喊：

"万老师！万年青老师……哎哎，万老师在这呢……"

他这一喊，立马围上来一群人。万年青在龙城的名气太大了，几乎无人不晓。不一会儿，就把他的车子围了个水泄不通。万年青只好硬着头皮下车应付。不少人找他签名，阿P很生气，拦住众人，大声道：

"听说万老师捐了三十万。你们看，人家成龙、刘德华，都捐了大钱，咱万老师大名人，是不是少了点？"

一句话点燃了众人，也没人要签名了，纷纷道：

"万老师，太少了！万老师，再来点！……"

"万老师这张贵脸，是咱龙城的门面，对不对？"阿P继续道。

"对对对……"众人起哄。

"万老师，您可要给咱大龙城争面子啊……我代表龙城的父老乡亲感谢您啦……"阿P像个大明星一样，风头完全盖过了唯唯诺诺支支吾吾的万年青。他大幅度挥动着双手，继续表演，"各位请安静！咱们听万老师讲几句，好不好？"

人群立刻静下来，只见那万年青抬手理理有些凌乱的长发，顺带抹一下额角的汗，嘴唇抖动几下，突然亮出他那著名的嗓音，激动地说：

"各位亲爱的朋友！我宣布——今天我会捐出第二笔——二百七十万！总共三百万！"

人群欢声雷动。

这一刻，阿P觉得人们在向他欢呼致意。正是因为他，灾区多了二百七十万。之前他原本打算捐两百块意思一下的，现在觉得没必要了。天上掉下来的这二百七十万，按说记到他名下，也是说得过去的，他要拿两百块喝几杯好好庆祝一下。

第六章　群众的眼睛

阿P常去南磨坊"趴"活儿，那里是地铁4号线的终点站，流动人口大，秩序乱，活好干，而且还比较安全。

这天，他揽到一个肥活儿，从南磨坊到中山公园，正常打车也就三十元，一个穿西装打领带戴眼镜、看上去文质彬彬的小伙愿意出价一百，并且先付款。阿P乐坏了。然而行了不到二百米，那小伙喊他停车。他以为对方反悔，有些不快，心想反悔可以，钱只能退一半。谁知那小伙从皮包里掏出一个证件在阿 P 面前晃了晃，说他是南城非法车辆运营稽查大队的，让阿 P 直接把车开到某个地方去接受处理。

阿 P 立刻傻眼，以前就没遇到过这种事，一时不知怎么办好。愣了愣，他摸出五百块钱塞给那小伙，说：

"兄弟买条烟抽，行行好放我一马，以后再也不敢了。"

对方油盐不进，态度蛮横。阿 P 一看来软的不行，心生一计，板起脸：

"你证件是不是假的？下车我好好看看。"

他下车，那小伙也只好下车，把证件递给他。他对着太阳光假装仔细辨认，瞅准时机，把证件往地上一丢，说了句："假的！"一头扎进车里，踩油门就跑。那小伙拾起证件，急步追上来，竟然被他追上并拽开了后车门，拖行了十多米之后，阿 P 怕出大事，赶紧把车停下，知道完了，不再废话，乖乖去了该去的地方。

傍晚，他垂头丧气回到汉华街。倘若不是因为他反复说自己是残疾，还跛着脚走给人看，百分百会被拘留。按照黑出租处罚管理条例，他半月内要交足五千元罚款，"黑车"暂扣三个月，其间还要交纳令人咂舌的停车费。

中饭、晚饭都没吃，也不觉得饿，他坐在门槛上抽烟，终于等来了收车回家的李刚。李刚开自主车多年，经验一定丰富，阿 P 决定求他帮忙，打算找个馆子边吃边说。李刚说太累了，没胃口。阿 P 又想拉他到家里坐坐，喝杯茶。

"不进去了，你家空气不好。有事在这说吧。"李刚接过阿 P 递过的烟。然而听了没两句，他就哈哈乐开了，"地不平，你被逮，老子早料到了！"

阿 P 一愣。他怎么知道？难道是他举报不成？听说举报黑车有奖励。倘真是那样，这秃子他妈太坏了……

"上头没人，你就敢干这行，胆也忒大了！"李刚手指头戳着阿P的脑门，喷着唾沫星子数落他。

"是是是，李哥……"

听阿P把当天情况介绍一遍，李刚痛心疾首，说：

"无法无天！无法无天呀！就你今天这表现，要在美国，得算袭警，知道有多严重么？大棒子早抽上了，拿枪崩你都有可能！还是中国警察好啊，像你这种低素质的人，都是惯出来的。"

"是是是……李哥李哥……"阿P不住点头哈腰，"哥，您给兄弟想想办法，啊？"

"遇到这事，就一条：早点弄利索！停三个月，少挣多少不说，车也给停烂了。心疼不？"

"是是……哥哥，得多少，才能搞定？"阿P小心翼翼问。

"唉，我要直接认识稽查队管事的就好了……得人托人，费点事。"李刚抽罢一支烟，又续上一支，猛抽两口，把阿P往一旁拉了拉，轻声道，"这样吧，你想办，拿两万五千过来；不想办，就算了。"

两万五！阿P差点没给吓趴下。自从买了车，挣的钱加起来，也不到三万。这也太黑了……

李刚见他没反应，扭头就走。阿P赶紧上前，抓住李刚胳膊，一跺脚说：

"哥，明天凑齐给你，行不？"

说这话时，他的眼泪差点滚下来。

一个礼拜后，阿P把车取回来，虽然心里一块石头落了地，但也是宛若被人割去一块肉，心疼得很！他试探着问李刚：

"你说，稽查的人，咋盯上我的？"

"我告诉你，人民群众的眼睛可是雪亮的！你以为你是谁？无法无天！"李刚不想跟他多掰扯，摇头晃脑走了。

望着李刚扬扬得意的背影，阿P感觉那两万五至少一半进了这秃子的腰包，越想越生气，半夜里爬起来小解，便多走了几步路，照准秃子"黑车"驾驶室车门，狠狠射了一泡老尿。

工作还得继续，小心点便是，阿P以后采取打一枪换个地方的策略，决不在一处久留。毕竟摊上那么大事，好长一段时间心情不佳，路上看到豪华车就来气，尤其看到年轻漂亮的女孩开豪车，更来气。凭什么？你哪来的钱？忍不住就想加塞超过它，嘴巴也不闲着，常出口的是：

"好车被鸡开，好 × 被狗 ×……"

骂人是不对的，但是天天路上跑，不骂骂人，很容易打瞌睡，为了安全，也得经常骂两句。阿P以前不开车时，骂司机，怪人家开得快，不礼让行人；后来他开车，便改为骂行人，怪行人占道、闯红灯、走路太磨蹭。

一天下午三点多，经过汉华街附近一个十字路口时，有几个行人照例闯红灯，阿P这回忘了骂人，脑子犯糊涂，有点想打瞌睡，等他听到一声惊叫，猛踩刹车，才发现，坏事了！

有个六十多岁的老头卧倒在他车的右前保险杠下面，"哎哎哟哟"直叫唤。车速并不快，阿P感觉撞得不厉害，顶多是剐碰一下。但他马上发现不对劲儿，刚才自己并没睡着，迷迷瞪瞪看到这个人是有意往他车头歪倒的。不少行人默默地看热闹，从他们的神色中，阿P分明感到，遇到"碰瓷"的了。

阿P反而不怎么怕了。正琢磨咋办好，突然窜出来一个壮实小伙，说被撞的是他亲爸，不由分说上来就搋了阿P一拳。阿P不示弱，指着地上的老头说：

"他、他是碰瓷……"又眼巴巴望向众人，"哎哎，哪位能给做个证，是他故意碰我的，不是我撞他……"

可以想象，照例不会有人站出来做证，群众的眼睛并不都是时刻雪亮。那个小伙又想挥拳打人，阿P躲闪。人越聚越多，交通乱套了。幸好过来一个警察，拉开二人，查看一下伤者，就是点皮外伤，又打电话叫120。阿P坚持立即调看监控，他很有把握，这伙人绝对是碰瓷的，不能轻饶了这帮混账东西。

可是，附近唯一的一个监控探头照例又是坏的！这就一时半会儿说不清楚了。警察让双方先协商，不行到法院。那个小伙坚持要五千块钱，一次性了断完事，阿P当然不干，那老头到医院检查了一下，只花了几百块钱，怎么能要五千？

当天晚上，两个男人突然闯进阿P家，其中一个是下午那个小伙，另一个是位四十多岁的光头男，手腕上有花纹，一脸横肉，额角有疤，自称叫"老A"，面相吓人。阿P每每见了光头就有点怵。但他这晚上不想立刻装怂，心想，朗朗乾坤，你敢怎样？我无色无财可劫，只有一辆二手车。

老A客客气气提出，今天倘若不掏五千，明天就是一万，后天就是一万五。阿P急眼了，嘴巴也气歪了，半天才道：

"……我抗议！你们……你们是强盗！"

"阿P，你也就是嘴巴硬。"老A竟然知道他叫阿P，可见他们做足了功课。阿P还想骂，老A抬手给了他一个大耳刮子，半边脸登时就肿了。

"你敢打我……我抗议！你来汉华街打听打听，老子不是好欺负的……"

又一个大耳刮子送过来，另半边脸霎时便也肿起来。

"你打死我好啦！老子跟你拼命……"阿P摆出一副愈挫愈勇的劲头，"你们是什么人？敢说吗？"

"……太平路强哥，听说过吗？"老A感觉有些棘手，不想搞大，无奈之下只得亮出后台老板来。

"强哥？刘强？"

老A点头。

阿P来了劲，要了一支烟，狠劲抽两口，一连说出某某、某某某、某某某三个人物，夸口说这三人都是他好朋友，实际上人家根本不认识他。老A当然知道这几个人，都是强哥的手下。正所谓不打不相识，老A马上换了副面孔，拉阿P坐下，拱手道：

"阿P兄弟，都是一家人，对不住了！您看这样行不？这事不大，您掏一千算了。"

"那哪行！"阿P豪爽劲反而上来了，"咣当"拉开一个破抽屉，"哧啦"拽出一个塑料袋，往那个小伙怀里一扔，"三千！你拿给老伯买瓶好酒压压惊，不够再找我。"

"痛快！仗义！"老A感动得不行，递给阿P一支烟，亲自为他点上，"强哥那里就缺P兄弟这样的牛人……"

"妈的，跟狗干吃屎，跟狼干吃肉……老A哥，您说我能跟强哥干吗？"

那天晚上，阿P感觉赚大发了。以后他按约定每月孝敬强哥几千块"份子钱"，有事直接和老A单线联系。有人保护，黑车便成了真正的自主车，不用再提心吊胆，一次都没被抓过。阿P的收入大幅增加，晚上到大排档消夜，以前不怎么舍得点的烤羊腰子、烤大虾，统统不在话下。那李刚在他眼里已不算啥，见了面都懒得搭理他。

阿P是个做事认真的人，当年龙城有三桩轰动一时的案件，就与他有关。一桩是当红影星胡某某吸毒案，胡某某和另外两个狗男女在龙城花苑107号别墅吸食大麻，阿P当时就在他家窗外不远处的车里面蹲守。他按照老A的要求，提前埋伏好，及时把信息传递出去，警方很快到来，人赃俱获。当晚南城警方发布消息称，根据南城群众提供的线索，警方迅速破获一起聚众吸毒案，艺人胡某某涉案。这条简短的消息顿时引爆网络。

几个月后，著名导演 H 又被"南城群众"盯上。一天晚上，H 在其位于星座大厦的工作室和两个"野鸡"鬼混，警察仿佛从天而降，将三人带走。为了这一刻，阿 P 按照老 A 转来的强哥指令，在星座大厦地下车库一角蹲守了一天一夜，他是带着尿不湿上车的。H 出事引发的网络热潮不亚于胡某某吸毒，"南城群众"一时成为网络热词，殊不知阿 P 是真正的幕后英雄。

龙城下辖的龙安县县委书记蒋百堂在西城某宾馆与女下属开房"谈工作"，背后的"南城群众"也是阿 P。蒋百堂在党校学习期间，下面一个女乡长来看望他，阿 P 按照老 A 提前做的侦察计划，在党校门口蹲守了好几天，终于"巧遇"女乡长开车来接书记。往下的事情就不用阿 P 管了。两天后，他们二人前后脚进入宾馆 1202 房间的视频截图被放到网上，轰动一时，蒋随后被免。

"南城群众"，一度成为坏分子的噩梦。

第七章　厉害了我的哥

南安街道居委会王主任来阿 P 家拜访，着实让汉华街群众吃惊不小。眼下正是创建全国卫生城活动关键节点，南城区照例是龙城市的重点区域，而汉华街照例是南安街办的重点难点之一。非常时期全靠城管根本忙不过来，各街区需要建立一支"常备军"，全天候执勤，为期一个月。街办的干部们、居委会的人都不愿来汉华街蹚浑水，便有人推荐了阿 P，想请他担任本街区清理整顿督察小组的组长。

王主任之前，已有两拨人员前来动员阿 P 出山，他都拒绝了，理由是自己要工作，很忙很忙。其实他接到老 A 通知，最近一段时间就没敢出门，正在家闲得蛋疼。听说有这等好事，那感觉就像接到一个天上掉下来的大馅饼，砸得脑袋晕乎乎的。他想："这烂街，早该整顿了。"又想:"有些居民,真是太不像话,无法无天,正好借机修理修理他们。"但他不能立刻上竿子,得学学人家诸葛亮,当年刘备三顾茅庐,才留下千古佳话嘛! 于是,他便欲擒故纵,不说同意,也不说不同意,只答应考虑一下。居委会等不及,王主任只好亲自出面,演绎了个汉华街版的新"三顾茅庐",工资待遇给他提得高高的,另问他还有啥要求,都提出来。

"要我当正组长,还是当副的?"阿 P 不放心这个。

"正的!"王主任咧着大嘴笑。

"……能不能改个名头?"

"你说。"

"小组改叫大队,咋样? 听着带劲!"

"好! 这个我说了算,就由你来当大队长!"王主任当场拍板。

阿 P 还能说什么? 当下就把王主任带来的黄袖箍套上了,诚恳地表示,一定像丞相那样,"鞠躬尽瘁,死而后已"。

英雄不怕出身低。送走王主任,阿 P 穿上那套蓝制服先到街上溜达了一圈,虽是单枪匹马,却感觉腰杆子跟以往大不一样,有一种腰上绑扁担——横着走的感觉。

他响亮地清清嗓子,来了段《三顾茅庐》里面的西皮流水:

> 见皇叔珠泪洒衣襟,
> 可算得忧国又忧民。
> 戴雪披霜三顾请,
> 要我助他把汉室兴。
> 贼曹操在朝专权横,
> 目无天子下压臣。
> 罢罢罢,上前来应允,
> 愿往新野走一程。

街上一些摆摊的，都讨好地冲他笑。他板起脸，不看他们。他太清楚，你给他们好脸，他们就敢踩着鼻梁上头。

汉华街"创城"督察大队 P 大队长正式上任，队员有九人，街办的临时工三人，居委会三个打杂的，还有新招来的三个志愿者。P 大队长先给队员们做了个简短动员，要点是，"创城"也好，干别的也好，主要是"治人"，把那些无法无天的人搞老实、整听话了，事情就妥了。他要求队员们别怕，你越怕，他越来劲，"你硬他就软，你软他就硬"。他豪迈地说：

"印把子在咱手里，咱不硬谁硬！"

P 大队长的策略是，柿子先从软的捏。先扫外围，最后攻据点。他率先盯上了曾经令他有过不快的"老曹鸡蛋灌饼"——一辆破三轮车横在那里，既占道影响观瞻，又制造垃圾，污染空气。那做饼的老曹见阿 P 过来，以为他来买饼，态度还像先前那样不冷不热。真是有眼不识泰山，阿 P 指指自己臂上的黄袖箍，那上面清楚地绣着"卫生督察"四个绿色字。老曹有点明白过来，难得地挤出一个笑：

"阿 P，我……"

"这是我们 P 大队长。"跟随阿 P 来的队员小于介绍说。

"噢噢，P 队长……"老曹不知该说啥，一着急，一张饼烙煳了。

"老曹！今天不撵你了。从明儿起，你再来，就把你这个摊子没收！"阿 P 踢一脚脏兮兮的煤气罐。

"我都在这干了五六年了我……"

"看在我们老相识，这样吧，月底之前，你不要再来，检查验收完以后随你便。听清了吗？"

"……这一个月，我去哪干？"老曹直摇头。

"本大队长管你去哪干，没地方就在你家炕头上干吧！明天起只要你敢冒头，就砸你摊子！"

连续两天，老曹没来。第三天是周末，一大早，老曹推着破三轮露了头，阿P早料到他会来，带上三个队员，每人拎一根大棍子，高喊着扑上去。阿P作为领导，必须身先士卒，便道：

"都别动，我先来，大不了老子不干这个鸟队长！"

然而没等他大棍子落下来，老曹推起三轮夹着尾巴逃跑了。阿P哈哈大笑。他如法炮制，一个礼拜后，街上占道经营的二十多个流动小吃摊都消失了。这些人过去对付城管有经验，如今遇到阿P，老办法不灵了。

阿P家斜对面有棵老槐树，大白天老有人在那下面支桌子打麻将，"噼里啪啦"影响他午休，过去他不敢管，现在是时候了。他让队员给那帮打麻将的老头老太送去一张通知单，明日起禁止街头打麻将，因为这很影响"创城"。那帮老家伙无法无天惯了，根本不尿你。不来硬的不行，阿P安排两个愣头青队员，第二天掀了麻将桌。第三天又掀了一次。这下都老实了。

汉华街虽是条穷街，养狗的人家倒有不少，阿P的爱车轮胎因为经常被狗当尿盆使，他早烦死了那些狗，捎带着不喜欢那些遛狗的人。汉华街不养狗的群众，都比较烦这些人。9号院有个刚退休的公务员，名叫赵广，头发稀疏，腿短身子长，整天跟一条高过膝盖的黄毛大狼狗在街上晃荡。就因为群众怕这条狗，那赵广跟着耍威风，有一回阿P亲眼所见大狼狗在他家门口屙下一泡屎，阿P怯生生喊赵广清理掉，那赵广瞪他一眼，根本不理，扬长而去。"创城"虽不禁止养宠物，但绝对不允许遛狗不拴狗链以及动物随地大小便。汉华街脏，与满地的动物屎尿大有干系。居委会的禁令早就送达了每家每户，阿P又派人前往赵广家门口贴了一张大号的禁令。

赵广这天下午四点多又出了门，照例不拴狗链，大狼狗照例摇头晃脑颠颠跑前头，赵广照例目中无人随行在后头。到了空荡荡的老槐树下面，那狗照例先架起一条后腿尿了一泡，接着又照例拉下一堆，离远了看，像地上突然长出一只黄色小火炬。

那赵广照例视若无睹往前走。不料被阿P带来的几个人围上了。阿P双手叉腰，愤愤地瞪视着对方。

"一会儿有人打扫。"赵广鼻孔朝天。

"阿P，你不也经常往马路上撒嘛。"赵广的鼻孔抬得更高。

"养宠物的人都是有爱心的，你们要支持，对吧？"赵广连说了三句。

"住嘴！"阿P喝断他，"算你有爱心。我问你，你父母还健在吧？"

"老爹还在。怎么了？"

"好！我再问你，这狗，每周洗几次澡？"

"两次吧。怎么了？"

"老赵！不是本队长说你，天天陪狗散步，就没见你陪老爹散过步；每周给狗洗澡，可能你一年也不给老爹洗一次澡！有爱心，多多献给亲人吧。废话少说，狗尿算了，狗屎咋办？"

"一会儿有人打扫。"赵广依然不屑一顾。

"无法无天！都听好了——给我准备上！"阿P大手一挥，队员们亮出铁锁链、麻袋、大棒子等。

"你们想干啥？"赵广有点急眼。

"依法办事。不拴狗链，这狗我们带走。"

一见动真格的，赵广马上服软，连说"下次、下次一定戴"。掏出几张手纸，灰头土脸把"火炬"兜走。围观的群众，凡不养宠物的，纷纷叫好，冲阿P竖大拇指；养宠物的，有人撇嘴。阿P望着赵广狼狈而去的背影，清清嗓子，运运气，唱道：

"西城外街道打扫净，准备着司马好屯兵……"

"好！"众人同声喝彩。

一天晚上，"萍萍饺子馆"偷偷往马路上倒脏水，被阿P的人抓了现行。阿P亲自出面批评教育，老板不服气，还骂人。阿P让人通知有关部门，停水停电三天，对方马上老实。"张勇五金店"店门口私拉电线，堆放杂物，屡教不改，不仅骂人，还想动手打队员。阿P下令"贴封条，勒令停业整顿七天"。马上老实。有队员吐嘈，龙城空气那么差，再怎么努力也评不上卫生城。阿P以前也是经常骂空气质量不好，羡慕人家外国。现在不同了，他谆谆开导队员们，说咱中国人多，情况特殊，龙城得有一千万人口吧？不说别的，就算每人每天平均放三个屁，就有三千万，光这三千万个大屁罩头顶上，雾霾指数它能降下来吗？你羡慕人家外国，赶紧搬出去住，我们这里人口少了，空气自会变好。队员们都很服气他的话。

卫生秩序逐渐向着好的方向发展。当然得罪人是难免的，有老邻居就指着阿P说："阿P，事情做绝，当心遭雷劈！"

"哈，您一定离我远点，雷劈我的时候可别连累到您。"面对这种没觉悟的人，阿P一笑了之。

有个人一直没离开阿P的视野，那便是老邻居、老对手、老朋友李刚。李刚最近也在家闲着，见了阿P就绕着走，阿P知道他是妒忌自己，中国人就这毛病，爱妒忌人，见不得别人好。一天夜里十点多钟，李刚从"悦悦发廊"溜出来。阿P早盯上了，等他走开，上前踢发廊的玻璃门。前面说过，这地方原先叫"婷婷花卉"，留下过阿P痛苦的记忆。

"谁呀？"里面一个娇滴滴浪兮兮的声音。

门一开，阿P一头扎了进去。店面分里外两间，外间工作，里间是卧室。阿P先推开卧室门巡视——如果李刚敢在这嫖，那么就有他好看的！可是，小卧室——当年周婷睡觉的地方，床铺居然比较整齐。外间地面上，放着一只洗脚桶，水还在冒热气。

"悦悦发廊"老板兼发艺师、足浴技师胡悦悦点上一根烟，冷眼觑着阿P忙来忙去。这女人妖里妖气的，一看就不是正经人，以前阿P常来找她理发，顺带跟她打情骂俏，却一回也没上过她，早就怀疑她“选择性卖”，只找有钱人做，心想这样的婊子更可恶，这回不能放过她。

“哥，干啥呢？”胡悦悦吐个烟圈，血红的嘴唇令人生疑。

“刚才，你跟李刚……干啥了？”

“干啥？没干啥呀？”

“他都给我说了，赶紧承认吧！”在阿P看来，凡发廊、洗浴店、洗脚店、按摩店、夜总会之类的地方，都藏污纳垢，来这种地方扫黄，大抵不会错的。

“既然他告诉你了，还问我干啥！”胡悦悦不满地噘起猩红小嘴。

“你不老实，本队长就带你走。”阿P挽起外衣袖子，露出里面的黄袖箍。

“哥，你不是管卫生嘛，这事也管？”

“这条街，除了飞过的鸟我不管，其他都管。”

“哟！厉害了我的哥！”胡悦悦咯咯直笑，浪得不行，阿P心烦气躁的。

阿P使出各种办法，就是拿不到这女人和李刚交易的证据。心下合计暂放她一马，改日再说，相信狐狸终究会露马脚。但又不想灰溜溜走人，抬头看到门外灯箱上面放浪妖冶的女人像，严肃指出：

“不能这样子迎接检查团，换一个正经点的女人好不好？店名也得改改，不要叫发廊，改成‘悦悦理发店’，或者‘汉华街理发店’都可以。限你三天搞定，不然就贴封条。”

“哥，你太急了，三天哪行呀！”胡悦悦上前，伸出软软小手拉住阿P的手。

阿P心里痒痒的，但又想，不能被这个骚货轻易拖下水，我这个大队长还没当够呢。下了很大决心，终于挣脱开她的手：

"你给我严肃点！就因为照顾你，只让你换个招牌。不然，早就封你门啦！"

他赶紧溜走了。

几天后，阿 P 终于和李刚打了照面。那李刚丝毫没有一点儿尊敬他的意思，居然轻蔑地说：

"阿 P，你个地不平，纯粹拿鸡毛当令箭，牛啥呀！动动猪脑子想想，检查团会来这里吗？净你妈瞎折腾！全大街的人都给你害苦了，老子想买个早餐都找不到地方。"

瞅瞅这种人，素质忒差！你天天站大街上全心全意为人民服务，也为他服务，他竟然连句"辛苦了"都不说；不说也就罢了，他还满嘴的浑话！简直太嚣张了！

阿 P 气得嘴巴有点歪，但他必须忍着，作为干部不能同这类人一般见识。可是这人竟然还没完！他把手里抓的一把瓜子连同瓜子皮，像天女散花一样撒在了阿 P 面前。

"无法无天！太无法无天了……"阿 P 气得打哆嗦，"你给我站住！给我捡起来！"

李刚哼着小曲回家去了。阿 P 马上打电话把全体队员叫来，命令他们轮流到李刚家去敲门，不开门就砸，直到他出来。结果吓得李刚父亲差点犯心脏病，老人家听说情况后，很生气，赶李刚出来赔礼道歉，把瓜子皮收拾净。

就为这件事，这一对多年的老朋友彻底翻脸，为日后的悲剧埋下了祸根。

街西头化纤厂小区门口的夜排档，非法存活了很多年，城管无数次想荡平它，就因为店老板黄胖子黑白两道上有人，一直搞不动。这次城管把巨大难题甩给居委会，它是汉华街此次整顿的重中之重，好多小店铺都盯着它，王主任要求阿 P 本月中旬务必让它关门。

阿P命人给黄胖子送信，要求配合工作，关门停档。黄胖子捎信回来，说要打断阿P一条腿。阿P信奉"你硬他就软"，继续让人捎话：老子本来有一条腿不大好，再打断一条也没啥；倘若不听招呼，黄区长不是你叔吗？本大队长马上招呼群众给黄区长写信按手印，到区政府门口拉横幅，让全城都知道他是你后台。

这一招最管用。以前别人怕黄区长，所以不敢动黄胖子，阿P才不怕呢。黄胖子亲自打来电话，请P大队长坐一坐。阿P不卑不亢道：

"少来这套。上面要你中旬关门，十一号是中旬，二十号也是中旬，这个我说了算，就看你表现。"

当晚，黄胖子屈尊来到阿P家。阿P年年月月到他那儿消费，不曾记得这个肥头大耳的老板正眼看过自己一眼，如今不同了。他给阿P带来四条软中华，感谢P大队长关照。阿P说：

"黄总，东西先撂下，今天不驳你面子，改天我给您捎回去。"

送走黄胖子，阿P想："且不说这回照顾他，单是这些年，去他那吃喝花掉的，好几万总有了，他啥时候照顾过一毛钱？返还几条烟，还不是应该。"又想："收下合适么？不行我交公，交居委会。"过了一会儿又想："嗨，还是不交的好，你交四条，别人就会以为你收了四十条……"

阿P边想边拿过一条，撕开包装，抽出一根，美美地吸起来。

一个月后，汉华街如期变了模样。南安街办朱主任、康书记亲自来视察，居委会组织群众夹道欢迎，王主任特意拉上阿P陪同视察。领导们都表扬了阿P，阿P感到风光无限。

当大队长的这个月，应算是阿P一生中的黄金时刻。

第八章　韬光养晦

然而，检查团并没来汉华街，龙城当年也没评上全国卫生城。

消息传来，阿P颇有点被"诳"的感觉，而且过了没几天，汉华街便恢复了先前的样子。阿P本人也是有变化的，自从脱掉蓝制服，摘掉黄袖箍，他感觉竟有点不会走路了，两条腿明显不一般长。在街上走过，没人再正眼瞧他。偶尔有摊主指桑骂槐冲他喷几句，也有的往他脚底下泼脏水。

他要么假装听不见、看不见，要么狠瞪对方一眼：

"明年还会'创城'的……"

这样的话有时还真能把对方唬住。但是说多了，渐渐地就没人当回事。

一天夜里，阿P的爱车轮胎被扎破。早晨起来一看，屋门上抹满了狗屎，车窗玻璃上全是痰迹。若在以往，他会跳着脚骂上半天，但这次，他只小骂了两句，便改变策略，不再声张，一是因为"不该硬的时候不硬"；二是"毕竟身份不同了，说出去也不好听"。

一天下午，赵广指挥大狼狗横冲直撞而来，在阿P的屋门口又尿又拉。老槐树下面打麻将的人居然拍手叫好，路过的群众竟没一个站出来为阿P说话，似乎都在看笑话。阿P感到透心凉：老子为你们服务了一个月，扒了一层皮，谁都说汉华街从来没这么干净过，怎么一转眼都成了白眼狼？

好在阿P有祖传加自创的"自慰法"。他劝自己：你当过领导的人，哪能跟普通群众一般见识。想到曾经的辉煌，以及未来更大的辉煌，他打起精神，调整状态，重新回到过去的生活，钱照样挣，夜里照例到马路边撒尿——既然都不怕脏，老子还客气啥！

出车归来，晚上照例到夜排档那儿喝扎啤。有一回遇见黄胖子，那肥头大耳的货见了他，像不认识一样，本以为他会送杯扎啤来呢。

吃饱喝足往家走，望着路灯下自己高大的身影，照例清唱两句：

每日里在官中逍遥饮酒，

到今日称心愿我驾坐在徐州。

恨曹瞒他那里兴兵入寇，

俺若是到战场群贼命休……

　　然而阿P发现，他似乎越来越孤立，汉华街的人都目中无他，想找个人一块儿喝杯扎啤都找不到，最好的朋友李刚，也搬走了，据说在市中心买了新房——一套房子好几百万，这李秃，哪来那么多的钱？开黑车能挣那么多么？阿P不相信，他的钱是可疑的，倘若以后有机会，得好好查查他……

　　一个人喝酒，容易喝多。一旦喝多，阿P的精神就好许多，盘算着来年倘若再当大队长，更得好好干。赵广家的大狼狗，作恶太多，必须为民除害，是给它下药还是拿绳子勒，到时候再说。老槐树下的麻将桌，比较棘手，一帮老同志，打打不得，骂骂不得，他们不愿挪地方，就在于大树底下好乘凉，可是那棵树年头太老了吧？容易出事，刨掉它就解决了。上回去老曹那里买了个鸡蛋灌饼，竟然没做熟，这样的烂摊子明年坚决取缔，不能让它再死灰复燃。胡悦悦理发店的招牌又换回去了，一点儿不给面子，小娼妇，明年等着吧！还有那个黄胖子，可恶至极！帮他那么大的忙，几条烟就打发了，明年必须想办法让他彻底关门大吉……

　　好不容易挨到下一年，的确又搞起"创城"活动，可是……可是居委会却没人来请他出山！他们竟然把他忘了！他到居委会去过一次，想见下王主任。门卫告诉他，王主任退休了，不让他进门。有一天开车路上确实遇见王主任一次，差点没认出来，王主任牵条小狗，眼见着那小狗拉了泡屎，王主任没事一样牵着它走了……

　　像上年一样，汉华街的确设了督察队——今年叫督察组，领头的是个留小胡子的矮子，谢了顶——看来阿P与秃子命中相克——
不知从哪冒出来的。阿P觉得，矮子才不过是个组长，而自己曾经
是大队长，层次大不一样，所以没怎么瞧上他。

阿P还发现，督察组的人基本不管事，整天躺太阳伞底下睡
大觉，街上脏乱差与往常也没什么不同。去年的队员小于也在督察
组，阿P喊了半天，他才慢悠悠踱过来，问他情况，他有点不耐烦
地说：

"检查团肯定不来这里，领导说不必认真，糊弄一下得了。"

阿P还能说什么？

他盼着今年他们挨批，明年领导重视起来，那么请他出山，便
水到渠成。可是连等两年，依然故我。失望中的阿P想起史书上写
的"苏武牧羊"，还有那个越什么践的卧薪尝胆，不知有戏文没有，
可惜自己不会唱。

好在我们的阿P，永远不会灰心丧气。在无趣的生活中，终于
等来又一个"扬名立万"的机会。那年日本突然搞起钓鱼岛"国有
化"闹剧，引发全中国愤慨。在网上舆论引导下，逐渐点燃起人们
的爱国热情，以至于有点收不住。

九月的一个周末，龙城很多人自发上街开展"保钓"行动，呼
吁抵制日货，唱国歌，烧外国国旗，捍卫主权。这种事照例少不了
阿P，关键时刻他不当缩头乌龟，他热血沸腾，光膀子冲在队伍最
前面。在和平路，有人要动手砸日本车，与一辆丰田卡罗拉轿车车
主发生冲突。车主是个留长发、右臂上纹一条龙的小青年，不但不
求饶，气焰还很嚣张，给了砸车的人一砖头。阿P一见，火冒三丈，
从地上捡起一把摩托车U形锁，奋勇冲过去，二话不说，跳到轿车
顶上，对车主吼道：

"再不老实，砸烂你这个车！"

"你们这些人，打砸抢，口说爱国，其实全是'爱国贼'！"车

主更加的嚣张。

"反了！好你个吃里爬外的狗汉奸！"阿P挥起U形锁，"咣"的一声砸碎了前窗玻璃。

车主气急败坏，拿砖头击向阿P的腿。阿P惨叫一声，同时高举U形锁砸向车主脑袋——只一下，车主哼哼了两声，四仰八叉躺倒在地，鲜血糊满了脸……

围观的人，"轰"的一声，都散了。

阿P慌慌地下车，一瘸一拐地溜了。

回到家才发现，他的爱车，竟然也被人砸了个稀巴烂！他气得浑身打哆嗦，赶紧跑去报案，结果进了派出所，就没再出来，直接让人给押去了看守所。

那辆丰田卡罗拉轿车的车主被U形锁砸成了重伤。阿P怪那个家伙太不经砸，当时似乎也没使多大的劲，怎么就差点死人？他有点想不通。他觉得他原本是很爱国的，可是那家伙却骂他为"贼"，可见那人的确是汉奸，敲打他一下是对的，没承想那么不经打，典型的外强中干。

阿P因"故意伤害罪"，判刑五年。当时很多媒体都进行过报道，本来他就是汉华街乃至南城的"名人"，这一来似乎成了全市的"名人"。可见人若想出名，也不是多么难的事。自己一下子出名——不也是个蛮好的安慰么？

让阿P感到心疼的是，他赔偿了受害人三万多元。他就这点钱，真的没有了。他那两间小房子幸亏没房本，否则还要拍卖，看来没房本有没房本的好处——没发给他房本，那是老天爷照顾自己呢。

他偷偷地乐了。

阿P在龙城第二监狱服刑，他发现里面很多人想不通，情绪低落。他却想得开——这里包吃包住，风刮不着，雨淋不着，车撞不着，又不用干重活，还有免费陪聊天、一块儿下象棋打扑克玩的人，有啥想不开呢？再说了，他是由于爱国惹上的事，又不是因为偷盗抢劫强奸那些恶心事——他感到自己比这里所有人脸上都有光。

他想起戏里唱的那些英雄——自古英雄都有落难的时候，忠臣差不多都是这个命。越想越觉得自己就是那落难的英雄，正好利用这个时机卧薪尝胆、韬光养晦……

等爷出去的时候，小子们等着吧！

后来阿 P 因为表现突出，被任命为三班班长。他这个班里，有一个市委机关的处长，一个副县长、一个乡长、两个据说挺有钱的老板。看看，他们都成了阿 P 的手下！这可真是让阿 P 一辈子感到骄傲的事情，有时夜里睡觉都能笑醒。

第九章　大团圆

三年半之后，阿 P 提前出来，回到汉华街。他发现这条老街愈发的破旧，而他的房子也更加的破了。

当年的老邻居搬走了不少，新邻居大多是租房住的打工者。老槐树底下的麻将桌还在，打麻将的人见了阿 P，都说挺想他的。这让阿 P 很感动，心想以后倘若搞街区治理，麻将桌就不必掀了吧。

这几年汉华街出了不少事，那个养狗的赵广，心爱的大狼狗让一辆大货车轧死，赵广因此而得上抑郁症，接着又中风偏瘫；开发廊的胡悦悦，因为卖淫，到女子监狱吃牢饭去了，"悦悦发廊"的门脸换成了"丽丽美甲"；尤其骇人的，是那黄胖子——去年被食客用烤串用的铁签刺穿脖颈，当场毙命，他的夜排档，不用说永远关停了。

看看吧，这些在外面的，还不如他这个进去的人混得好。阿 P 听说后，不想笑都不行。

阿 P 出来后，生计问题一直困扰着他，没了车，也没钱买车，再说老 A 因为涉黑判了无期徒刑，指望不上了。前年在狱里，曾有办案人员找过阿P，调查当年他充当"南城群众"时的三个案子。阿P如实交代，他受老A所托，跟踪、蹲点、报信，不像别人想的那样靠这个发财，老A仅免除他当月应上交"强哥"的几千块"份子钱"，他愿意干，一是出于正义，他很烦那些无法无天的明星和贪官；二是觉得刺激好玩。仅此而已。调查清楚后，办案人员肯定了他为社会治安和反腐败工作所做的贡献。阿P也是这时才知道，老A真名叫崔爱民，崔并不认识刘强，不过是拉大旗作虎皮。至于崔和他背后的操纵人，从中得了多少好处，这个阿P永远不会知道。他出狱后听说，强哥在外头一直挺好的，还改了名，现在大名刘光辉，人称"辉哥"。

阿P到停车场给人看过车，到饭店做过保安，有一阵还到龙城几个大医院当号贩子，替别人加塞，每天能挣几百块，但是很危险，干了没多久他就撤出来了。

老邻居们某一天突然发现，阿P腰弯了，腿似乎更瘸了，头发也白了不少，这才刚刚四十岁出头吧？一天有个小学生，竟然叫了他一声老爷爷。大伙都愣了。

阿P最后一个职业是水果摊摊主。他在自家屋门口马路边支了个架子，搭上雨篷，摆了一些水果卖，生意尚说得过去。就是城管三天两头来找他，让他撤摊，他当然不干：

"这是我自家门口，又不是别人家门口。"

"老先生，你属于占道违章经营。"人家说。

"我占谁的道了？这是我家门口！你们看，离我屋门还不到两米嘛！"

"那也不行。要说起来，你这房子都是有问题的。"

吓了阿P一身汗！但不论城管说什么，阿P就是不撤。最后都惊动了领导，来了个什么大队长，那大队长和阿P聊了一会儿，说：

"老同志，看你是个残疾人，我们照顾一下，暂允许你占道经营，但只能到年底。你听懂了吗？"

"您说啥？"阿 P 脸色不好看了。

"看您是个残疾人……"

"谁是残疾人？"阿 P 伸脖子，瞪起眼。

"您的腿……"

"我的腿咋啦？这不好好的么？"阿 P 努力端平身体往前走了几步。围观的人都哈哈笑。阿 P 脸红脖子粗的，很不高兴，"你们笑啥？可能……可能是路不平吧，我这腿，没啥毛病嘛！"

人们笑得更欢了。

打这以后，城管不再管他。阿 P 整日守着水果摊，感到很无趣，有时又盼着有人来找他点麻烦，他当然是不怕的，他会击退他们。他犯愁的不是自己挣钱少，而是汉华街这一阵子太平静，没见谁家的狗给车轧死，也没见有人要跳楼。人人像得了鸡瘟一样，没劲头。

这年年底的一天中午，阿 P 坐在水果摊边上打瞌睡，迷迷糊糊看见一辆豪华车横冲直撞开过来，是一辆宝马 7 系，车漆贼亮，晃得人睁不开眼。车开到水果摊跟前，一个急刹车停住，吓了阿 P 一大跳。阿 P 最烦这种人，仗着有几个臭钱，无法无天的，不像话！即使这样的人想买水果，也懒得卖给他。他故意不睁眼睛，脸扭向一旁。

车窗摇下来的声音。

"地不平！装啥孙子！"

这声音有点耳熟。阿 P 缓缓睁开眼，看到骂他的人，坐在驾驶座上，戴着闪光的大墨镜，手上有一枚金镶玉的大戒指。副座上是一个金发红唇年轻漂亮的性感女人。阿 P 以前就没见过这么漂亮的女人……

"你是谁呀？"阿 P 问。

其实早认出来了，是李刚李秃子。当着别人尤其是女人的面叫他"地不平"，这是最让他气愤的，是不能容忍的！看这样子，这秃儿真发财了，开这么好的车，载着这么美的女人——真应了阿P常说的那句话：好 × 被狗 ×。

"地不平！你连老子都认不出了？坐监坐傻了？你个傻 ×！"

阿P气得鼻子都要歪，心想："你算个什么东西？你凭什么发财？你凭什么日这么美的女人？……这女人，竟然跟一个秃子睡觉，你瞎眼了不是？"又想起当年，本来已经快要把那开花店的周婷追到手，却让这秃子斜插一杠子，不然儿子都会打酱油了吧？还有，那年车被扣，硬生生被他"黑"掉一两万……新仇旧恨，令阿P身体内的血液倒流。

"傻愣什么？快给老子拿几个橘子。"李刚把一张百元钞票丢到阿P脚下。

不知不觉，已有不少人过来围观，也不知从哪冒出来的。阿P大嘴巴哆嗦着，好半天从牙缝里挤出一句话：

"秃子，你哪来的钱？"

"哪来的钱？哈，你眼红了？来，老子告诉你：老子贪污的！老子开夜总会赚的！老子贩毒！老子走私军火！老子还抢银行……不服气是不是？哈哈……"

"你无法无天！无法无天……"阿P气得浑身哆嗦不止，手碰到了身侧案子上切西瓜的尖刀，犹豫两下抓在手里。他想起了"你硬他就软，你软他就硬"的理论……

都以为李刚会赶紧离开。他想卖汉华街这套旧房子，约客户来看房的。可是，那么多的人围观，没有人站出来说句话；又当着新找的女朋友，他可不想灰溜溜让一个他实在瞧不上的臭阿P吓跑，便多说了一句，想逼退他：

"地不平！就你这操性，你敢！你连个扫大街的都干不过……"

他话未完，就见寒光一闪，一把尖刀刺穿了他打着绛红色领带的细脖子。鲜血喷了那女人一脸。女人凄厉地尖叫起来……

围观的人，"轰"的一声，都散了。

阿 P 因"故意杀人罪"被处以死刑。他不是被枪毙的，而是注射死。据说阿 P 是龙城平民罪犯里面第一个注射死的人。他上面一个是位市领导，那位领导雇凶暗杀情妇，在龙城影响极大。能够和市领导一个待遇，阿 P 还是蛮欣慰的。

唯一令他不开心的，是在行刑之前没能唱两句他喜欢的京戏——戏文他都想好了，就唱《临行喝妈一碗酒》，给自己壮壮胆——然而他却没有唱，因为没有听众。唱给谁听呢？

阿 P 死的那一年，汉华街终于迎来了旧城改造。一天夜里，他的两间小屋被推土机推倒，夷为平地。用不了多久，这一带会建成一大片漂亮的高层住宅区。如今那儿还有几位老邻居对他有点印象。再过几年，还有谁能记起他呢？

至于当时的舆论，在汉华街并无异议，自然都说阿 P 坏、该死，杀人偿命天经地义。而别处的舆论却倾向于有点同情他，他杀了一个有钱人，关键是那人的钱来路不明：这样的人杀了也就杀了吧。

原载《十月》2020 年第 6 期

灵界奇遇

　　　　宇宙那么大,我们总会遇见
　　　　　　　　　　——题记

　　老鲁在高干病房里已经躺了二十多天，一直处于昏迷状态，他觉得他还是有知觉的，可是别人不那么认为，他们说的话他似乎都能听到，而他说的话，别人却丝毫无反应。难道他已经到了另一个世界不成？为什么他喊他们——老伴、儿子，还有护士、护工，他们都不搭理他？

　　老鲁这两年的身体状况一直堪忧，他以前得过脑梗和心梗，几次从死亡线上挺过来，人人说他命大。这一回不比往常，没住院之前就有了强烈预感——人死之前是有预兆的，老鲁悄悄研究过，比如说，呵一口气到手掌心，正常人感觉掌心是灼热的，而快死之人则感觉吐出来的这个气是凉的；比如说，在别人的瞳孔里看不到自己的影子；鼻子好像有点变歪了；看太阳的时候觉得它不刺眼；太阳底下也好，月亮底下也好，看不到自己的影子。还有，额头上的纹会肿胀起来；丹田出现一个比较红的疙瘩；大白天的，别人看不到，而他却能看到天上的星星，等等。这些征兆，在老鲁这里，近期都出现过，他就知道，自己挺不过这一回了。果然，那天吃晚饭的时候，他头一歪，倾倒在地板上。

老鲁是"当代著名作家"，曾担任省作家协会副主席，享受副厅级退休待遇，但是这个待遇不足以享受省立医院的高干病房，多亏他儿子小鲁。小鲁在省报当副总编，虽然现在报纸不受人待见了，没多少人看报了，大家都看手机，就连小鲁自己都说，如果不是因为要审稿，他也不会看报。但是，医院还是认他这个副总编的，报纸不敢批评别人，批评一下医院还是能做到的，所以在小鲁运作之下，医院为老鲁安排了一间高干病房，在ICU抢救三天后就住进来"等死"。如果不出意外，这里将是老鲁离开人间的最后一站。

老鲁和老伴老秦的关系一直不大和睦，他年轻时出过一回轨，不巧让老秦——当时还是小秦给逮住了，闹得满城风雨，那时老鲁担任某县县委常委、宣传部部长，年轻有为，前途大好，就因为这么一闹，仕途之路戛然而止。好在老鲁爱好文学，业余写过一些诗歌和散文，出过诗集，偶尔还写点小小说，就被安排到市文联工作，当了好多年的副主席、主席，慢慢混成当地著名作家。后又调到省作家协会担任驻会副主席，先后出过几部较有影响的作品，获了几个较有影响的奖项，日本、德国、马来西亚的报纸副刊，刊载过有关他作品的评论。六十岁光荣退休后，笔耕不辍，时有新作。就因为年轻时的一场婚外情，老鲁和老秦半辈子不来电，老鲁认为，如果当年老秦聪明一点，不去找组织闹，把事情圆过去，自己走仕途，混到副省级一点儿问题没有，当年不如他的人有的都当了省长省委书记。自己晚年身体差，更与老秦没好好照顾他大有关系。

好在老鲁是个随遇而安的人，凡事想得开，没走仕途谁敢说不是幸运？他当年的同学、同事、上下级熟人，后来有不少因反腐落马，他们都很羡慕老鲁，甚至还有点妒忌他，能当上作协副主席，虽然不算什么官儿，但好歹也算个社会名流嘛！

老鲁此生最大的遗憾，不是家庭不幸福，而是有一部长篇写了一半，感觉好极了，原本想学曹公写《红楼梦》那样，十年磨一剑，心想只要能够完成，他认为是能够震惊文坛的，搞不好产生重大的社会影响，一时洛阳纸贵也是有可能的，获一个国家级大奖，应该不在话下。

唉，唯愿天堂里还能够写作，让老鲁把那部作品完成。

这天夜里，老鲁的大限终于到了。他看到两个黑影子靠近他，想必是阎王爷派出的冥司的衙吏前来带他走。本来老鲁还想央求鬼判，能否延挨几时，想起《红楼梦》里秦钟死之前鬼判说的："亏你还是读过书的人，岂不知俗话说的，'阎王叫你三更死，谁敢留你到五更'。我们阴间上下都是铁面无私的，不比你们阳间瞻情顾意，有许多的关碍处。"于是便罢了，遂扑出一口气，双眼一闭，两手一松，恍惚看到他的心脏在床头一个仪器上跳动几下，然后拉成了一根直线。

警报铃声响起，另一个仪器上的红灯亮了，医生护士们冲进来，做最后的示范性抢救，打强心针、吸氧、心脏按压等，搞得老鲁很不舒服，尿都给整出来了。老鲁很不高兴，叫他们不要再瞎救，你这不是糊弄人吗？明明救不过来还瞎折腾。但是没人听他的。半小时后，老秦和儿子赶来，看了他一眼，接受了医生下达的死亡结论。老鲁随时会死原本在他们预料之中，因此二人也没怎么悲伤，这个老鲁是理解的，不怪他们。

老秦和儿子商量，趁还没凉，赶紧换衣服，请人叫来了守太平间的老头，塞给他几张票子。那老头劝老秦和儿子最好回避一下，老秦和儿子立刻出去，掩上了门。那老头动作十分麻利，把病号服从老鲁身上哗哗地几下抽出去，把腿上的尿迹顺便擦一下，拿出一团棉球，把老鲁的龟头擦干净，然后翻个身，掰开屁股，往直肠里塞入成团的棉花。让一个老头子做这些，老鲁很有些难为情，他觉得这应该是护士干的事。擦完身子，老头把老鲁上身架起来，穿白衬衣，打领带——这领带打的，几乎把老鲁脖子勒断——妈的，你勒狗吗？老东西！老鲁差点就伸嘴巴咬他一口！接着老头又往他腿上套西装裤，最后穿好西服上装，事情就算完成了。

外边，儿子在他的朋友圈里发出了一条报丧短信：晚九点五十八分三十五秒，我最挚爱的父亲、著名作家、社会活动家鲁顺先生，永别了他所热爱的这个世界和亲人们，去往天堂了。愿他一路走好！他的微信朋友圈，即刻热闹起来了，他得一晚上不睡觉回复人家。

三天后的上午十点整，在本市九宝山殡仪馆明德厅，隆重举行鲁顺同志告别仪式。此前，入殓师帮老鲁化妆整容，先往他身上噗噗噗狂喷了半瓶香水，也不怕把他好好的西装给打湿了。然后是刮脸、往嘴里塞棉花团、涂口红、贴假眉毛、往脸面上抹粉底和胭脂等。好在是个女整容师，长相还不错，和三天前换衣服那粗暴场面相比，老鲁感觉这是在享受温柔了。他头发早就掉光了，露着光头不好看，人家给他戴上一顶黑色绒帽，最后在他胸口袋里斜插一束花，算是整容完毕。接着，他被推到大厅，亲自出席追悼会了。

来的人确实不少，场面不难看。人们签到后，都领到了三页纸的"鲁顺同志生平"。老鲁对省作协有关部门撰写的这个生平很不满意，后悔自己清醒的时候没打个草稿，"生平"并没有充分反映他的创作成就，把他的几篇重要作品漏掉了不说，他有两部作品翻译到国外以及国外三家有影响的大报评价过他的作品，也未提及。尤其不能容忍的是，"生平"上称他是"知名作家"，而没有称呼他"著名作家"，一字之差，成色大不一样。现在作协的工作人员大都不熟悉他，他们出点差错也算正常。老鲁只怪老秦和儿子没有好好把关，让自己带着遗憾离开人世。

前来参加追悼会的人，主要是儿子的朋友和熟人，也就是说，大多数人是看儿子的面子来为他送行。有几个和老鲁关系不太好的人，也赶来了，这让老鲁挺感动的；但有几个自己曾经大力关照帮助过的人，竟然没露面，这又让老鲁挺不高兴。心想，如果真有来世，老子是不会再帮助你们这几个白眼狼了，妈的，等着吧……

老鲁安卧在鲜花翠柏丛中。人们像走马观花一样，匆匆朝他鞠三个躬，匆匆放下一束被上一场追悼会使用过一回的鲜花，匆匆从他身边走过。老鲁能够感觉到，绝大多数都是来走过场的，真正悲痛的人实在不多。

人们从气氛压抑的告别厅鱼贯而出，把胸前的一朵纸质小白花摘下来放进纸箱里，以供下一场告别会使用，然后趁人不注意，把"鲁顺同志生平"三页纸揉成团，顺手丢到一个垃圾筒里或者是丢到树丛里，也有带走的，但肯定也会丢到类似的地方，谁能把这东西带回家里去呢？

一个人，就这样离开了人间，很快人们就会把他忘记。

散场之后，老秦和儿子过来跟老鲁做最后的告别。老秦终于流下了眼泪。老鲁认为她并非真正的悲痛，她或许是高兴得哭了，或者一只眼里流出的是难过的泪，另一只眼里流出的是高兴的泪。她才七十二岁，身体还挺硬朗，天天出去跳舞，再找个老伴过日子，也不是没可能，况且老鲁给她留下不少钱，他虽不是贪官，但这些年也攒了不少，他名下还有两套房子呢。至于儿子，这几天一直没见他流泪，只是红过几次眼圈。唉，现在的人不像过去，感情普遍都淡了，爹死娘走之后，什么扶棺大哭、大恸、哭成泪人那样的场面，稀少了。

老鲁突然想起一件事，一件顶顶重要的事：他那部写了一半的书稿，早都打印出来了，他想嘱咐老秦在他走后烧掉，以便他到了那边，好接着写。但是他喊老秦，喊儿子，这两个人都不搭理他，他们像没事一样，转身走开了，空荡荡的大厅里，只剩下孤零零的老鲁。很快他将进入火化程序。

此刻老鲁很后悔——为什么自己不亲自动手，早一点儿烧掉？可是那样也有问题，烧早了，他还没去那边报到，无人接收。老鲁这下可真有点傻眼。

傍晚火化时，儿子特意赶来接骨灰，陪同来的还有他的两个部下。进入炉膛之前，老鲁听到儿子对那二人道："这个一号炉质量好，日本进口，某某某、某某某就是在这儿烧的。我托了关系才给安排的。"他说的是几个本省的大人物，好像钻这个炉，是一种荣耀似的。老鲁一边感叹儿子孝顺，这是他最后的孝心，一边又觉得无所谓，深感人活着是很累的事，什么都要求人。好在自己解脱了。

这肯定是最后一次见儿子了，老鲁原本想嘱咐他一定烧掉书稿，结果一走神，又把这事给忘了。

老鲁在人间生活了七十六年，勉强超过国人平均寿命，比上不足比下有余，至少不算亏。对于永诀人世，老鲁并没感到多么难过和恐惧，他是个有神论者，生前曾多次看到过鬼魂灵异之类的东西，深信除了人间，偌大宇宙肯定会有另一个世界，那是另一个生存空间；而到了那个世界，自然会是另一种活法，这一走，不过是换个地方生活而已，有什么难过的呢？换个环境，永远离开身边那些自己不喜欢的操蛋的人和事，有时还真巴不得呢！因此，说老鲁是含笑离开人间的，并不为过。

当然，老鲁所信奉的，并不是平常人所认为的"早死早托生"，托生是指重新回到人间，变成另外一个人，或者变成一头猪之类的动物，像传说中的猪八戒。老鲁不相信这个，这个是糊弄人的。老鲁信奉的另一个世界，具体什么情况现在他也不晓得，他得边走边看。此刻他只是顺着烟筒爬出来，被一阵风吹散，彻底消失在人间，从此无影无踪。

老鲁感觉自己真像一首诗所描写的那样："我挥一挥衣袖，不带走一片云彩。"

过了奈何桥，才算真正别了人间，进入灵界。老鲁从鬼判的口中了解到，灵界果真是有的，也叫冥界，或者叫阴间。这让老鲁心里踏实了许多。以老鲁的理解，阴间泛指亡魂所在的空间，也可以叫它地府，但是阴间的概念似乎又大于地府，因而并不局限于地府，甚至它可能和地面的人在空间上重合，而人类无法感知——老鲁有这个感知能力，他生前见过一些奇怪的现象就是凭证。这是老鲁超越一般人类，也超越一般鬼魂的地方。

阴间地府，又分上下两层，上层是一般鬼魂的生存之地，而下层，便是人人惧怕的地狱。地狱特指囚禁和惩罚生前罪孽深重的亡魂之地，也可以说是阴间地府的监狱和刑场，传说有十八层之多，恐怖至极。一般人死后在地府仍可能含笑于九泉，像在人间生活一样。而进入地狱的，那可就惨了。

除此之外，上善之人死后甚至成仙成神荣入天界。当然，有资格荣入天界的极少，一般人是不用考虑的。老鲁在黄泉路上最担心给弄到地狱里去，这也是所有鬼魂面临的第一关，因此他想偷偷塞给鬼判一点儿钱，请他帮忙，老秦在他走后可是猛烧了一通纸钱，够他挥霍一阵的。但是人家鬼判根本不睬他，说是你去哪儿早有定数，阎王爷都安排好了，况且灵界也在搞反腐，谁还敢乱收钱。

"你就认命吧。"鬼判道，"前世你作恶多吗？"

"不多不多。"老鲁说。然又赶紧纠正道，"我没作过恶事，做的都是善事、好事。真的！"

"那你怕啥？不做亏心事，不怕我敲门。地狱也不是那么好去的，不够格，你也进不去。现在灵界冤假错案也比以前少多了。"

"是是是。"老鲁心里踏实了些，不再那么恐惧。

影子们提心吊胆在一个登记处排队，等待分配去处。还好，老鲁发现前面的人绝大多数都留在了上层，给捉到下层去的只有一个胖老头，阎王爷查出他是个漏网的强奸犯，而且是个惯犯；还有一个相貌猥琐的中年人，说他是个在凡界漏网的杀人犯。鬼判当场就给二人戴上铁钩铁链提溜走了，那二人鬼哭狼嚎的，搞得大伙个个心惊胆战。

人争不过天，恶赢不了善。认命吧！

安定下来之后，老鲁不想别的，只做一件事：拼命地收钱。俗话说，家有存粮，过年不慌。灵界别的不好使，唯有凡间发送来的纸钱，是好东西，以后在灵界生活，没有它不行。从"头七"到"五七"，老秦定期烧，老鲁定期收，一旦过了"五七"，当年一般就不会烧了，所以老鲁得抓紧时机收钱。

老鲁最想收到的还有他那半部长篇的手稿，但是一直收不到，老秦肯定没烧。他给她托过几次梦，也给儿子托过梦，但都没用。老鲁很无奈，以至于很生气——没有收到书稿，他就没法接着往下写嘛，这部伟大的作品何时完成？

一直等了三个月，还是没有收到，老鲁约莫着够呛了，便极为沮丧。心中自思：人不成功，有时真不能怪自己，要怪就怪身边那些蠢货，也就是常人说的"猪队友"。显然，老秦便是老鲁的猪队友，不但前世害他，后世还继续害他。

写不成书，又没别的可干，老鲁只好天天在居所睡觉。灵界这地方，是个太平世界，很缥缈、淡定、安详。这里不见太阳，也不见月亮，天也不太黑，也不太明亮，整天雾茫茫的，像是凡界黎明之前或者傍黑那一段时光。这里也没什么时间观念，人与人——确切地说魂与魂——也不怎么来往，街市上行人稀少，偶尔有几马匹经过，仿佛回到了古时候。总之这里比较安静，不像凡界，整天有乱七八糟的事。

这天有个影子在老鲁面前突然现身。老鲁定睛一看，吓了一大跳！来者不是别人，正是他当年的小学同学、发小魏传更！老鲁当年调到省城当作协副主席，头一场接风酒就是魏传更召集安排的，他时任省公安厅管户籍的处长。仅仅几年之后，魏传更就因积劳成疾，病逝在岗位上。开追悼会那天，老鲁是最难过的人之一，流了好几回眼泪，眼睛哭得通红——那个世界值得老鲁流泪的人，实在不多，他是真心为老同学英年早逝而悲痛。想必那个场面魏传更也能感受到。掐指算起来，老魏来这儿得有二十多年了。没想到还能够在此相遇，双生双世相交为朋，这得是多大的缘啊！

两人少见的激动，感慨万分，都流了泪。

老魏说，他来这里之后，在居所休息了几年，花光了钱，凡界的家人可能忘了他——他妻子改嫁了，唯一的女儿加入了外国籍，他们不再送钱给他，他只好出来工作。他在凡界管过户籍，人家就安排他继续管这一带的花名簿，轻车熟路，也不怎么操心。这两天没事他随手翻阅新来者的花名册，不期然一眼看到了老鲁，激动坏了，即刻便来找他。

和老魏接上头以后，老鲁不像过去那么寂寞了，毕竟天堂里有了个熟人，而且还是至交。看他实在闲得无聊，老魏便想办法带他出来转转。这天老魏来喊老鲁，说要带他出去见一个人。

老鲁问："谁呀？"

老魏道："老秦。"

老鲁顿时愣了，心中暗想：难道老伴也上来了？不会这么快吧？他愣在那里，一时不知该说什么。

老魏上来拉他："走呀！"

"老秦……是哪个老秦？"

"你去了不就知道了。"

老鲁只好跟上老魏，一路上内心七上八下，他不是害怕老秦死，而是担心老秦如果也来了，那么他的半部书稿，永远不会有人替他烧了，他那部进行中的杰作，便永无完成之日了……

路上行人并不多，稀稀拉拉的，像凡界偏远地区的冬日小镇那样，秩序井然，时光悠悠，阴冷是主色调。老魏介绍说，五千年来，乃至更长时间，从凡界来灵界的人，说起来已经超过凡界现有的人。这里不再有婚丧嫁娶。那些上辈子没过够、下辈子还打算在一起的夫妻；那些上辈子无缘到一块儿、期待下辈子能到一块儿的情人，肯定没戏了。事实上灵界非常之大，比地球大不知多少倍，可以说无边无际，像一个小宇宙，在这里你极难碰到一个在凡界熟悉的人，碰到亲人的可能性基本就是零，比中亿元彩票都难。

老鲁觉得这样挺好，起码不用担心再遇到老秦，以免尴尬，当然也无须担心再遇到凡界那些他压根不喜欢的人。

如此说来，能和老魏遇上，那可真叫奇迹！

老魏还介绍说，这里虽然不用再担心死，但活着也乏味得很。都说好死不如赖活着，这里的人就算是赖活着了。但你总是赖活着，又感觉还不如死了省心；可是既然死不了，只能就老老实实待着吧，心如死灰，不争不夺，不怒不怨，互不来往，人情冷漠，很有点赤条条来去无牵挂的意思。所以灵界的人并不活跃，绝大多数在家休眠，不怎么外出，有点像名人微博里的大量僵尸粉一样，所以街上的人影子自然不太多。老鲁看到的行人，似乎各个朝代的都有，从春秋战国到汉唐宋元明清，及至后来的民国等现代社会，老鲁从他们的装束上，大抵能分辨出来。但却不见一个外国人。面对老鲁的疑问，老魏说，这儿也分国界，前世时不是一个族类、一个国家的人，不在一个时空上，永远碰不到的，所以这里也没有崇洋媚外一说。

说话间到了一个地方。在一片墙垣朽败、茂林深竹之处，有一个凉亭，凉亭里，有一个身着古装的高大影子。

老魏说："这就是老秦了。"

老鲁纳闷："哪个老秦？你说清楚点。"

老魏说："嬴政啊，你连他都不知道？还当作家呢！"

老鲁还是没明白："你说什么？"

老魏说："你脑子是不是爬烟筒时烧坏了？他就是当年的秦王嬴政，始皇帝啊！"

老鲁这才明白过来，原来始皇帝也住这一带，好家伙！他仔细瞅了瞅，发现对面的影子还真有点像先前看过的秦始皇画像。老鲁来灵界半年多，已经发现，人到了这里，相貌和前世基本上不会大变，轮廓还是原来的轮廓，就好比武松还是那么高大，武大郎还是那么矮小一样。

老鲁还是不大相信，问老魏："不会搞错吧？"

老魏说："花名簿就在我手上，怎么会错！"

老鲁说："可是，像他那样的大人物，怎么着也应该成神，荣入天界吧？"

老魏耐心地告诉老鲁，人死后能不能成神升天，与他当多大官，有多高地位，关系似乎并不太大，主要看他是否积德行善，只有上善之人才能成神升天。任你功劳再大，但骂名不绝，也难封神。当然，那些在历史长河中有良好口碑的勋臣、圣明君主、文化巨人、民间圣贤等，会在重点考虑之内。据老魏所知，像尧、舜、神农氏、大禹、孔子、屈原、司马迁、关羽、诸葛亮、华佗、文天祥、岳飞、岳母、孙中山、毛泽东、雷锋等人，俱已封神。当然还有一些荣入天界的人，因为老魏所知有限，不能一一列出。总之，恶人再有本事，再有功劳，也不能封神，相反，这一层都难留，搞不好还要塞到下层去。比如以残暴著称的殷纣王等暴君、陷害岳飞的秦桧等人、杀人无数的农民起义领袖张献忠等活阎王，以及臭名昭著的大汉奸汪精卫等人，都在下面，而且是第十八层。

具有雄才大略的嬴政灭掉六国，一统天下，而且修筑长城有大功，被誉为千古一帝，然而却不能封神，看来只有一个原因：他受当年焚书坑儒所牵累，后世之人常常拿这事骂他，认为他野蛮而残暴，对中国古代文化是一次非常严重的摧残。看来，不论在凡界还是在灵界，人的口碑都很重要。

搞明白面前真是伟大的始皇帝陛下，老鲁双膝一软，立马就要下跪。老魏一把揪住他，小声告诉他，不论谁来到灵界，先前他在凡界的官衔、名声、地位、荣誉、成绩等，一概不予承认，全部归零。也就是说，凡来到这里的灵魂，大家都是平等的，谁也不比谁高贵，谁也不比谁低贱，谁也不比谁聪明，谁也不比谁愚笨。彼此见了面，不必磕头鞠躬打敬礼，拱手作个揖即可，就算是打过招呼了。老鲁心想，这点蛮好，比人间好，没什么上下级观念，大家一律平等，绝对平等，这样谁也就不敢多吃多占，动辄冲别人吹胡子瞪眼。人类的发展，似乎不就是奔着这一步而去么？

老魏携手老鲁，飘飘来到秦始皇面前，恭恭敬敬作个揖。秦始皇也作揖回礼。老魏朗声道："老秦你好！这是刚从凡界来的鲁顺。他是个作家，想跟你做些交流，可否？"

秦始皇胡子动了动，看样子不太感兴趣。

还是老魏有办法，伸出一根手指头往天上一戳，又道："老秦，知道司马迁吧？写过《史记》的那位尊神。"

秦始皇点点头，随即流露出和悦的神色。灵界这地方，有个共同特点——不论是谁，自打来这儿报到起，对凡界以后发生的事，就不清楚了。秦始皇比司马迁大约年长一百余岁，本应不知道有这么个后人，但是司马迁写了《史记》，重点写到他，并给予相当高的评价，而且司马迁封神荣入天界，在地府名声较响，所以秦始皇对他还是有所知的，印象蛮好。

见秦始皇来了情绪，老魏赶紧道："老秦，这位鲁顺，他可算是当今的司马迁，文章写得好。你跟他谈谈，有好处。"

以前老鲁给乡镇企业家写报告文学，中介经常把他夸成一朵花，吹嘘他是当今大作家、什么学贯中西、什么鲁迅在世，等等。开始老鲁感觉刺耳，听多了也就不脸红了。但说他是"当今司马迁"，这还是头一回，老鲁感到挺不好意思。幸好没别人，秦始皇确又不清楚他有几斤几两，非常好糊弄，便也就坦然接受了这个比喻，胸膛一挺，下巴一翘，装成名人高士的样子，微笑着对老秦颔首致意。

老魏看火候一到，便借故离开。老鲁和老秦相对而坐，侃侃而谈。老鲁当年上师范学校时，学的历史专业，对秦末汉初这一段历史还能记起个大概，他便从秦始皇四十九岁那年第五次东巡突然逝世说起。前面说过，到灵界之人，对后世发生的事情一概不知，嬴政来这儿后，虽然也多多少少听到一点儿后来发生的事情，但他并不怎么信。再说了，这儿的人都是无欲无念，心如死灰，对后世之事谁还感兴趣呢？但今天不同，因为面前之人是"当今司马迁"，是写史的高手，比较可信。于是，他微闭双眼，默默听下去——

"公元前 210 年吧，你东巡途中在沙丘宫病逝。死得那么突然，我估计是心梗，或者脑出血——我得的也是这类很要命的病——你死后，赵高采取了说服胡亥、威胁李斯的手法，三人在沙丘宫经过一番密谋，假冒你发布诏书，由胡亥继承皇位，并以你的名义指责扶苏为子不孝、蒙恬为臣不忠，令他们接诏即刻自杀，不得违抗。在得到扶苏等自杀的确切消息后，他们这才命令车队日夜兼程，赶回咸阳。"

嬴政微微睁开眼睛，神情专注，望着老鲁。显然，他被吸引住了。

"由于暑天高温，你的尸体腐烂发臭。为掩人耳目，赵高等命人买了许多鲍鱼装在车上，鲍鱼的味道掩盖了尸体的腐臭味，迷惑了众人。回到咸阳后，胡亥迅速继位，是为秦二世。他为了坐稳皇位，在赵高与李斯的协助下，用殉葬、腰斩、车裂等残忍手段，连杀兄弟姐妹二十余人，致使你的血脉基本断绝。那赵高任郎中令，李斯依旧做丞相，但是朝廷的大权实际上落到赵高手中。这便加速了你大秦帝国的灭亡。赵高坐稳以后，开始对身边人痛下杀手，头一个便是李斯，他布下陷阱，把李斯逐步逼上死路。李斯发觉赵高阴谋后，就上书胡亥告发赵高。可是胡亥偏袒赵高，在你逝世两年之后，将李斯腰斩于咸阳，并灭三族。赵高升任丞相，他挟持胡亥实行残暴统治，终于激起了陈胜、吴广起义。公元前 207 年，在位仅三年的胡亥，被赵高的心腹逼迫自杀，时年二十四岁。"

老鲁大致把这段历史讲清楚了，可能会有点出入，但出入不大。心如死水两千多年的嬴政，终于内心还是起了点波澜，面色很难看，手微微颤抖。沉默许久才道："司马先生，请问赵高那厮下场如何？"

老鲁认真想了想，答道："他杀死胡亥后，改立子婴为秦王。哎，子婴是你的孙子吗？"

嬴政点点头："可能是。但我一时也弄不清他是我哪个儿子所生。"

"凡界有好多年都搞不清子婴何许人也，后世史书上记载不多。如今可以确定了，他是你亲孙子无疑。他比胡亥强。胡亥肯定是你最差劲的儿子，你出巡为什么非要带上他？倘若你不带他出来，中国历史便又是另外一段历史，你糊涂啊……"老鲁拍手顿足，比谁都急的样子。

"汝还没说赵高呢。"

"大约五天后，子婴诛杀了赵高。"

"杀得好！可惜有点晚了……"嬴政道，"后来呢？"

"没过多久，项羽起义军攻占咸阳，杀掉子婴，你们家的大秦帝国，彻底交待了！孟子说：君子之泽，五世而斩。老百姓说，富不过三代。这话明摆着就是说你们家的。当初你放出豪言壮语，希望你大秦能传承万世。结果呢？那么强大的帝国，只传二世，顷刻间土崩瓦解，成为最短命的王朝之一，后世之人莫不感到惋惜。正所谓创业难，守业更难！"

嬴政长叹一声："都怪赵高、李斯这两个奸佞……"

老鲁道："得了吧！要怪先怪你自己。一切灾祸都是从你突然逝世开始。"

嬴政说："这可怪不得我，谁愿意早死？"

老鲁道："我问你，为何不早点立好遗嘱？老想着长生不死，人哪有不死的？愚蠢至极！正是你的不可原谅的失误，才让极恶之小人钻了空子。一着不慎，满盘皆输，你本是有史以来最伟大的帝王，结果虎头蛇尾，致使你这个'最伟大'打了些许的折扣，居然不能封神。"

嬴政说："我明白了，我是有错的……唉，我如果不突然离世，就不会让胡亥、赵高得逞，个人名声受损事小，成不成神也没关系，我大秦江山拱手送人，才是不可原谅的。几代人的奋斗，无数秦人的牺牲，付之东流……"

嬴政抬袖拭泪。

老鲁说："本人研究历史，早就发现，往往历史的接缝处，最容易出问题，交接班的时刻，便是个大缝隙，一出问题，必是天崩地裂，人民的苦难，历史的曲折，与这个阶段大有干系。再就是你识人不察，不该重用赵高这等小人。不辨忠奸，是历代君主最爱犯的错误，而且屡犯不改。"

嬴政摇摇头："司马先生，咱不说这个了，心烦。哎，不知赵高这厮下地狱没有？"

"他肯定逃不掉，而且应该下到第十八层。李斯也跑不掉，起码十层。李斯如果不存私心，坚决制止赵高、胡亥伪造你的诏书——这并不难，喊几嗓子，让你的卫士们知道，谁还敢伪造皇帝诏书？可见，那李斯身为丞相与虎谋皮，置国家利益于不顾，罪责极大。如果他们不乱来，那扶苏继位的可能性就很大，扶苏便是秦二世，赵高早点退休，你的二十多个子女都会好好活着，天下人也不会轻易造反，因此，你们家的大秦江山再延缓它个百八二百年，还是有较大可能的，哪有后来刘邦的好事？连带把项羽这个大英雄也给害了，而且不知害死了多少黎民百姓。可惜，可惜呀！"

老鲁连连叹息。

嬴政垂下头，不再说什么，似乎他平静地接受了那个残酷无比的事实。此刻老鲁感到口干舌燥，他知道自己说这些屁用没有，历史不可更改，而且面前这人就是个活死人，你跟他唠叨这个白白浪费时间。略感欣慰的是，老鲁找到了一点点太史公司马迁的感觉，心想以后若有机会，在灵界续写一部《新史记》，也是蛮有意义的事情。在凡界时，因种种原因，老鲁认为，其才华没能充分施展，老是被人压制，该获的奖老让别人抢去，以至于名头不那么响亮，他是明显被低估的一个作家。此番倘若在灵界写出一部不朽的巨著，从而名垂灵史，不也是一件极大的美事吗？不知灵界是否设有国家级文学奖，比如"司马迁文学奖"啥的。老鲁打算请老魏给打听一下，再看看评委都有哪些。

一旦有了新事情做，也就不用老惦记那半部迟迟不来的书稿了。老鲁突然感觉得到了某种解脱，轻松了许多。

他有点累了，便打了个盹。等他睁开眼睛时，发现面前的影子不见了。此刻，暮色四合，乌云翻滚，阴风习习，冷气森森。他也该回家了。

一连数十日，老鲁闲来无事，出来四处走动。街市上的人基本上谁也不搭理谁，仿佛个个目中无人。这与老鲁原先想象中的灵界有较大出入，他还以为这地方比人间更古道热肠呢。

现代人间社会，人越来越冷漠，友谊、义气成了稀罕物，少有古道热肠。精致的利己主义者到处都是，自私自利成风，不为别人，只为自己。人的内心越来越封闭，交朋友越来越难了，到哪里去找过命的交情？

老鲁发现，灵界这一点儿连人间都不如。看来冷漠是未来宇宙大趋势。

老鲁小时候喜欢读《三国演义》，对"桃园三结义"如痴如醉。听老魏说关羽上神界了，肯定无缘得见，那么，现在老鲁特别希望有一天能够在某个场合碰到另两位大义士，当然碰到张飞最好，他喜欢张飞的性格，爽快、豪迈、侠肝义胆，这是当下最缺乏的。

这天，老鲁在一个衙门口遇见一个守门人，那人主动跟老鲁打招呼，老鲁看他挺热情，就住下脚步，跟他闲聊起来。结果一聊，他竟然说他前世是晋代的一位皇帝，叫司马什么，在位四年。

因为见过了秦始皇那样的大皇帝，所以老鲁并没有太过惊愕。况且他虽然学历史出身，但对那些乱七八糟的小朝代印象不深；中国历史上有三百多位皇帝，能让老鲁记住名姓的，一半都不到。老鲁认真打量对方几眼，见他穿着魏晋年代的古装，那神态动作也颇有古人之风，却又一时无法确定他前世的身份，担心遇到冒牌货，犹豫片刻，竟一时不知怎么应对。突然想到老魏说过，灵界这地方人还是很诚实的，不像凡界那样到处有骗子，因为他们害怕下地狱，再说这里人的功名心也不重，无须造假，所以大可放心。想到这里，老鲁便笑笑，一边作揖一边道："陛下好。"

对方也作揖还礼，那动作可比老鲁洒脱多了，一看就是古人。礼毕，对方恭敬道："这里没有陛下。请问阁下尊姓大名？"

老鲁本想说自己名叫鲁顺，话到嘴边改了口，咽口唾沫，道："我刚来不久。别人都叫我'当今司马迁'。"

那人一听，眼睛顿时一亮，便又深深一揖："哦，原来是本家前辈。"

老鲁这才意识到，这姓司马的晋代皇帝都是司马懿的后代，司马懿和司马迁都姓司马，自然是同一个家族。而司马懿和刘关张、诸葛亮又是同时代人，没准他能知道张飞、刘备的下落呢，于是便打起十二分精神和他交流，希望能从他这儿得到一点儿线索。

"对不起，你叫？……"

"在下司马炽。"

"噢。太史公的《史记》只写到汉代，晚辈打算续写一部《新史记》，司马先生，能否讲讲你的故事？晚辈或许可以多写上几笔。"

司马炽淡淡一笑："不写也罢。吾不过是个匆匆过客。"

"你来这里，得有一千六七百年了吧？"

"具体年月已不清楚。不过是弹指一挥间而已。"

"看你挺年轻。你多大阳寿？"

"三十岁整。吾是被人用毒酒毒死的。毒死我的人下了地狱，这是对我最大的安慰了。"

"唉，可惜，历史上的悲剧真是太多了。你在位四年吗？晚辈想知道，你对自己执政还满意吗？"

"吾生逢乱世，被人扶植上台的，无甚作为，也没享什么福。"

"也是后宫佳丽成群吧？国家再穷，不能穷了皇帝；女人嘛，还能少？嘿嘿……"

"唉，真没顾上。吾做了皇帝，像每天坐在铁锅上，反而羡慕那些老百姓，百姓或许能每天睡个好觉，或许还能寿终正寝。吾呢？唉，不堪回首……"

"是你运气不好。某些和平年代的皇帝，可是享尽了人间至福。很多熊皇帝胡作非为，腐败昏庸，荒淫无耻，害国误民。明朝就有个家伙，竟然几十年不上朝！"

"是吗？那也太过分了。"

"过分的多了！估计不少熊皇帝让阎王爷给弄到下层去了，上辈子享过头的福，下辈子得找回来，正所谓，出来混，总是要还的！你结局还算不错，能留在这一层。"

"吾于国家无大功，也无大过。"

"作为皇帝，你那时最大的困惑是什么？"

"听不到真话。几乎所有的人，都拿假话哄你，报喜不报忧。身边小人环伺，忠臣都被排挤走了，等到用人时，才发现无人可用。"

"哦，这是通病，须写进《新史记》，教导后人汲取教训。另外，晚辈想问一下，你作为皇帝，怎么还出来打工？"

司马炽微微一笑："刚才说了，灵界都是平等的，没有皇帝和臣民之说，除了阎王爷，大家都一样。吾刚来那些年，靠凡界发送的元宝、纸钱过活，若干年后，花光了。这地方不能偷，不敢抢，否则下地狱。没钱花，要么在家长期休眠，要么出来找点活干，挣些花费。就这样子。"

老鲁搞明白了，像秦始皇那样的大皇帝，名气大，人间留存的遗迹多，凡界的人靠它搞旅游，他的陵园呀、纪念馆呀什么的，香火不断，他自然就不缺钱花。而像司马炽这样的，凡界无人再记得，他也就没有了生活来源。看来须趁老秦和儿子尚没忘记自己，多积存点银钱，否则若干年后也得出来打工。

"司马先生，你来得早，知道张飞张翼德吗？"老鲁换个话题。

"张翼德呀，当然晓得，三国名将，与吾曾祖司马懿还是老对手呢。"

"知道他如今在何方吗？我想见见他。"

"这个，真不知道。这地方太大了，吾来这里，一个熟人都没碰到过。"

"哦，其他人呢？比如刘备、赵子龙、马超、周瑜、貂蝉、吕布，都行。"

"说实话，吾也很想拜访他们。"司马炽头摇得货郎鼓一般。

"那李世民呀、朱元璋呀、康熙呀这些人，在你之后，你更不可能知道他们了。"

"从未听说。"

老鲁感到很失望。看来从灵界找人，太难了。但他又不死心，就和司马炽随便聊，问他都认识哪些人。司马炽说，这地方人和凡界大不一样，都互不来往，所认识的人实在有限。老鲁请他说说名字，看有没有自己知道的。他磕磕巴巴说了十几个，结果有一个名字，像空中突然响起个炸雷一样，把老鲁惊得差点趴地下。

"等等，请再说一遍！"老鲁瞪大了眼。

"刘天亮、张顺、胡统、吴光平、李玉、孙忠、赵子卓、杨玉环……"

"等等！"

"怎么啦？"

"杨玉环——是唐朝杨玉环吗？"

"唐朝？……没听说过。"司马炽大摇其头。

"嗨，我是说，杨玉环，她不是女的？"

"女的不假。"

"她很美吗？"

司马炽点点头，居然显出一副腼腆样儿。

"她在什么地方？"

"离这里尚不远。"

"能带我去吗？"老鲁上前两步，伸出手握住司马炽的手，感觉对方手冰凉冰凉。

远远地看到有个少妇，在河边浣洗衣服，从背影上看，蛮漂亮的。清风扑面，流水淙淙，花香淡淡，芳草萋萋，真是一幅好景致。老鲁不觉陶醉了……

司马炽道："她便是了。"

老鲁十分激动，喃喃道："这一趟，没白来啊……她和西施、王昭君、貂蝉并列，被誉为中国古代四大美女，四人皆有沉鱼落雁之容，闭月羞花之貌。今天能够得见，真乃三生有幸啊……"

"哦，我只知道西施、王昭君、貂蝉三位。"

《长恨歌》上写她：天生丽质难自弃，一朝选在君王侧。回眸一笑百媚生，六宫粉黛无颜色……后宫佳丽三千人，三千宠爱在一身……在天愿作比翼鸟，在地愿为连理枝……"

"哦，真没想到她前世如此风光……"

"在她身上，后世有诸多疑问，争论了数百年，一直未有定论。此番见到她，由她亲自来解，那自然是再好不过。"老鲁笑得合不拢嘴。

片刻过后，那女子臂挎竹篮款款而来。及至近前，老鲁看到，她确实算个美人，相当标致，却也并不是想象中那种倾国倾城的绝美。传说中的杨玉环身材丰腴，姿容绝代。也许是古人的审美观与后世不同，也许是她来灵界之后，相貌有了些许改变。老鲁想。

司马炽拱手微笑道："杨女士，洗衣去了。"

那杨玉环冲他纳个万福，低首垂眉道："司马先生。"

司马炽又道："这位是'当今司马迁'先生，他有疑问想请教杨女士。"

杨玉环点点头，放下竹篮。

老鲁恭恭敬敬作个揖："给贵妃请安！"

杨玉环一愣，头垂得更低了。

"请听我讲……安史之乱后，你们逃到了马嵬坡。《长恨歌》里写道：六军不发无奈何，宛转蛾眉马前死。……君王掩面救不得，回看血泪相和流……天长地久有时尽，此恨绵绵无绝期。后世有人说，是唐玄宗让高力士把你带到佛堂的梨树下，白绫一条赐死了你；还有的说，你是在佛堂里面被赐死自尽的；也有说是乱军杀死；另有人说吞金而死。贵妃，我就想知道，你到底是怎么离世的呢？"

杨玉环看了司马炽一眼，欲言又止，十分为难的模样。

"杨女士，不妨直说。"司马炽劝道。

"……司马先生，俺不叫贵妃，俺叫杨玉环。"

"后世之人都把你叫杨贵妃。"老鲁耐心解释道。

"这个俺就不清楚了。"

"请你讲讲马嵬坡的事，好吗？"

"……俺家附近只有个马家坡……"

"你是怎么死的呢？"老鲁感觉有点不对劲儿。

"那年，俺去村西山上砍柴，不小心掉下山崖……"

"你老家是哪的，还记得吗？"

"记得记得，俺上辈子老家是山东省大杨庄人。"

"你不是唐朝的？"老鲁眼珠子瞪得像铜铃。

"唐朝？不，俺那时候，是明朝，万历爷在京城坐龙椅呢……"

老鲁恨不得扇自己一个大嘴巴。司马炽赶紧道："误会了，误会！杨女士，对不起，请你回去吧。"

那杨玉环弯腰挎上竹篮。正在这时，一个高大的影子沿着河堤走来，那人身着古装，雄赳赳气昂昂、孔武有力的模样。来到近前，居然友好地冲那杨玉环微笑一下。杨玉环客气地冲对方点点头。

那人飘飘过去了。

老鲁问："杨女士，他是谁？"

杨玉环道："老项。跟俺住邻居。"

"老项……他全名叫什么？"

"……俺还真说不出来……倒是有一回，俺听别人喊他项王。"

老鲁和司马炽都愣住了。老鲁很快做出判断："他是西楚霸王！天哪……杨女士，麻烦你叫住他，快点儿……"

那位飘然而去的面相勇武之人，果然是西楚霸王项羽。这可真叫"失之东隅，收之桑榆"，老鲁重谢了杨女士，和司马炽一道赶上去，老鲁再次亮出自己"当今司马迁"的身份，项羽对他非常的客气。天下人谁都知道太史公写《史记》，专门辟了一章"项羽本纪"，这是正儿八经把项羽视为帝王，给他不折不扣的帝王待遇。虽然这事在项羽身后，但是《史记》的影响毕竟太大，超越了生死之界，项羽自有耳闻。

项羽对司马炽比较冷淡，司马炽本就心如死灰，对啥都没兴趣，打个哈哈便消失了。老鲁和项羽坐在河边，先从巨鹿之战聊起。这一仗，项羽率数万楚军，同秦名将章邯、王离所率四十万秦军主力在巨鹿进行战略决战，它是中国历史上著名的以少胜多的经典战役。项羽破釜沉舟，以大无畏精神在各诸侯军畏缩不前时，率先猛攻秦军，带动各路义军一起行动，最终全歼敌军，从此项羽确立了在各路义军中的领导地位。经此一战，秦朝主力尽丧，名存实亡。这本应是项羽成就霸业的奠基礼，但老鲁认为，项羽失败的种子从这时起就埋下了。

"此话怎讲？"项羽不解。

"项王，你的俘虏政策大有问题……"

"请不要叫我项王。"项羽打断老鲁，"这地方哪有什么王侯将相，都是一样的死灵魂。叫我项羽即可。"

"'羽之神勇，千古无二'，我还是叫你项勇士吧。"

项羽点头认可。

"你的俘虏政策有问题。此战俘获二十万秦军，如果好好改造，必定是一支重要战力，可是你为什么一声令下，就把二十余万秦降卒一夜之间坑杀了呢？这也太残忍了！二十多万青壮，二十多万个家庭呀……或许上苍考虑到你是军事家，两军交战，是战争期间所为，虽杀人如麻，却没有因此治你的罪，否则仅凭此一项，即可捉你到下层去。"

项羽不满地瞪了老鲁一眼。

"你别不高兴，请听我给你讲一讲二千一百多年后，在中国大地上进行的三次战略决战。"

于是，老鲁就把三大战役情况简要讲了讲，重点说了共产党解放军的俘虏政策，什么优待俘虏，决不杀俘等，大批俘虏经过思想改造后，随即成为我方的兵士，分散加入各个部队，既壮大了我方，又体现出战争中的人道主义，很多俘虏后来成为勇敢的兵士。这叫既打了胜仗，又得了道——既是人道，也是天道，也得了民心。

"你呢？打了胜仗，失了人道、天道。不说别的，单是那二十万冤魂，就够你喝一壶的。"

项羽似乎听进去了，没再有发怒。

"到了咸阳，你烧阿房宫干啥？这也是愚蠢之举，真下得了手。杀掉子婴，秦朝灭亡，如果你不急着回老家去，而在咸阳驻扎下来，然后寻机称帝，那么，这江山估计没人敢和你争，刘邦他得老老实实待在汉中一辈子。可你这一走，等于把广袤肥沃的关中送给了刘邦，他才有机可乘。"

"呵呵，下面你该责备我鸿门宴放跑他了。"

"对！你太死心眼！范增几次提醒，你就是不听，刚愎自用，估计你那时也没想到刘邦后来敢挑战你，大意了，没当回事。"

项羽缓缓冲老鲁摆摆手，顿了许久，才道："不全是。如果再来一次鸿门宴，我还会放走他的。"

"为何？"老鲁大为不解。

"因为我不能，也不想利用这种时机痛下杀手。这是不义之举、小人之举、卑鄙之举。放走他，我不后悔！"

轮到老鲁发愣了。他呆愣半天，终于冲项羽竖起大拇指："是的，不能以成败论英雄。你这才是大英雄所为，是真正的大勇士！难怪太史公钟情于勇士。本人由衷佩服。"

"哈哈，我在后世之人眼中，就是个鲁莽的匹夫，胸无长计，失败必然。我承认，刘邦确实比我有谋略，他更像个帝王，大智若愚，驭人有术。你也可以说他傻人有傻福。我呢，太刚，太轴，太自信，太独断，一时可以得势，却不能终而得天下……汉王后来当皇帝了吧？"

"是的，他创立了汉朝。"

项羽仰头望天，长叹一声："唉！如此说来，他当皇帝是上苍的旨意，他比我强，让我当，或许不会有他那样大的造化。唉！一切皆是天意，没有啥想不开……听说汉王封神了？"

"好像是。我刚来不久，还须再核实一下。"

项羽陷入长久的沉默。

老鲁定定神，续道："项勇士，能否谈谈垓下之战？那是你的滑铁卢……"

"什么叫滑铁卢？"

老鲁意识到说走了嘴，改口道："噢，就是你终败之地。"

"后世有传说吗？"

"有，代代不绝！说你被汉军包围，闻听四面楚歌，对着心爱的乌骓马和你的爱姬虞美人慷慨悲歌道：'力拔山兮气盖世，时不利兮骓不逝。骓不逝兮可奈何？虞兮虞兮奈若何！'后世传说，虞姬为了不牵累你，让你轻身突围，自刎身亡，其情其爱，撼天动地。后世便有了戏曲《霸王别姬》，经久传唱，历千年而不衰，成为中华文化之经典。可是，《史记》里面并没有写到虞美人自杀的事，是后世杜撰的吗？"

"乱军中，她是自杀还是为人所杀，我也拿不准。但她肯定死于垓下。唉！后世怎么编排，便怎么是吧。我们能为后人提供一道茶余饭后的谈资，也算没有白死吧……"

"乌江亭长要渡你过江。可你竟以无颜见江东父老为由拒绝。换作常人，先逃掉再说，何必那么固执？过江再蓄力，以图东山再起，有何不可？"

项羽缓缓摇头："我已不是汉王对手。此前兵强马壮尚不能打败他，过了江，不过多活几日罢了，早晚是个死，苟且生，不如痛快死！我虽阳寿只有三十，但也算轰轰烈烈的生，烈烈轰轰的死！不为贪生而惧死，是大丈夫所为。后世能够把我当个英雄看待，项羽也就知足了……"

"项勇士是顶天立地的大英雄！中华男儿的骄傲！虽败犹荣，虽死犹生。晚辈以为，你终有荣入天界的那一天。"

"哈哈！咱不想那个了。离开那么久，凡界还有香火为我续燃，我时常能收到，说明后人没有忘记我，项羽深表感激。真正的死亡，是世界上没有一个人还记得你。没钱的时候，我就到附近工地上找点活干，我有的是力气，老闲着也不行呀！"

老鲁内心颇为感动，泪水差一点儿滚落下来。他转过脸去，关切道："虞美人应该也来了，项勇士没有去找找她吗？"

"灵界那么大，找人是徒劳的。再说到这地方来，啥都不想了，人忙一生，争来争去，无甚意义。到头来，不就图个清静吗？现在这样挺好。"

老鲁的眼泪，到底没有止住，潸潸流了下来……

很长一段时光，老鲁除了短暂休眠，就是到市面上转悠，希望再碰到一两个大人物。历史上的名人大官那么多，就是闭上眼到街市上走，瞎猫碰死耗子，总会碰到几个吧？

然而不久，他就发现，不是那么简单。街上的人影子本来不太多，大家互不说话，你想搭讪，人家还懒得理你呢！老鲁又跑到与司马炽偶遇的那个衙门口，想再找他聊聊，去了好几趟，总也碰不到。向守门人打听，人家居然回答不认识这个人。难道找错地方了？这里的衙门外观差不多，有可能搞错了。可是，再到哪里去找他呢？

老鲁一筹莫展，只能盼着老魏再现身。

老鲁列了一份很长的名单，把历史上他想见的人都列上了，想请老魏帮忙查清楚人家的居所，他好择日前去采访。但他盼了又盼，老魏就是不现身。

难道老魏出事了？他以前干公安，管户籍，权力挺大，会不会有什么事让阎王爷给查出来？

老鲁很替老魏担心。如果老魏出点事，那么他在这地方，连一个熟人都没有了，叫他怎么熬日子呢？

这天，一阵阴风刮过，老魏终于现身，把个老鲁高兴得什么似的，就差抱住他亲一口了。老鲁说："妈的，我就担心阎王爷把你弄到下边去。"

"这话说的，晦气！老子还担心你下去呢！"老魏不高兴了。

"我又没作什么恶，你担心个球！"

"人在阳世作了恶，自己往往不觉得。那些熊皇帝，他们认识到自己作恶了吗？他们认为胡搞是正常的，应该的！到这儿，就不一样了！"

老魏这一说，老鲁就有点犯嘀咕。他当宣传部部长时，不是出过一回轨吗？小打小闹也搞了点钱。再就是他当作家后，为了出名，几次评奖都托了关系。在国外报纸上发作品评论，有企业家背后出钱埋单，付了版面费的……

老鲁叹口气，咬咬牙把这几件事向老魏进行了坦白。听罢，老魏哈哈大笑，说："坦白从宽，进去搬砖；抗拒从严，回家过年——那是在凡界。在这里，阎王爷不好糊弄，那可真是明察秋毫啊！不过呢，人家是抓大放小，你这点屁事，我看可以把心放肚里。"

老鲁吐一口长气，心里一块石头落了地。随即又有点后悔，不该把私密事和盘托出来。这便是不成熟的表现，遇事太过慌乱，不从容，不冷静，不镇定。人家老魏就明显稳重成熟，一辈子管户籍，事情能少了？可人家一点儿口风都不漏。

该言归正传了。老鲁怪老魏为什么不早点过来，难道让狐狸精给迷住了？老魏解释说，他也不能说来就来。灵界的人不爱扎堆凑热闹，如果来的过频，让阎王爷察觉了，认为你拉帮结派，会不高兴的。老鲁表示理解，便拿出长长的名单，让老魏帮他找人。

老魏一看名单，当即火了，把名单往地上一丢，气哼哼道："办不到！"

"我来这么久，你只帮我找了一个。是你夸口吹牛逼，说我是'当今司马迁'的，名声都出去了，我不做点符合身份的事，骑虎难下啊！"

"你还不满足？来了才多久，就见到两个皇帝，一个准皇帝，可以啦！这已经是奇迹，极难再复制。"

"再说一遍：你只介绍了一个，另两个是我自己瞎撞上的。"

"不管怎么着，你见过三个了。多少人来这里一千年，也遇不上一个。你知足吧你！"

"我就不明白了，你掌管着花名簿，没事就翻呗，总能翻出几个我想见的吧？四大美人，你起码得帮我联系到一个吧？"

"老子还想见呢！真有机会，能轮到你？"

老魏干了一辈子公安，爱瞪眼睛训斥人，到了这里，习惯还是改不了，但老鲁不怕他，毕竟他们是发小。你只有逼急他，他才能帮忙。老魏给老鲁缠得没办法，只好告诉他，自己分管的这片区域，大约相当于凡界一个地级市的人口，七八百万的样子。问题是花名簿都用毛笔字写的，只有一个孤立的名字，没有原先的籍贯，没有性别，也没有来这儿报到的时间，重名重姓的又很多，还有些刚来时买通鬼判改了名，尤其那些在人间作恶多端的人，怕下地狱，都想办法改名（当然这都是从前的事，现在严了，不大敢了），无数的花名簿都堆放在大仓库里，黑灯瞎火的，怎么去查？老魏昏头昏脑翻了两月，没查到一个他认为有用的。

"你那里没有电脑吗？"老鲁问。

"屁！你以为这是什么地方？还电脑，狗脑子都没有！"

"你不愿翻，我去翻，行不？"

老魏眼珠子瞪得像牛蛋，直盯着老鲁："花名簿是机密，哪能随便看！想下去不成？"边说边跺一下脚。

老鲁吓得一哆嗦，真没招了。

"你们臭文人，毛病老改不了，非要写帝王将相才子佳人。你写写普通人不行吗？"

"你得尊重创作规律吧？写普通人谁看？你愿看吗？司马迁写《史记》，不也没写普通人。"老鲁剜了老魏一眼。

"你是刚来，功名心还没丢掉，惯性！等过几年就消停了。一旦休眠，你便懒得出门。"

"也许吧。趁还能干，我得抓紧点，只争朝夕嘛！"

老魏临走前，答应尽量帮老鲁想办法。他这趟也没白来，从口袋里掏出一张纸条，上面写着一个名字：张秀环。

"这是何人？"老鲁接过纸条。

"这个张秀环，比你早来这里两年，和咱一个省的，上辈子当过R市的市长，你或许听说过。你们同时代人，有共同语言，再说他身上总有些素材，你如果愿意，抽空找他唠唠嗑呗。"

山脚下，有一片柏树林。有个慈眉善目的老头子在那里打太极。老鲁按照老魏告知他的路径，七折八拐找过来。这里没有别人，想必他就是老乡张秀环了。

"张市长好！"老鲁上前，热情地抱拳行礼。

"您是？"

"我先前是省作家协会副主席，名叫鲁顺。咱们还是老乡呢！"

"噢！鲁主席，久闻大名！"张秀环收住拳头，顺势作个揖。

两位老乡找一个小亭子，坐下来聊。这地方亭子特别多，既遮风又挡雨，挺好。张秀环说他很可能看过老鲁的大作，对他的名字印象比较深刻。老鲁感到挺自豪的，一下子有了存在感。老鲁说，有一年他到R市采风，当时张秀环正在市长位置上，可惜当时无缘得见。

张秀环说："来这个地方见上，也不算晚，这正应了一句老话：上辈子有缘，下辈子见！"

两人哈哈大笑，距离立即拉近了。

张秀环先来这里报到，已经基本适应了，生活经验多于老鲁，他谈起这里的感受，说有三点："一、肃静，无人打扰；二、安全，无人敲门；三、寂寞，但太寂寞了！"

老鲁对第二点有所不解，便道："在凡界，你不安全吗？"

张秀环告诉老鲁，当年他在位期间的 R 市班子成员，陆陆续续出了事，一个牵扯一个，几乎连锅端。他算是幸运的，纪委的人找他谈过几次话，很多人都等着看他笑话，盼他进去呢！可就在这当口，他心脏病突发，没救过来，撒手来这里了。

"可惜呀！"老鲁摇摇头，"我也是心脏问题，咱们一样的命。"

"可惜？老哥呀，你错了！"

老鲁望着张秀环，等他说下去。

"不是可惜，是幸运！"张秀环笑说。

"为啥呢？"

"如果晚几天，可能要对我采取组织措施。我走后，有人嚼舌头说，我给吓死的。妈的！管他怎么说，反正这一走人，事情自然就了结啦！没去家里搜查，没冻结财产，老婆孩子可以放心过日子啦！唉，我可是拿命保护了他们呀……"

"老弟，你事情严重不严重？"

"嗨！既来这里，也用不着再瞒了，实话说吧！我一世为官，还是很注意的，能不收尽量不收，能少收尽量少收，能退的尽量退。可是架不住老有人送，有些干脆就磨不开脸面，你不收不行！不收得罪人！不收感觉对不起人！退休时才发现，竟然家有八千万！"

"哎呀，人跟人不能比，我走时，只有二百多万。"

"还有二十多套房子呢！当然，有些是我老婆、孩子背着我拿人家的，开始我不知道。一搞反腐，发现坏菜了——这钱花又花不了，转又转不出去，送又送不出去，烧掉、扔掉又都不舍得，天天犯愁，夜夜失眠，有一阵子真感觉生不如死……老哥，你说我能有安全感吗？"

"是麻烦。钱多烧手。"

"所以我这一告别，不就彻底解脱了嘛！"

"你这算是坏事变成了好事，祝贺祝贺！"

"祝贺就免了吧？回头想想，上辈子，算是赶上了好时候，该享的福都享过了。老哥，你上辈子不亏吧？"

"不亏。小时候在农村挨过几天饿，后来越过越好。"

"都差不多。我常常想，人只有一辈子，前头生的，都亏了，越晚生，越赚，你看吧，秦始皇没见过电灯，李世民没打过电话，康熙没坐过小汽车，乾隆没坐过火车，孙中山没坐过飞机，蒋介石没用过手机，毛主席没上过网，对吧？这些东西，咱们普通人都用上了！你说，咱还有啥不满足呢？"

老鲁让张秀环给逗乐了，这老张，真能讲，不愧当过市长。

"唉！只可惜那些人民币呀、美元呀、金银财宝呀，带不来这儿。"张秀环正色道。

"是啊，你搞那么多，却又带不来，都扔给老婆孩子了。"

"我老婆年纪大了，有工资，她能花几个？还不都是儿子的，早晚让他挥霍光。妈的，便宜了那小子！花钱不怕，就怕他搞黄、毒、赌，害了自己……"

老鲁感觉问题有点严重，望着张秀环。张秀环也不想讲下去，换了个话题："鲁主席，来这儿，你不感到寂寞难耐吗？"

"我有事情做，要写书，倒没觉得。"

"还是你们作家好啊，没有退休这一说，可以一直写下去。我就是感到太寂寞，长夜漫漫，也没个人陪着。唉！没办法，我只好给儿子托了个梦，嘱咐他清明节上坟，别光烧纸，烧两个人上来陪老子唠唠嗑儿。"

老鲁一愣："你想要什么人？"

张秀环说了个香港女明星，又说了个台湾女明星，说是她们的铁杆粉丝，极喜欢看她们的片子，一心就想要这两个。

"两个，你也太贪心了！"老鲁说。

"一个人陪说话，人家也累嘛。上半夜一个，下半夜一个，轮换轮换，多好！"张秀环抚摸着大肚子，嘿嘿笑了。

"你呀，净瞎胡闹，都到这儿了还那么腐败，当心阎王爷找你麻烦哟。"老鲁哈哈大笑着，飘然远去了。

离老鲁居所很远很远的街市上，有个十字路口。老鲁按老魏的吩咐在这儿守候，等一个邮差过来，那人穿明朝的服装，三四十岁的样子。他一连等了好多天，并没有见到要等的人，几乎要放弃了。

这一天，雾蒙蒙的，老鲁正蹲在路口打盹儿，突然听到有歌声传来："杀牛羊，备酒浆，开了城门迎闯王，闯王来时不纳粮……"

老鲁顿时清醒，睁眼看到飘过来一个黑影儿，看他打扮，明朝人，年龄三十来岁，不高不矮，精瘦壮实，身上挎着邮包——这不正是个邮差吗？老鲁心花怒放，一跃而起，截住了他。

"阁下请留步。"老鲁作揖行礼。

对方还礼，无言。

老鲁有了经验，赶紧作自我介绍："我刚来。都叫我'当今司马迁'。阁下总归知道司马迁吧？"

对方点头，抱拳作揖："太史公司马迁，天上地下谁人不知。阁下是他后人吗？"

老鲁说："不不，晚辈和他一样，是个作家，想续写《史记》，名曰《新史记》，其中理应有一章：李闯王本纪。"

对方怔了许久，才道："可惜呀，闯王他看不到了……"

"会看到的。阁下，我想问一下，你是陕西米脂人吗？"

对方点头。

"明末清初人士？"

他缓缓摇头道："大顺永昌人士。"

"那就是了。'当今司马迁'拜见闯王！"老鲁深深作揖。

"……这地方哪有什么闯王，在下陕人李自成也。"

老鲁快意地一笑。老魏终究很够哥们儿，不知费了多少周折，从很多重名者中一一筛选，终于找到名单上的一个他想见的人，并且提供了此人的出行路径。

那李自成也愿意对"当今司马迁"直抒胸臆，二人来到一片小树林中，找个地方面对面坐下来。老鲁也不客气，一上来就单刀直入："你百万雄师势如破竹，不费吹灰之力拿下京城。可是为什么没多久，突然就兵败如山倒了呢？给后人感觉，那似乎不是同一支军队，仿佛中了魔咒。"

"没那么多兵，其中不少是投降的明军，没甚战斗力，而且军纪败坏，坏了起义军名声，还不如早点遣散。兵败如山倒？我是节节抵抗的，失败是多种因素造成。"

"你的精锐，总比吴三桂和清军多吧？"

"兵力多不假，但对方总体战力在我之上。"

"这不是理由。后世普遍认为，阁下拿下北京，逼死崇祯，以为马到成功，天下在握，还是高兴得太早了！农民意识，目光短浅，胸无大局，是农民军的通病。大顺军在京城光顾着搞钱，拷掠明官，四处抄家，把士绅官僚阶层逼向反面，失了人心。却忘了，真正的大敌，尚在虎视眈眈。这是第一步臭棋。"

"怪刘宗敏。"

"怪他作甚？"

"千不该万不该，不该占有那陈圆圆，激怒吴三桂。"

"看看吧，坏事的往往是兄弟。其实是你太纵容他了。"

"怪吴三桂。"

"怪他什么？"

"作为汉人，不该投降满人，认贼作父。"

"谁让刘宗敏夺了他女人？这也太没脑子了！鬼都知道这时候得拉拢吴三桂。那吴三桂听说崇祯死了，北京城陷落了，本打算降你的，正率军在返京路上。倘若刘宗敏没干那缺德的蠢事呢？吴三桂一旦归降，你想想，多么好的局面！这是第二步臭棋，刘宗敏亲自下的。"

"那吴贼为一个女人，竟敢背叛祖宗。女人还不有的是！紫禁城里美女如云，他可以随便挑嘛。"

"可是人家偏偏就爱一个陈圆圆！你碰到情圣了！冲冠一怒为红颜——他还为后世留下了佳话呢！"

那李自成有些生气，不吭气了。

"一片石大战，事先想到清军会出战吗？"老鲁态度变和蔼了。

"万万没有想到。都是那吴贼引来的，他该下地狱……"

"没想到——这是第三步臭棋。"

"这确实是失误，应想到吴三桂敢不降，敢迎战，背后定有大阴谋。"

"清兵只有两万，吴军也不过三万，你亲临前线，并且带去十多万能征善战的精锐，按说不该大败呀？最起码打个平手吧？"

"清兵突然出现，我大顺军猝不及防，失败是从这儿开始的。"

"三步臭棋，你们一步接一步下，都是致命的，白白葬送了大好局面。唉！好好的一把牌，打成那样子，不是一般的蠢。老天爷其实是眷顾你的，给了你那么多机会，你却白白放掉，无法建立一个王朝，最终失败是必然的！"

李自成低下头。

"晚辈研究这一段历史发现，你的错误还有很多。比如一片石败退后，杀掉吴襄，再次激怒吴三桂。退回北京，怒杀他全家大小三十四口，这不是逼着吴三桂跟你拼老命吗？他后来追击你们，比清兵还卖力。倘若留着这些人呢？他家人在你手里，会不会是张牌？他会怎么办？又比如，退出北京前，你火烧紫禁城和北京部分建筑，这不和项羽当年烧阿房宫一个熊样吗？我研究过，历史上烧宫殿的都没好下场。"

"唉！我大顺军本可以与清军长期对峙，不至于一泻千里，却因为军中持续染疫，战力大打折扣，我甚为苦恼。当今司马迁先生知道这事吗？"

老鲁点点头："我正要说这个。文献记载，'贼过处皆大疫'……"

李自成不满地哼了一声。

老鲁继续道："阁下不要不高兴，成者王侯败者贼，历史就是这样不讲理。接着说，文献记载，'贼过处皆大疫'，大顺军进京后，就染上了鼠疫，鼠疫蔓延军营，且长时间无法摆脱，此后的一系列败仗，与这个疫病皆有关系，因为它对战力影响毕竟很大。"

"可为什么清兵就不怕那个鼠疫呢？"

"后世科学家研究发现，鼠疫经跳蚤传播，跳蚤讨厌马味，骑兵不易被鼠疫传染。八旗铁骑威震四方，清兵主要由骑兵组成，所以是不会大规模传播鼠疫的。尽管只有十几万军队，但未患鼠疫的清军战力自然在深受鼠疫困扰的大顺军之上。鼠疫是当时不为中国人所知的烈性传染病，无法救治，所以大顺军最后的失败，跟这个大有关系。"

李自成扼腕长叹："原来是这样……原来是这样……是天灭我，非我不才……"

老鲁冲他摆摆手："哎哎！阁下，倘若一开始不下那三步臭棋，天也是轻易灭不了你的。"

李自成流下了眼泪，但是很快平静下来，毕竟来灵界后，已对前世不那么在意了。

"阁下，关于你是怎么死的，历史上众说纷纭，扑朔迷离，至今未有定论。你能说说吗？"

"后世，一直对这个有争论？"

"争论一直未断。"

"我活了三十九岁……至于怎么离世的，呵呵，我也是记不清楚了，都过去那么久，谁还记得呀？愿争，就让后世继续争论吧。"

他就是不说。老鲁摇摇头，又道："江湖还传说，你在败退途中，埋藏了许多宝贝，价值连城，是从京城带出来的。有个叫金庸的作家写了本书，名为《雪山飞狐》，写后世之人为了寻那些宝贝，杀戮不断。你到底藏没藏呀？都藏什么地方了？有藏宝图吗？能透露一下吗？"

他愣了好久，古怪地笑一笑，说："没藏宝，更没甚藏宝图。那些传说，还是不信的好。"

"唉！谁愿信谁信吧。"

"请问，那个吴贼三桂，后来咋样了？"

"他后来被清廷晋封为平西亲王，长期镇守云南。天下一定，兔死狗烹，后因削藩他又扯旗反清，终被剿灭，六十六岁病逝，死之前仓促宣布建都衡阳，他则登基为皇帝，过了把皇帝瘾，国号大周。但后世不予承认。"

"这个狗贼，哈哈！今天反这个，明天反那个，真是可笑至极！"

"后世也常拿你当反面典型，动不动就说，我们不做李自成，我们不学李自成，云云。唉！你本可以封神的，却跟项羽结局差不多，都是功亏一篑。但项羽被后世视为大英雄，你却成反面教材，真是可悲可叹，唉……"

他苦笑两声："我落下骂名了吗？"

"那倒没有。后人主要为你惋惜。"

"我大顺军推翻了暗无天日的明王朝，功总是大于过吧？"

"没人怀疑你的功。大顺军和清兵，一南一北，让崇祯腹背受敌，他很难办。倘若单靠一方力量，明王朝还不会那么快完蛋，但它总会完蛋，因为太腐败。灭明，首功在你。你确实比历史上以往的农民起义离成功更近一步。问题在于，多尔衮抓住历史机遇，借吴三桂之力，把你这个离龙椅最近的人，生生拽下来。你和他共同把饭做熟了，但你最后却没捞着上桌，很亏是吧？"

"不要说这个了！世事难料，人生哪里没有遗憾？后悔是没用的，只能干生气。我来这里，倒省心了，后面咋样，与我无关。我是不在乎、不知道、不打听、不乱讲……"

喘口气又说："今天真后悔，不该听你讲这些。"

老鲁不想激怒他，只想不偏不倚、力求公正地和他交流，遗憾来灵界之前没有好好再研究一下历史，否则可以更深入细致地与这些历史大人物交流。此刻老鲁有了一种神圣感，总感觉是凡界派他来干这项工作的，他是一个使者，所以他更需严肃认真，不得马虎儿戏。

那李自成还真是个实在人，老鲁比以往任何时候都钦佩他。临别时，他生气归生气，却没忘了给老鲁一个惊喜——他提醒老鲁到某个粮店找一位老太婆，那老太婆好像是个大人物——他做邮差的，四处走动，获取的信息自然多一些。

老鲁深深地冲他鞠躬，抬起头来时，发现他已远去。

老鲁照例费了许多周折，终于找到了那个粮店。说是粮店，其实主要卖凡界的供品，灵界的人收到供品，用不完，就拿这儿来卖掉，需要的人再买走。

那个守粮店的老太婆确实很面熟，长着一双鹰眼，只不过她没有穿金戴银，而是身着家常服饰。灵界这地方不像凡界，这儿人的穿着都很简朴，是那种返璞归真的情形，你穿得再花俏，也没人感兴趣，所以还是简单点儿好。

那老太婆伏在柜台上打盹，身前身后是各种各样的供品。老鲁上前，轻轻咳嗽两声，恭恭敬敬道："给太后问安。"

老太婆眼皮都没翻一翻。

"太皇太后好。"

老太婆终于睁开眼，根本不看他，慢悠悠道："你谁呀？"

老鲁没办法，还得拿"当今司马迁"说事，硬着头皮作自我介绍。

老太婆态度立刻有变，用拐棍顶过来一个苹果，请老鲁吃。老鲁谢过。老太婆说："这儿没有太后，也没有太皇太后，只有叶赫拉那氏。"

老鲁心中大喜，自思：她承认就好，否则白跑一趟不说，历史性的交流就得泡汤，再想遇上这种千载难逢的机会，他是办不到了。

"当今司马迁先生，你找老妪何事之有？"

"噢，是这样，晚辈想写一部《新史记》，有'慈禧本纪'一章。特来向太后禀报。"

"刚说了，这里没太后。大家都平等。你有'慈禧本纪'，那还不是应该的吗？太史公写《史记》，是不是就有'吕太后本纪'？"

"确有，'吕太后本纪第九'。"

"上下五千年，吕太后、武后、慈禧，这三人是不是中国最伟大的女人？"

"哦，最伟大嘛，晚辈不敢苟同。没一个封神的吧？没去下层就算侥幸了。的确，她们那时权力最大，那是铁定无疑的。尤其后者，统治中国近半个世纪，是一位误国殃民的奇才。"

她猛地一愣，大概这话第一次听到，狠狠地瞪了老鲁一眼："为什么这样说？"

"你看吧，她当权期间，中国任列强宰割，割地赔款，丧权辱国，山河破碎，成为人见人欺的东亚病夫，国家滑落至历史最低点。难道她不该负大责吗？"

"她接手权棒的时候，圆明园已烧，国家的大门早已被列强叩开。大清气数渐尽，同治、光绪两任皇帝羸弱，而正是她应运而生，大清因为她的能力才得以续命。"

"清朝靠她续了命，这或许不假。但是国家的命呢？人民的命呢？岌岌危乎！一头狮子领着一群羊，个个是狮子；而一群狮子被一头羊领着，个个就成了羊。"

"人有人的命，国有国的命，大厦将倾，无人能扶，这就是国家之命！她一个女人，殚精竭虑，里外操心，平了长毛，没让那洪秀全坐上龙椅——倘若他当政，国家更糟，对不？而且国家没有分裂，还收回了新疆，版图基本完整地延续下来。还能怎么样呢？"

"嘿！还真说不过你。"老鲁挠挠头皮，"咱不说功过了，功过自有后人说。单说说她死之后，恨不得将天下财宝，统统带进墓里，说到底，大清都是她的陪葬品！她带走了好多，可是带来了什么？那颗含在嘴里的夜明珠呢？拿出来我瞧瞧。"

她一下子泄了气，唉声叹气好一阵，才道："当今司马迁先生，请你告诉我，那颗珠子……咋样了？"

"你去世大约二十年后，国民党军阀孙殿英用炸药炸开菩陀峪定东陵，对墓室内珠宝进行了疯狂掠夺，据说装走了二十多辆大车，当然就包括那颗举世无双的夜明珠。唉！场面惨不忍睹，难以描述……"

她捂住脸，泣道："那夜明珠，我说怎么都梦不到它，原来让王八羔子劫走了……作孽啊……作孽……"

"后来据说它到了另一个有权力的女人手中，这位女人名叫宋美龄。再往后，谁也不知它哪去了，它消失了。"

她抽抽搭搭地哭泣……

"修陵、陪葬，花费国家无数银两，到头来墓被挖，尸身遭污辱，尸骨脚下踩，留下千古骂名——这便是你这个所谓世上最伟大女人的下场！"

"当初，怎么就没人提醒我，不要陪葬，不要那么豪华的陵墓呢？啊？都干什么去了？"

"瞧瞧吧！正是因为凡界没人给你烧纸钱，这么一把年纪，你还得自己挣钱糊口。人啊，真的不宜嘚瑟，生时风光，未必死后也能风光……"

老鲁不想再跟她费口舌，转身走开了。

回居所途中，在一条比较繁华的街市上，路遇一堆影子围观什么。老鲁停下来观看，原来是两个鬼判拿铁钩铁链拘人，这显然是往地狱里送的架势。老鲁定睛一看，妈呀，被拘者不是别人，正是老乡张秀环！

前些日子，老鲁又见过他一回，他问老鲁清明节收钱没有。老鲁说收了一些。他却破口大骂儿子，说他要的两个女明星到现在都没送上来。他儿子托梦给他，说是凡界在闹什么瘟疫，不让出门，没法出去上坟。他对老鲁说："你怎么就能收到？上不了坟，找个没人的地方，哪儿不能烧？非要上坟烧吗？纯粹他妈的偷懒，不孝之子……"

老鲁觉得老张有点过分了，便打算以后不再跟他来往。哪想到，阎王爷还是没放过他。这可真叫"天道好轮回，苍天饶过谁"。他到下层去，以后就是想见，也永远见不上了。

很多影子在围观，个个噤若寒蝉，场面鸦雀无声。张秀环抬眼看到了老鲁，赶紧别过脸去。老鲁心中十分难过，不忍再看，转身走了。他想起曹公在《红楼梦》里写的一副对联，"身后有余忘缩手，眼前无路想回头"，人类最爱犯的毛病，曹公简单两句就说明白了。可是，那一代又一代的人，从皇帝到平民，都不停地犯，以后还会犯下去，悲剧也只好永远演下去……

　　老魏又来看老鲁，说这也许是最后一次见他，因为不想干了，累了，打算辞职，长期休眠，以后很难见了。老鲁知道劝他没用，这地方人都不服劝，心中暗想：也许用不了多久，自己也会跟老魏一样，进入休眠状态。心里便有种淡淡的忧伤。

　　老魏应该是最后一次给老鲁帮忙了，他又找到了名单上的一个。

　　老鲁问："哪个？"

　　老魏说："是个才子。"

　　老鲁有点失望，心想才子有啥可交流的。老魏看出他情绪不高，便道："你愿不愿见？"

　　"看看是谁吧。"

　　"写《红楼梦》的那个。"

　　老鲁像遭了雷击一般，愣在那里，半天才回过神来："老兄，你再说一遍……"

　　"《红楼梦》作者。怎么了，你不想见？"

　　老鲁忍不住哈哈大笑："老兄！说实话，我最想见的就是曹公啊！在我心里，那些帝王将相才子佳人啥的，都是死的，可曹公是活着的！哎，不是听说他封神了吗？"

　　"那也只是听说。"

　　老鲁兴奋得像小孩子过年一样，手舞足蹈的，激动得一宿没睡好。《红楼梦》之谜真是太多太多了，古今中外，恐怕没有哪一本书，有那么多的谜待解，几百年来，"红谜"们如醉如痴，如痴如醉，开谈不说《红楼梦》，读尽诗书是枉然……

　　老鲁暗下决心，此番见到曹公，必得死缠住他，非得把凡界猜来猜去无结果的谜底全部给它解开，才算完！

　　他列了列，待解之谜主要有：秦可卿的真实身份，她是皇家出身吗？她到底是吊死的还是病死的？她和公公贾珍"爬灰"的来龙去脉；后四十回，真的是高鹗所续吗？之前曹公是否已有底稿？脂砚斋何许人也？包括曹公自家身世、生卒年月、本人"字""号"、写作地点等，这些都是必须搞清楚的……

可是，转念又想，即使都搞清楚了，怎么传回凡界去呢？托梦给老秦？以前为了那半部书稿，已经不知多少次托梦给她，她竟一回也没应过！糊涂老太婆，怕是指望不上。托梦给儿子？他说出去，有人信吗？人家不会把他当成精神病吧？那么，托给省里某位著名作家？还是托给"红会"研究人员？似乎也都不妥。人家谁能相信呢？不过是一个梦，说出去会遭人笑话的……

一下子又把老鲁给难住了！

他合计，暂时不传回去也好，否则，那么多人靠研究这个吃饭呢，你竟然都给搞清了，不就把人家饭碗给砸了吗？这不好，干什么也别砸人饭碗……

老鲁早早爬起来，仔细收拾一番，净了脸，更了衣，飘行两个多时辰，赶到了老魏说的"一条小河边，有个白房子，房前一棵菩提树，树下有个大碾盘"——这便是曹公居所。

老鲁看到，面前模模糊糊有个人影子，盘腿坐在碾盘上，侧对着他。他上前几步，深深鞠躬，几乎一躬到地，就差跪下了，朗声道："晚生鲁顺，特来拜见曹公！"

那被称作曹公的人影子转过身来，笑说："哟，是鲁兄！幸会，幸会！快快请坐！"

碾盘边上有个木凳，老鲁道声谢，乖乖坐上去，由于激动，他目光发虚，一时看不真切曹公模样。恍惚听到曹公称呼他"鲁兄"，而且还说"幸会"，令他受宠若惊。只听曹公又道："鲁兄！我知道你大名，真是久仰！"

老鲁不由得打了个寒战：曹公竟然知道他一个无名晚辈？这也

太神了……定睛望去，细细打量，才发现不对劲呀——面前这位上身着T恤，下身牛仔裤，脚穿耐克旅游鞋，胖乎乎的圆脸，完全一个当代人的打扮，和画像中清瘦俊朗的曹公相去甚远……

老鲁呼地一下站起来："你……你到底是谁？"

"哈哈，我叫曹学芹，学习的学。欢迎鲁兄来寒舍……"

"好啊！好啊！你竟敢假冒曹公……太可恶了！简直气死我了……"老鲁气得呼呼直喘。

"没假冒呀，我本来就叫曹学芹。鲁兄，是你没搞清楚，稀里糊涂跑来了，对吧？"

老鲁扭头便走，心中直怪老魏粗心大意，弄巧成拙，让这熊人恶心一回。这时，那姓曹的急忙叫住他："鲁兄！鲁主席！您听我讲，我前世当过S县作协主席，说起来，还是您的下属呢！当真拜读过您不少大作，是您的铁杆粉丝……哎！您是不是写过《铸剑春秋》？"

老鲁一听，这位算是同行，而且一个省的，居然还有点崇拜他，便又停住脚步，脸色好看了一些。老曹殷勤地拉老鲁坐到碾盘上，自己坐到木凳上，解释说，他本名曹学荣，当然这是户口本、身份证上的名字，早年当中学教师，爱好写作，尤其喜欢研读《红楼梦》，极崇拜曹公，便取"曹学芹"为笔名，一直用这个笔名发表作品。后来调到一家企业当工会主席，兼S县作协主席。三年前来灵界报到时，花了点钱，就把名字正式改成曹学芹，所以不应算假冒。

老鲁仍然不忿："你这是投机取巧、挂羊头卖狗肉、沽名钓誉、浑水摸鱼、利欲熏心……"

老曹道："哎哎！鲁主席，据兄弟所知，您当年也用过一个笔名，对不？"

"……我用过笔名吗？"老鲁嗓门降了下来。

"鲁主席忘性够大的。我提醒一下——你曾用笔名鲁讯——通讯的讯。有这事吗？"

老鲁摸摸光脑门，不好意思地咧大嘴一笑："年轻时候，不知天高地厚，用过几天，不过，也没发表几篇文章，很快就弃之不用了……呵呵，见笑了……"

"鲁兄极崇拜鲁迅先生，我也是知道的。其实这也没啥嘛，不过就是想打个擦边球，文章好坏，最终看文章，而不是看作者，对不对？"

"不对！"老鲁板起脸，"我认为这是亵渎大师。当年在凡界，有人以'全庸'之名写武侠小说，假冒金庸先生大名，引读者上当，十分可耻！因此我劝曹兄，还是改回本名，不要再做那欺世盗名的小人勾当！"

老曹脸子垮下来，不吭声了。

"你看我，自从弃用鲁讯这个笔名后，作品并没受影响嘛！你刚才说的《铸剑春秋》，翻译成两种外文，全世界发行，好几家国外大报发表了评论文章。"

老曹吭吭笑两声，捂住嘴道："鲁主席，你弃用了那个笔名不假，可是我听说，你来这儿后，以'当今司马迁'之名，四处游走。说坑蒙拐骗，或许言重了，最起码是不严肃吧？"

"……你听谁说的？"老鲁大脸勃然变色，脑门上不由渗出了细汗。

"嘿嘿，不要以为外人不知，这地儿也有纪委，我里面有熟人。鲁兄！凡界有句老话：若要人不知，除非己莫为。此话拿到这里，也管用。"

老鲁的汗水，顺着大脸淌下来了，他狼狈地抬袖子拭汗。老曹扔给他一条汗巾："鲁兄！这儿没外人，不必拘谨。哎，咱说点别的——我正构思一部新长篇，今天难得一遇，想请兄台给提提意见，可否？"

"曹兄，请讲。"

"我这部长篇，名字叫《白楼梦》，写民国时期的北平，以男主人公张宝玉和两个女朋友李黛玉、赵宝钗的感情线为主线，展现张、王、李、赵四大家族，由盛而衰的过程……"

老鲁深深地叹口气，站起来，望向远处。

老曹小声道："我这可不是抄袭，顶多算模仿。模仿大师，我不觉得丢人……世上多少人，都在模仿大师嘛……"

沉默了许久，老鲁才幽幽道："曹兄，我突然想明白了……"

"您明白了什么？"

"我琢磨，咱们刚来这儿，得自律啊！千万别把凡界的臭毛病带过来，好不好？"

老曹一时愣怔。

老鲁说："你喜欢《红楼梦》，我也一样。咱俩歪打正着遇一块儿，也是个不得了的缘！"

老曹抹了抹脸上的汗珠子，点点头："是。鲁兄……抱歉……"

老鲁摆摆手道："不说那个了。咱弟兄俩一块儿唱一唱《红楼梦》里的《好了歌》吧。"

说罢，老鲁起头，吟唱起来：

世人都晓神仙好，惟有功名忘不了！
古今将相在何方？荒冢一堆草没了。

老曹随老鲁一起吟唱：

世人都晓神仙好，只有金银忘不了！
终朝只恨聚无多，及到多时眼闭了。
世人都晓神仙好，只有娇妻忘不了！

君生日日说恩情，君死又随人去了。

世人都晓神仙好，只有儿孙忘不了！

痴心父母古来多，孝顺儿孙谁见了？

唱着，唱着，老鲁的眼泪下来了……

以后的日子里，老鲁很少出门，不再和任何人交流，写作《新史记》的计划也搁置起来。他老感觉自己像个电池快要耗尽的机器人那样，离彻底休眠为期不远了。

这天是他三周年祭日，他差点给忘了，突然想到老秦会在这一天送钱给他，便飘飘出门，来到街市的一个平台上接货。一般认为，人死后过了三周年，凡界就不再像过去那么惦记他了，或许很快会淡忘他。人事有代谢，往来成古今。老鲁便想，忘了也好，老让人惦记，别人累，自己也累，互不惦记，两相轻松，也蛮好的，素净、自在……

难得出来一回，不必急于回去，他在街市上漫无边际地闲转。路过一个诊所，突然看到里面有个清瘦的身影一晃，这身影似乎在哪儿见过，早刻在了他脑海里，非常的熟悉。本来已经走过去了，他又退回来，拐到诊所门口，往里看了看。

那个身影在给一个病号拔牙，显然他是个大夫。那病号疼得吱哇乱叫，大夫边治疗边安慰他。

老鲁仔细盯着那大夫，看到他一袭长衫，黑眼珠散发出凛冽的光彩，他的头发一根一根直立起来，最引人注目的是他那浓密的胡须。小桌上有一支烟斗。大夫给病号拔完牙，洗洗手，拿起烟斗点燃，沉着地吸起来……

老鲁意识到自己遇到了真神，心中一阵暖流涌出，便移步进去，深深地鞠一躬，俯身道："先生……没想到在这儿遇到您……

晚辈拜见先生。"

"你，看牙吗？"先生紧绷着的脸上，没有任何表情。

"不，不看……晚辈只想拜访一下……"老鲁有点语无伦次，没敢说自己是作家。

"我只看牙，不受拜。"

"……先生，我也姓鲁，名叫鲁顺！咱们还是一家子呢！"

"一家子？哦，我姓周。"他端起烟斗指了指门侧的一个牌匾。老鲁看到匾上刻着五个字：周树人诊所。

老鲁不解地望着他。

"我嘛，弃文从医了！不写东西，便不必姓鲁，改用原名。"

"为什么呀，先生。晚辈以为，中国历代文学家——不含诗人——最该封神的，就是司马迁、曹雪芹和您三位。听说您荣入天界了，怎么又下凡了？"

先生爽朗的笑几声，随即收住笑："封了又如何？在那天庭上，也是荒凉，也是孤寂，不如在此受用。"

"您为啥不写东西了呢？"

"文章，有用吗？听说后世中小学课本里面，把我的文章删掉了。看来我那些东西都过时了。倘有可能，真想一把火全烧掉。故此，不如做点实际的事，当大夫，尚能给人医一医身体的病。"

"先生，您说过，一个人如果不活在别人心里，那他就真的死了。您永远是人间的一盏明灯……"

先生挥挥烟斗："还是罢啦，想做明灯的太多，何必去争呢？"

这时，有个病号进来。先生放下烟斗，对老鲁道："横眉冷对千夫指，俯首甘为孺子牛。我要忙去啦，你请自便吧！"

老鲁嘟嘟囔囔又说了些什么，先生不再搭理他。他只好退出来，往居所的方向走。

走着走着，突然阴风突起，阴云四合，渐渐看不见脚下的路。

他想起鲁迅说过的，人生最大的痛苦莫过于梦醒时发现无路可走。此刻，尚在梦中的他已经是辨不清方向，只能一头扎到黑暗之中，很快消失不见。

原载《芙蓉》2020 年第 2 期

平平的世界

一

三个月大的时候，王世科把我带到了江家。外面的阳光毒辣刺眼，乍一进江家门，我的眼睛不太适应，面前一片迷茫。王世科和江家人寒暄过后，屋里人都把目光对准我，我这才看清了众人。戴一副近视眼镜、文质彬彬、神情干练的中年人，自然就是江家男主人江贵清；女主人常敏面皮白净，眼神明亮，笑容可掬，留着披肩长发，看上去显年轻，身上有一股清香的气息；那个身材高挑、宽肩细腰、大眼睛高鼻梁、穿一件醒目的海魂衫、阳光帅气的小伙子，无疑是江家公子江文。

我腼腆羞涩地蹲伏在地板上，大气不敢出，略显惶恐地呆望着众人。女主人笑盈盈走过来，带着一股香风蹲下，伸出柔软的小手，轻轻抚摸着我的小脑袋，满眼都是爱意。嗅着她好闻的气息，我渐渐平静下来。王世科简单介绍一下我的习性和饮食起居，他见主人一家对我第一印象蛮好，神情放松下来，说："江总、常大姐，你们喜欢就好。它的名字叫平平。"

"啊,平平,这名儿好!平凡、平安、平静、平常心……全占了!"男主人咧嘴笑了。

"平平,平平!"江文亲切地叫着,扑过来要抱我。常敏拍一下儿子的手:"你轻一点儿!"所有人都笑了。

几天前我就知道,我的新主人江贵清是省油气公司的总经理兼党委书记,副厅级干部。同伴们听说我要到这样的人家,都很羡慕,说你小子就等着享福吧。妈妈却教导我说,犬这一辈子,不求荣华富贵,只求平平安安,平安是福。什么叫平安?我妈妈说,主人一家平安,你就能平安;主人一家翻船,你就得落水。所以,寻个平安的好人家过活,是我们犬类的最大幸福。

现在你弄明白了吧?我是一只小狗——一只金毛犬,也叫金毛寻回犬。我们这个品种是在十九世纪由苏格兰的一位君主,用一种小型的纽芬兰犬、爱尔兰赛特犬和已经绝迹的杂色水猎犬,混合培育出的一种金黄色的长毛犬。我们的颜色呈金黄色,显得富贵堂皇,进入中国后,深受中国人喜欢。王世科家里也有一只,他遛狗时,常敏偶然碰到了,非常喜欢,随口问一句:哪儿能搞到这么好玩的狗狗?王世科二话不说,立马就到宠物公司号下了我。

趁他们说笑,我飞快地打量了一下江家的陈设。江家房子不大,三室一厅,东西摆设也很朴素简单,一点儿都谈不上豪华,像个极普通的人家,和我在来的路上想象的情况大相径庭。俗话说,穷要嚷,富要藏,也许江家是有意做样子给人看的,狡兔三窟嘛。不过,没关系,过不多久我就会摸清他家的底细,走着瞧吧。

逗我玩了一会儿,王世科告辞。常敏不让他走,问他:"多少钱?"他就是不说。江贵清火了,轻轻一拍沙发说:"王世科,要不你抱走它。也不看看啥时候!"江贵清发起火来,脸红脖子粗,眼睛瞪得溜圆,怪吓人的。王世科没办法,只好摸出一张收据,在常敏面前晃了晃，仍不肯就范，说："就两千块。这点小钱算个啥嘛，就当我送江文侄子一个小礼物……"

常敏不由分说，把两千块钱硬塞给王世科。王世科略显尴尬地走了。

从这天起，我成了江家的一分子。

江贵清所说"也不看看啥时候"，是有所指的，很快我就搞清了。那段时间，对江贵清来说，正是敏感时期，竟然有人给省纪委写信，给北京的总公司写信，给总公司的上级国资委写信，举报他的经济问题、作风问题，弄得他心烦意乱。夜里，两口子睡不着，经常一聊到半夜，有时聊着聊着吵起来，常敏非要丈夫承认外面有人。她不太关心他的"经济问题"，她只关心他的"作风问题"。老江则指天发誓说，压根没有的事，是诬陷，他与办公室的胡小芸没半点私情，纯粹工作关系。

吵闹一阵，这个话题进行不下去，又会绕到"经济问题"上来。通过夫妻二人的谈话，我听出，江贵清担任一把手，要说没一点儿经济问题，那也不可能，常在河边走，即使湿不了鞋，鞋面上溅几点水珠，沾一点儿沙子，再正常不过。但他绝对没有大肆索贿受贿，这些年来，他抗不过人情世故，也违规给亲戚熟人办过几桩事，这些违规的事并没有给公司带来什么危害和不好的影响，事成之后，推迟不掉，顶多不过是收过别人几张购物卡，收过几箱茅台酒，吃过几顿高档饭，常敏被人安排出过一次国，买了三两个LV包，等等，都是些鸡毛蒜皮的小事。

可是这些事，说你严重就严重，说你没事就没事，全看组织上怎么定性了。他们聊到最后，常常就是翻来覆去分析谁干的，公司里有嫌疑的人一个个拎出来分析，怀疑的重点主要是公司的两个副手，一个想急于上位，一个想给小舅子揽个大项目，但是被老江给卡住了。这二人对老江的底细摸得准，最值得怀疑。我不认识他们，所以不感兴趣，一般到这时候，我就睡了。

有一晚我听到他们说起王世科，说王世科虽然是自己人，也不是没可能写告状信，上半年他曾经有一次提拔机会，由办公室副主任升正主任，他到处活动，很想当，但是老江认为他太年轻，办事不稳当，想再历练他一下，就没点头，最后办公室另一个副主任老孙获提。王世科会不会因此而怀恨在心？人心隔肚皮，这都是有可能的呀！

听他们分析到这里，我真有些害怕。王世科为江家跑前跑后的，不像个告黑状的人呀，看来人类的事，就是比我们犬类的事情复杂，算了，不动这个脑子了，睡觉。

那些天家里气氛压抑，人人都有心事，所以我尽量不闹出动静，以免惹主人烦。白天他们上班的上班，上学的上学，就我一个人，我盼着他们回来，又怕他们回来。因为正是长身体的时候，在这样的环境下生活，我病了，上吐下泻，吃不下东西，没几天就瘦了一圈。江家人都很着急，我心里却有些过意不去——主人正堵心的时候，我又来给人家添堵。

晚上，王世科过来看了看，他有经验，看到阳台上的我目光呆滞，四肢无力，毛发无光，冲老江夫妇摇摇头，叹口气。

"世科，怎么办好？"常敏急问。

"江总、常大姐，这样好不好？我把这狗狗带走得了。"

"你带哪去？"江文盯着他。

王世科离开我身边，走到客厅里，小声说："再去搞一只过来嘛，多大点事！"

我没想到，他竟然说出这样的话。

"那平平怎么办？"常敏的声音。

"你们甭管了。"王世科的声音。

"你想把它带走？"老江的声音。

王世科没吭声，大概是点了点头。

"王叔，你想怎么处理他？"江文的声音。

"这狗可能活不长，不能让他死家里，找个地儿丢下算了。也只能这样了。唉。"他重重地叹口气。

我痛苦地闭上眼睛，恐惧瞬间笼罩了我。我刚来江家没几天，还没和主人建立起什么感情，他们抛弃我，也算正常。如果把我弃到荒郊野外，只能是死路一条了。可我不想死，我才不到四个月大，换算成人类的寿命，也就是三四岁的样子，你们怎么忍心丢掉我一个小孩？求生的欲望使我突然来了力气，我咬牙站立起来，摇摇晃晃来到客厅里，望着面前的四个人。

"世科，你刚才说什么？"老江仿佛刚清醒过来，盯着王世科。

"……江总，我想把它带走……"

"不行！"老江坚决地说。

"不行！"常敏说。

"不行！"江文说，边说边跺了下地板。

我的眼泪下来了。主人一家这一刻的恩情，让我终生难忘，终生难以报答。似乎为了表示我还不至于死，我跑到食槽边上，吃了一点儿食物，还喝了两口水。

那晚，王世科主动带我到宠物医院看病，他抱着我跑上跑下，满头是汗，对医生点头哈腰，请医生给我打最好的针，用最好的药。

这个时候，我从内心里原谅了他。

三天之后，我好了。江家也得到了天大喜讯。从北京来的工作组，认真调查过之后，庄严宣布：中国油气总公司甘肃省分公司总经理、党委书记江贵清同志，没有任何男女作风问题，也没有明显的经济问题。检举信上列出的所有问题，都是不实之词，不予采信。

那天常敏没有上班，在家等消息。通过手机短信，她得到了上述消息，那一刻她激动地扔下手机，抱起我，又亲又拧，都把我搞疼了。后来她哭起来，我也受她感染，眼角里噙满了泪。她抱着我的样子，我感觉我们真像是一对母子。

当晚，江家在一家小饭馆搞了个庆贺仪式，江文特意从大学请假赶回来。出于高兴，他们把我也带去了。席间，老江动情地说，从北京来的张主任在下午的全体中层以上干部会上，狠狠地表扬了他，并且说，组织上要感谢写告状信的人，正是由于这一次的告状，使组织上发现了一个好同志，江贵清同志是值得全系统学习的好干部，像他这样的干部，只知道默默无闻地工作，在全系统都是不多见的。

常敏和江文频频向老江敬酒，他喝得有点多。他大着舌头说，组织上终于还了他一个清白，张主任宣布完这个消息，他忍不住当众流下了热泪，原本想提请组织上追查诬告者，一查到底，追究责任，后来一想，得饶人处且饶人，还是算了吧。因为发现了一个好干部，张主任兴致很高，当场引用毛主席夸奖白求恩的话，来夸奖他，说他是"一个高尚的人，一个纯粹的人，一个有道德的人，一个脱离了低级趣味的人，一个有益于人民的人"。

老江说，张主任说到这里，他眼泪哗哗地，长这么大，除了母亲去世时，他从没这么哭过。他从心底感谢组织，没有上级党组织的火眼金睛，他就是跳进黄河也洗不清。

老江又说，散会后，他向张主任提出，既然自己是干净的，那么他想干干净净把这副担子交出去，是时候了，他现在有些疲倦，想辞掉一切职务，当一名普通干部，省心省力，平静地生活。

"张主任怎么说？"常敏问。看上去，她有些着急，"这么大事，也不跟我和儿子商量一下。"

老江咳嗽几声，故意卖个关子，咪了口酒，吃了口菜，道："张主任说，那你等着吧！"

"张主任啥意思？"

"我哪知道啊。"老江打个哈欠，想睡觉了。

那晚我在睡梦中，被一阵声音惊醒，侧耳听了听，是从主人夫妇卧室传过来的，哼哼唧唧，夹带着鱼儿戏水般的声音。后来我才知道，他们在做爱。当时我还小，不懂这个，所以也就没当回事，翻个身又睡了。

二

江家的生活走向了正规，我的生活也充满了阳光。

每天晚饭之后，主人夫妇都要带我到楼下小公园遛弯，我抓紧解决大小便问题后，喜欢找同伴们玩一会儿。

这一片有两个比较高档的小区，养狗的人家不少。这一带的犬，最牛 X 的当数壮壮——它是梁厅长家的，虽然它的品牌不过是哈士奇，比我们金毛犬金贵不了多少，但因为梁厅长是这一带居民中最大的官，所以它有牛 X 的资格。

通常都是梁家的小保姆把壮壮带出来，小保姆找熟悉的人聊天，懒得管它，它正好图个自在，它就那么往花坛边一站，立时就有七七八八的犬围上来。它叉开后腿，前爪往前扒拉两下，然后蹲坐下，像领导干部上了讲台，即将讲话那样，先清清嗓子，环顾左右，然后开讲。它讲的当然不是什么国家大事，而是梁家的私事。它喜欢透露一点儿内幕消息给我们，比如梁厅长老婆又在家里收钱了，梁厅长又找了一个小蜜，云云。正因为它口无遮拦，有啥说啥，实事求是，不加隐瞒，所以它在这一带有较高的威望，成为公认的大哥大。说它牛 X，一点儿都不是吹捧他。

开始我很好奇，对壮壮讲的事情很感兴趣，是它最忠实的听众。它也很抬举我，毕竟它知道我的主人是个副厅级，而且我主人的单位是本城最有钱的单位之一，人人羡慕。于是，他经常在讲话结束后，当众轻轻咬一咬我的耳朵，舔一舔我头顶上的毛发，以示对我的特殊关爱。这使我很受用，虚荣心得到小小满足。

有一次我向它提出疑问："壮壮哥，梁厅长找小蜜，你咋知道？难道他带着你去约会不成？"

众犬对我的疑问表示附和，有的小声嘲笑说，吹牛皮又不上税，你就吹吧。

壮壮"汪"声一笑，抬起一只前爪指点一下众犬，用轻蔑的口气说："你们这些蠢货，都是猪脑子吗？老子还用得着跟他去吗？你们没鼻子吗？他是不是新找了小蜜，他一进门老子就能嗅出来。"

这话让众犬噤了声。壮壮有这个本事一点儿都不奇怪，只是我们都没想到。它抬爪子拍拍我肩膀说："老弟，好好学着点。现在是信息社会，要想出犬头地，你得练好眼观六路、耳听八方、鼻闻天地万物的本领。"

我佩服得点点头。

但是，佩服归佩服，很快我就意识到，它这么做不合适——梁厅长是它的主人，它怎么能够随随便便把主人的事情抖搂出来？世界上有这么不忠的犬吗？它这是典型的缺乏犬道，是个原则问题……越想问题越严重。意识到这个以后，我就慢慢疏远了它，我不想和不忠不义的同伴来往。以后再出来遛弯，顶多礼貌性地跟它打个招呼，然后我就踱到一边去，坚决不听它的内幕消息。

这天晚上，老江有饭局，常敏带我出来得晚了一会儿，远远地听到壮壮又在瞎白话梁厅长的私事，我就生气没过去，跑到一个花坛边上，追着一只飞蛾扑腾着玩。常敏追上来，喊我到一边玩去。紧挨着花坛的，是一个小广场，广场里有一群大妈在跳街舞，动静很大。常敏年轻时候是歌舞团的舞蹈演员，嫁给老江，生了孩子之后，再去跳舞不合适，就改了行，调到分公司做行政工作。后来她每逢见到跳舞的，尤其跳街舞的大妈，就很烦很鄙视，仿佛见到狗屎那般，赶紧走开。

我沿着公园的鹅卵石路，兴奋地跑在前头。常敏跟在后面。一旦发现自己跑快了，我就停下来，等一下她。我越来越懂事了，这从主人一家的眼神里就能看出来，他们常常用欣赏的目光望着我。

一股清新的宛若兰花的气息扑鼻而来，我知道有个女士过来了，她越来越近，越来越近……此时太阳早已落山，公园里的灯光打开了，朦朦胧胧的，一个穿长裙留长发的倩影走到我跟前，看我一眼，突然停了下来。每天遛弯时，经常有路人停下来逗我玩，夸奖我的可爱，这个我已经习惯了，知道又遇上了一个喜欢我的人，而且是个美丽的女士，我骄傲地冲她晃晃脑袋，摇摆几下尾巴，算是礼貌地打了招呼。

在我身后，常敏跟了上来。

"哟，常大姐呀，您出来遛弯呢……"女士发现了常敏，热情地上前两步。

"出来转转。"常敏语调平静。

"哟，这是平平吧？"不等常敏回答，女士迈开高跟鞋走到我面前，蹲下来，亲热地抚摸我的脑袋、耳朵、下巴、后背，边逗我玩，边说，"大姐，早听说你们家平平特可爱，特好玩，今天总算见着了，真好……"

女士喋喋不休地夸奖我，抚摸我，我感到很开心，很受用。她身上宛若兰花的香气直冲我头顶，永远留存在了我的记忆中。

但是，很快我注意到，常敏的脸子拉下来了。我马上意识到不好，身体变得僵硬了。只听常敏说："哟，你咋知道我们家平平可爱呀？"

"……公司很多人都知道的……大姐，这可不是什么秘密呀！"

"是吗？"

女士停止抚摸我的身体，收起光滑的手，站起来说："大姐，平平在公司很有名，真的！噢，我得走了，再见！"

常敏哼一声，算是回答。女士娉娉婷婷地远去了，常敏盯着她的背影看，好半天才回过头。

回到家里，头一件事情就是给我洗澡。正洗着，老江回来了，摸不清由头地问："怎么又洗？昨晚不是刚洗过吗？洗太勤了对狗狗不好。"

常敏用力在我身上揉搓浴液，弄得满卫生间都是泡沫，不接男人的话。

"又怎么啦？"老江脑袋探进卫生间。

常敏没好气："你说怎么啦？带平平散步，怎么不巧就碰上她？上来就摸，我还怕她把性病传给平平呢！"

老江愣一下，摇摇头，并没发火，而是口气平和地说："你呀，又想多了，人家小胡是个正派人，组织上早都下了结论嘛！"

老江回到客厅去了。常敏费了好大劲，才给我洗完，这是我来江家后，洗澡最彻底的一次。我已经猜到了，刚才公园里那个带有兰花香气的女士不是别人，正是告状信上提到的胡小芸。

尽管生活中不断有种种疙里疙瘩的不愉快，但江家总的气氛是向好的，心气是向上的。这一晚，主人夫妇又做了一次爱，此时我略略知晓了一些公母之事，趴在阳台上的我，竟然也有点蠢蠢欲动。

八月初的一个早晨，天刚放亮，阳台外面的梧桐树上就有一对喜鹊叽叽喳喳叫个不停，主人两口子都被闹醒，我听到老江打个哈欠说："喜鹊叫，好事来，该有好事来喽。"

他话音刚落，我就听到一阵乌鸦的叫声从远处的一棵树上传来。真是叫得不是时候。声音虽然不大，又在喜鹊叫声的压制之下，我想他们二人还是隐约听到了。气氛一下子变得沉闷。常敏边起床边说："别想好事了。现在这时候，不出幺蛾子闹心事，就算烧高香了。"自从上次有人告状，常敏就变得有点神经质，生怕什么时候再出个事。

二人简单吃罢早饭去上班。两口子都在分公司的大楼里工作，每天老江坐单位的专车，按说常敏搭个顺风车很正常，以前也常这么做，但自从上回闹出风波，为了避嫌，这以后常敏都是坐单位班车。

整整一天，家里没人，我心里七上八下，忐忑不安，生怕主人再闹出什么事端。俗话说，一荣俱荣，一损俱损，主人一家不平安，我能有什么好果子吃？自我来到江家，我可以做证，这段时间没一个送礼的上门，他的家底我也基本搞清了，没有太多钱；老江更不可能有什么作风问题，他总是每天早早回家，把应酬降到最少，我的嗅觉越来越灵敏，他一旦和常敏以外的女人接触，他一进门我就能闻出来，事实上，我从来没从他身上闻到过其他异性的气味。

记得有一次，壮壮让我也透露点主人的小秘密，其他犬跟着起哄，说你不能口风太严，光听不说，光进不出，这叫自私。我赌咒发誓说，我家主人真没有啥秘密，绝对是好干部。众犬一听，都不相信，都笑，说怎么可能呢？你小子让主人洗脑了。他们不信，我也没办法，只能以后少和它们交流，就让我做一只孤独的小犬吧。

这一天我心神不定，吃饭时间，他们也没回来，我饿了，却吃不下东西。到了晚上九点多钟，我听到三个人上楼，有老江、常敏，还有王世科。我闻到了酒气，他们都喝了不少酒。既然有酒喝，就可能是好事，我心里踏实了些。

三人进得门来，依然很兴奋。很快通过他们的交谈我搞清了：今天接到了北京的正式任命——江贵清上调北京总公司，担任副总经理、党组成员。看来今天早晨的喜鹊叫窗，是灵验的。好事若想来，谁也挡不住。今晚公司高层给他摆了个庆贺加钱行酒，饭后，王世科亲自送二人回家。

江贵清一跃而成为北京总公司的副老总，这一步非常关键。王世科说，全国多少人盯着这个位置，还是江总最过硬。透过门缝我看到，老江虽然有点恍恍惚惚，但他头脑仍然是清醒的。他说这都是上级党组织对自己的厚爱，他是陇东山区的农村孩子，打小就没了母亲，后来考上大学，学费都是国家给减免的，靠这个完成了学业，毕业后来到省油气分公司，正是组织上的大力培养，从一个小办事员成长为分公司老总，这一次能够上调北京，全凭组织上的信任。他说的虽然是套话，但我能够听出来，他是肺腑之言，是从心窝子里掏出来的真心话。

后来他们又说到搬家的事，江文大学刚毕业，正准备在兰州找工作，这下用不着了，到北京再说吧。常敏是分公司的普通干部，调动不是难事，内定接替江贵清的高正伦今晚酒桌上拍胸脯说，不能让江总到北京过单身生活，马上把常敏调分公司驻京办，再给她落实一个职务。

说来说去，就是没说到我。江家的好事，对我来说，指不定就是坏事。他们一家去北京，我怎么办？一着急，我弄出了一点儿动静，常敏打开阳台门，把我放进了客厅。面对三张酒后的大红脸，我突然觉得陌生了，心里惴惴不安。王世科说："江总、大姐，你们放心去北京，平平我先养着，可以吧？"

我紧张地竖起耳朵。老江和常敏都没吭声。

"到了北京，你们要是还想养，我马上让那儿的朋友给您挑一只送家去。"

我不由瞪了王世科一眼。要说起来，我得感谢王世科，是他把我抱到江家来的，江家是个好家庭，我感到满意。可是今晚他出的这个馊主意，又让我……痛恨他。

"汪。"我忍不住吠叫了一下。

吓了他们一跳。

王世科见老江夫妇没有表态，试探着问："要不这样，你们一家坐飞机先走，我找个机会开车把平平送过去？"

三

那一夜我无眠。

一连几天，我都是闷闷不乐。我知道这个时候不能生病，一旦生病，主人很可能就会借机把我丢下。因此，我强迫自己，每天坚持吃饭喝水，一顿都不能少。

那些天老江夫妇每晚都有应酬，喝得摇摇晃晃回来。他们不愿意喝酒，每顿饭花成千上万的钱，他们也心疼，但是这个程序决不能少，这是官场上的规矩。

离老江赴京上任的日子越来越近，老江夫妇还没有下决定怎么处理我，也许他们忙得顾不上我，我的心也就一直悬吊着。

周末，王世科开一辆面包车来江家楼下，说要拉全家出去散散心。临出门，江文提出把我带上，老江愣一下，没表态，后来还是常敏同意了。车子出了城市，来到郊区的森林公园。天气出奇的好，清风扑面，阳光明丽，细碎的花朵开在草地上，在我眼前晃动，花草混合的香气像一团云雾，包裹着我，令我渐渐忘却烦忧。

主人一家兴致非常的高，频频在草地花间留影。我意识到这可能是我最后一次陪同主人玩，便打起十二分的精神，在草地上奔跑跳跃，追逐无声翩飞的蝴蝶和嗡嗡作响的蜜蜂。他们的目光被我吸引，一齐望着我。我更加起劲地腾挪跳跃，不想别的，只想在这分别在即的时刻，给他们留下欢乐的瞬间……

"爸、妈，你们没想到吗？"江文问道。

"什么？"常敏问。

"自从平平来咱家，咱家的好事一桩接一桩，挡也挡不住。"

我跳跃的动作不由慢下来，侧耳听着。

"对呀！"王世科一拍巴掌，"平平确实能给人带来好运。"显然他的意思是，这些好运气是他给江家带来的。

我注意到，老江和常敏都赞同地点点头。

"平平，过来！"江文喊道。

我飞快地跑过来，在他们面前猛地驻足，半伏在地，温顺地左顾右盼。我知道，决定自己命运的时候到了！

常敏上前两步，蹲下来，温柔地抚摸着我的头顶、耳朵，像一个母亲抚摸儿子那样，然后说："平平真乖……真像我的乖儿子。"

我脑袋一热，眼圈一红。

老江、王世科和江文都大笑起来。

江文笑说："妈，您这么一来，平平成我小弟弟了！"

众人又大笑。

"干脆给平平改个名，叫江武？江二？……"

众人笑得更欢了。我也忍不住咧嘴一笑。虽然知道这一切不过是人类的玩笑，不能当真，但我还是发自内心的感动，趁他们不注意，我悄悄抬爪抹去眼角的一颗泪珠。

王世科反应快，举起相机说："来来来，照张全家福。"

王世科手中的相机咔嗒一响，一张全家福定格——老江居中，常敏和江文分列左右，我蹲在老江身前。照片上的我们都意气风发，似乎一切都预示着，未来更美好。

照完相，我的胸脯剧烈起伏，感恩不已。我想，即使主人不带我进京，即使从今以后再也不见面，我也满足了。主人认我做干儿子，江文认我做干弟弟，天底下像我这么幸福的犬，能有几只？

但是很快我就发现，我过于悲观了。看来我们犬类的思维还是有点问题。一阵清风拂过，我听到了一个令我无比震惊的声音——

"一家四口，一块儿进京。"这是江爸爸的话。

"对！我可舍不下我的乖儿子。"这是常妈妈的话。

"好极了！"这是江文哥哥的话。

一时间，我愣在那里，恍然如梦。等我明白过来，再也无法控制自己，飞快地跑到一棵大树后面，无声地哭了起来……这恩，这情，八辈子也报不完啊……

三日后，全家进京。没想到有那么多人来送行，分公司机关的人几乎都来了，列队送行，场面很感人，江爸眼里含着泪，不断地冲众人拱手道别。我看到胡小芸也在送行的人群中，她表情冷艳，某一个瞬间，她飞快地瞅一眼老江，又飞快地移开目光。我还看到，常敏盯了她一眼，又扭脸盯了一眼身边的老江。老江镇定自若，不为所动。我眨眼的工夫，胡小芸的身影不见了。

壮壮竟然也来凑热闹，它隔着人群冲我响亮地"汪"了一声，我隐约听见它说："兄弟，一路走好！"

我也"汪"了一声，表示感谢。

它又说："兄弟记住呀，狗富贵，勿相忘。在首都混好了，别忘了老哥。"

我说："什么混好混不好的，平安才是福，以后少说你家梁厅长的坏话，咱们做犬的，万事忠为上。"

王世科牵着我站在一辆大货车跟前。车上装的是江家带往北京新家的家当。主人一家三口坐飞机走，我不能坐飞机，只能坐汽车。我知道，如果不是因为我，这些家当可以办托运的。

该出发了。江家三口上了小车。关车门的那一刻，我听到江爸感慨万端地说——又像是自言自语："我江贵清这是进京赶考啊……不要学那李自成……"

王世科亲自押车带我走。这一路够他辛苦的，但他像打了鸡血那般，满脸放光，似乎进京上任的是他。昨晚我听江爸对常妈透露说，他已经给接替他的高正伦打过招呼，提拔王世科当人事处长，下个月就公布。王世科肯定知道了，所以他兴奋是有原因的。

车子缓缓开动，人群一下子散去。

对于主人来说，此去北京，仿佛他们的人生刚刚开始。而对于我——我的狗生，仿佛也刚刚开始。

四

主人的新家在二环边上的一个欧式风格的高档小区，小区的名字叫颐和里。两天之后，王世科带我风尘仆仆赶到时，新家已基本布置就绪。那张"全家福"也挂到了大客厅的墙上。

我进了新家，四处打量，有点像刘姥姥进大观园那样，战战兢兢，都不太会走路了。据说这套房子258平方米大小，北京明年要开奥运会，房价飞涨，这个地块的房子已到两万一平方米，总公司在这个小区的住户，每平方米只按一千五收缴。用江爸的话说，组织上真是对我们太好了。

常妈把我唤到一个原本做储藏室的小房间，说："乖儿子，这是你的。"以前我住阳台，现在竟然有了一间属于自己的房子！我的喜悦之情难以言表。我亲吻一下她又香又凉又滑的手，"汪"了一声，表示感谢，心里说："你们对我真是太好了。"

当晚常妈亲自下厨，做了几个拿手好菜。一家三口喝光了一瓶普通的张裕葡萄酒，都微微有了点醉意。我在桌子底下趴着，尽量不发出声音，以免影响主人进餐。江文偶尔丢一小块肉类的食物给我，我无声地吃下去。江爸一直沉浸在进京上任的激动情绪之中，不由得又背诵起毛主席夸奖白求恩的话，说自己坚决要做"一个高尚的人，一个纯粹的人，一个有道德的人，一个脱离了低级趣味的人，一个有益于人民的人"。言真意切，表情庄重，手舞足蹈。

听着他用心背诵，我也深受触动：毛主席说得真好！其实我们犬类也热爱毛主席——此时我暗暗叮嘱自己，一定要做一只纯粹的

116

犬，高尚的犬，忠诚的犬。

江文却忍不住扑哧一笑。

常敏瞪他一眼说："严肃点儿。"

这一夜，我兴奋得难以入睡。隔壁大卧室里，主人夫妇悄悄说起了情话。后来又发出一些细碎的声音，我知道他们在行云雨之欢。此时的我已经懂一些床上的事，我不好意思再倾听，就用前爪堵住耳朵。

爱听墙脚的犬不是好犬啊，我对自己说。

一晃三年过去，借奥运会的东风，北京的房价噌噌往上窜，我住的小区据说到了四万多一平方米。空气越来越不好，都说是霾，我抬头看天，经常看不到天，有时十天半月见不到一回月亮。江家的变化也不小，江文原先说甘肃味的普通话，现在你一点儿也听不出原先的土味了，成了地道的北京口音，舌头有点儿卷，带点儿玩世不恭的味道。

常敏先是被安排到甘肃分公司的驻京办当财务部长，后来又提升为驻京办副主任。她主要是挂名，每周去单位三次，每次待一会儿就走，有时不高兴了，半月都不露面。她说自己越少露面，别人越高兴，她在，别人就不自在。也许她说的有道理，人类的事很复杂，我们犬类很难搞懂。

但有一点是肯定的——常敏妈妈越来越显年轻了，她每周都要去会所做两次美容。

江爸全身心地投入工作，每天很晚才回家，他负责的那一摊工作卓有成效，据说上头很满意。虽然很累，但他很充实，很快乐。

来北京后，江文接连找了好几个工作，都不满意，主要是嫌挣钱少，还归别人管着，不自由。他打算去国外发展，出国转了转，转了几个月却又回来了，说："出去才发现，连个正宗的涮羊肉都吃不上，哪儿都不如咱中国好。"又拍着我的脑袋对我说，"平平，在外头，我还是很想你的。以后咱们不分开了。"弄得我挺激动。

后来不知怎么他开了窍——自己开公司。据说领导干部的家属子女不让开公司，因此他爸坚决反对他干。他就偷偷干，不出一年，挣了些钱，到东北四环外的望京买下一套三室一厅的房子，他早就厌烦父母唠叨，借机搬出去住了。

但很快，他开公司的事情暴露，他爸把他叫到家里来，好一顿训斥，勒令他立即退出。他不干，振振有词："凭什么？我是合法公民，不偷不抢不骗，有权开公司。"

老江一瞪眼睛，一拍桌子，厉声说："凭什么？就凭你是江贵清的儿子这一条，你也不能开。"

动静挺大，吓了我一跳，我赶紧溜到墙角。

江文一撇嘴："爸，您不清楚，我的公司专做办公自动化，与你们油气一点儿边不沾，八竿子也碰不着，我坚决不往你们系统卖一分钱货，也就是说，我一点儿光也不想沾您的，咱们井水不犯河水，这还不行吗？"

"不行！中央发过多少次红头文件，领导干部家属子女不让开公司，不管开什么样的公司都不行。"

"可是，您不知道，有多少领导家的人偷偷开公司——哪个领导不比您官大？为什么人家不怕，就你怕？为什么人家可以，我就不可以？"

"人家是人家，咱是咱，不能比这个。我官虽不大，但也是有人盯着的，只要你还是我江贵清的儿子，就必须听我的。"

江文还想说什么，常敏过来拍拍他肩膀，柔声劝道："儿子，咱家刚来北京，没根基，得夹着尾巴做人，就听你爸一回吧，啊？不开那个公司，也饿不死咱，得空让你爸给你找个好工作，每天上八小时班，多省心！"

话说到这个份上，江文只能收兵了，他脑袋一低，眼圈竟然红

118

了，小声道："我的公司正起步，不出几年，就能做大……唉，怪我命不好，非要生在一个所谓的领导干部家庭……"

他起身走了，头也没回。我随他走到门口，他没像往常那样与我道别，门砰的一声关上了。

常敏叹口气说："贵清，为了你，让儿子受委屈了。"

老江哼一声，道："胡扯！我是为他好。不让他收手，还不是怕他出事。中央做这种决定，说到底是保护干部和家人。"

江文还算听话，很快就注销了公司。

这一切都还好，很正常，很平安，很平静。

家里来了个保姆，叫罗小明。以前常敏不喜欢用保姆，怕保姆碍事，怕保姆偷东西，怕保姆不讲卫生，家里一直没有保姆。后来她去总公司的几个领导家做客，看到每家都有保姆，有的一家有两个，一个管买菜做饭，一个管打扫卫生洗衣服，她这才动了心。她对保姆的要求是，不能太漂亮，也不能太丑，太漂亮了容易滋事，太丑了看着不舒服。

有人推荐了罗小明。小明家在太行山深处的罗家凹，有点胖，皮肤也有点黑，个头也不高，这正合常敏的要求。老江也很满意，主要是小明来自贫穷的地方，这让他想起自己的家乡，老江对穷人有感情。

我对小明的印象却不怎么好。她对主人很上心，对我却得过且过。常敏交代她，每天都要把我喝水用的小盆刷一遍，而且不要给我喝生水，她常常忘了刷，常常到自来水管那里接生水给我喝。我不满意，就"汪"一声抗议。家里没人时，她冲我瞪眼，说她最烦的就是狗，因为她小时候被狗咬过，腿肚子上还留有一个疤。我抬眼就能看到那个疤，所以我相信她说的是实话。见我住单间，她也很有意见，说她在北京打工的老乡，几个人合住地下室。"一条破狗，怎么能住这么好的屋？"她说，"太不合适了。"她给我洗澡时，也是极不认真，胡乱往我身上抹一点儿沐浴露，拿水龙头简单一冲了事。她来了之后，我的形象大不如前，心情也差了些。

每天，我和她在一起的时间很多。常敏前脚刚走，她就跑到主人卧室，要么是躺床上用座机打电话，要么是偷偷抹常敏的化妆品，要么是试穿常敏新买的时装。我看不下去，就弄出些动静来，想提醒她注意。她从卧室里伸出头来呵斥我："臭狗，闭嘴！"她说我臭，其实她才臭，她经常晚上不刷牙不洗脚就钻被窝，她屋子里的味道有时很难闻。

从她打的电话里，我听得出，她有一个男朋友，名叫陈根，她叫他傻根。他们是一个村的。陈根没来北京，在老家他姨夫开的工厂做业务员，她嫌他挣钱少，还嫌他土，所以一直没和他正式订亲。有一天，我从她的破手机上，看到了陈根的照片，照片上的陈根其实蛮精神，比她可是好看多了。真不明白陈根为什么找这样的女朋友。

愉快的事情也有不少，对我来说，最快乐的莫过于每天晚上的遛弯。这是自由的时刻，是幸福的时刻。有时常妈亲自带我遛弯，更多时候，是小明带我出去。离颐和里不远，有个街心公园，虽然不大，但挺漂亮，里面还有一个音乐喷泉。一般来这儿后，小明找别家的小保姆聊天吹牛，我便脱离了她的管制。

最让我激动的是，我在这里结识了花花。

听名儿就知道，花花是女性。她的主人是个老头，喜欢和人下象棋。花花和我一样，没人管，就在附近溜达。头一回见花花，我就被她吸引。她不是典型的洋品种，也不完全是土种，可能是经过多次杂交后的品种，中西合璧，土洋结合，有一股质朴的气息，很文静的样子。她身上又有一股烟火气，像普通百姓家的犬。我主动与她打招呼，她有点羞答答地莞尔一笑，那一笑很动人，给我留下了美好印象。我们靠近，互相嗅了嗅，彼此喜欢对方的气息，这就有了铺垫。

我和花花的年龄相差不大，都是三岁多，正当年。以后出来遛弯，我就想与花花打照面。花花住对面的小区，小区名叫光明佳苑，那一片很大，很乱，都是些普通的六层高的灰房子，有年头了，看上去一点儿都不光明。花花说，她的主人是一个退休老职工，家里没什么钱，老职工的老伴前年去世，儿女都在外地，很少回来。老头对她很好，把她当闺女养，所以她感觉很幸福。

我们开始交往的时候，花花有点自卑，因为我住颐和里，是所谓的贵族，而她住光明佳苑——这可是两个世界，住颐和里的人，非富即贵；而光明佳苑没听说谁家富贵，都是些普通老百姓，下岗的还挺多，小区又脏又乱，连犬都不愿在那儿转悠。后来见我一点儿也不傲慢，更没有半点瞧不起她，她才踏踏实实地与我交往起来。

花花有时很好奇，问我主人家都有什么摆设，是不是满屋都是金银财宝，像个宫殿。我就告诉她，我的主人家除了有一套好的红木家具，其他的东西恐怕和普通百姓家差不太多。花花又问我，主人吃什么，是不是每天山珍海味，珍馐佳肴？我又告诉她，我的主人晚上经常喝一碗小米粥，有时就吃点水果完事。她说："原来这样啊，你不说，我天天纳闷呢。"

花花特别想到颐和里转一转，亲眼看看这个高档小区里面什么样，但是门禁森严，如果小明不带她进去，她是无法进入的。我琢磨着找个合适机会，带她进去看看。

小明有一次发现我跟花花一起玩得很开心，不高兴了，拉下胖脸子说："颐和里有那么多的名贵狗，你不玩，非要跟光明佳苑的笨狗玩，你好贱呀。"

她这话非常难听，既伤了我，又伤了花花。我看到花花眼圈一红，头一低，跑一边去了。我很气愤地冲小明"呜汪"叫了几声。

来北京后，我头一回生这么大的气。

五

好事非要来，真是谁也挡不住。我的主人延续着三年多来的好运道，又一次成功上位，当上了总公司的一把手。

事情明朗那天，常敏丢下手机，一把抱住我。我的脑袋顶住她饱满的胸脯，这让我有点窒息，有点贪婪，我使劲顶她的胸，她兴奋得哼唧了一声，松开手，拍打我一下，嗔怪道："小坏蛋。"

我脸红了。可我认为我并非变坏，而是有点恋母情结吧。

"我的乖儿子，知道吗？老江又升了！"她的大眼睛圆瞪着，真是美极了。

我清脆地"汪"一声，在地板上打了个滚，以此表示由衷的祝贺。小明在一旁撇一下嘴，似乎对常敏把这个消息先告诉我而不是先对她说，颇有些不满。

傍晚江爸下班回来，我呼地扑进他怀里，又拱又嗅，比平时猛烈得多。他亲热地拍拍我脑袋说："行了，平平，行了行了。"

这么大的喜事，很快就传开了，不断有人打电话来，约他们夫妇到外面坐一坐，江爸一一拒绝。"越是这个时候越要低调。要有一颗平常心，对吧，平平？"他说。

简单吃罢晚饭，夫妻二人亲自带我到楼下遛弯。颐和里的人似乎都知道了，路上遇到的人都比平时殷勤了许多，脸上都带着多出来的笑。我非常想到街心公园去，自从上次小明伤了花花的心，我有一段时间没见到她了，还是非常想念。江爸大概也不想见到太多的笑脸，就按我的意思出了小区，左拐再左拐，然后就到了街心公园。

花花果然在。主人夫妇围着音乐喷泉转圈，我靠近了花花，热情地打个招呼。花花却像不认识我似的，眼神都不递一个。我说：

"怎么了你？"

花花不吭气，想溜走。我追上去，堵住她去路。

"你让开。"她头也不抬。

"到底怎么了？"其实我知道因为什么。

"……我们不是一路犬。"她叹口气。

"我又没怎么你。说难听话的是小明。"

她点点头："你们颐和里的人，都这德性。以后我们不要来往了。"

我有点急，道："小明家在大山里，她家穷得跟你们光明佳苑的人都没法比，她才住进颐和里几天，就瞧不起穷人穷犬，真讨厌！你放心，我不会那样子的。"

花花似乎觉得我说的有道理，气消了大半，羞涩地看我一眼。我抬爪指了指不远处的江爸，说："你看看那个人，他像干啥的？"

此时江爸正低着头看老头儿们下棋。花花顺着我的目光瞄了他一眼，摇一下头："看不出来。"

"告诉你吧，他是油气总公司的大老总，手下资产过万亿，下一步能当中央候补委员。"

"是吗？"

"那是。他没有瞧不起穷人吧？"

花花惊讶地又瞄一眼江爸："还真看不出来，蛮朴素的一个人。"

"这不就得了！"我美美地笑了。

我重新获得了花花的好感。花花靠近我几步，我们互相友好地嗅着对方，花花身上的柴火味汹涌钻进我鼻孔，我喜欢她的味道，她让我陶醉。我身上的香水味儿也令她微微颤抖。刚才出门的时候，常妈顺便往我身上喷了点 Dior 香水，据说这种洋香水的味道能让异性着迷。

　　江爸高升后，家里来的第一个客人是王世科，他不远千里专程从兰州过来贺喜。这几年，王世科年年都要过来，有时一年来好几趟，他把我当成了"自己人"，主人越是喜欢我，他越是感到高兴，因为是他把我带到江家来的，他就像个送子娘娘一样自豪，认为自己是个"有功之臣"。每次来家里，他总是不厌其烦地逗我玩，又亲又抱，又搂又摸。说心里话，我不太喜欢这个人，说不出具体理由，我只是感觉这个人不太可靠，他眼珠子一转，我就知道他又有了什么主意。

　　这天晚上他对老江说，甘肃分公司那边的领导一直不怎么信任他。老江问为什么。他说，那边的领导把他当成江的人，处处防着，重要的事情一概不让他知道，他非常想换个地方，以前不好意思提，现在是时候了。老江没接他的话。他抚摸着我背上的长毛说："如果能过来，以后就可以经常见平平了，在那边，挺想它的呢。"

　　他又拿我说事。老江还是不接话。常敏在边上朝王世科使了个眼色，意思是让他先不提。王世科悻悻然走了之后，到了休息的时间。上了床，常敏重新扯起那个话题，说："世科人蛮不错的，你就没想过把他弄过来？"

　　"刚刚上任就调人，不合适吧？"

　　"有啥不合适的！一朝天子一朝臣，你当一把手，就得用自己的人。说一千道一万，还是自己人用着顺手，这还不都是为了工作！"

　　老江沉默着。

　　"你可别死心眼呀！"

　　老江仍然沉默着。

　　"你看看，上一任的老陈，把每个重要岗位都放上自己的人，他那官当得多自在！他老婆要啥有啥，儿子在昌平买了个四百平方米的大别墅，那钱哪来的？还不是自己人孝敬的。我来北京三年多了，连个像样的包包都舍不得买，我也买不起，一个包包，好几万十好几万，啧啧……"

老江终于开口说："等一下，好不好？"

我在自己的房间里，听得清清楚楚。我早知道，常妈羡慕别人有好东西，她确实没有什么值钱的行头，在总公司的几个领导夫人里面，数她寒酸，她有想法不奇怪。下午王世科给她带来一个Dior手包，我注意到她的眼睛都绿了。唉，她也真不容易。可是，我对王世科，就是没什么好感，我不希望他来，怕他来了给主人家添事，这么想着，我就弄出了一点儿动静，"呜汪"了几声。而一般情况下，夜里我都非常安静。

常妈大声说："小明！小明！你过去看看，平平怎么了？"

小明光着黑脚丫，夹带着一股说香不香说臭不臭的热风进来，看了看我，没看出有什么不对，认为我是瞎捣乱，就说："没什么呀，它可能是撑着了。"

几天后，夫妇二人晚饭时又在议论王世科，我竖起耳朵听了听，察觉到江爸有了调他的意思，便又"呜汪"了几声，算是"报警"或者"预警"吧。江爸认真看我一眼，若有所思。常妈认为我添乱，不满地说："平平，一边去！"

唉，遇到这种事，一条犬，能做的，只有这些了。

六

早晨上班前，老江接到一个电话，跑到阳台上说了一阵，回到客厅，神色庄重。常敏问："谁的电话？"

他说："张主任。"

这个张主任就是三年多前那个"救"他的人。那时恶人告状，他裤裆里有黄泥，说不是屎，又说不清，多亏张主任，还他一个清白。张主任算是他命中注定的大恩人，那件事情成为他命运的重大转折，渡过那一关，才有了今天。

张主任三年前退了休，他电话里说，他唯一的儿子张奇搞工程，在西部的一个油田参与了投标，到了最后的定夺阶段，希望江总帮他一把。本来他那么大年纪了，不想开口求人，但禁不住儿子的央求，只好拉下老脸来，给江总打这个电话，成与不成，他都算完成了儿子所托。

见丈夫忧心忡忡的样子，常敏问："你怎么办？"

"……这事不好办。"

"有那么难？"

"我刚在党组会上表过态，不插手任何工程。"

"你想过没有？如果不办，张主任怎么看你？"

"这个嘛，他是老领导，会理解的……"老江的声音弱了下来。

"错了！越是下台的老领导，越要给他个面子。你不想想，人家开这个口，得下多大决心！"

"……"

"且不说张主任有恩于咱，就是没那事，这事也不能含糊！"

老江被常敏说的脸红脖子粗，烦躁地摆摆手说："我再想想。"下楼去了。

常妈转向我说："人不能死心眼儿。当这么大的官，更不能死心眼儿。还想进步，就更更不能死心眼儿。对不对，乖儿子？"

我不知所以地晃晃身子，跑到阳台上去了。

几天后的一个晚上，小明刚带我遛弯回来，门禁电话响了，小明问："谁？"对方说，常阿姨同意他来送一个东西。小明开了门，上来一个三十多岁的胖男子，二话不说，放下一个皮箱就离开了。

晚九点多钟，夫妇二人回来，老江一眼看到那个箱子，就问小明："谁的？"

小明不敢吭声，去了自己房间。常敏说："张奇。我同意他来的。"

"张奇？"

"张主任的儿子呀。"

老江不满地看她一眼："你搞什么名堂？"

常敏温柔地一笑，小声说："你不好出面，我替你把事办了。"

"你找的谁？"

"王世科。"

老江坐沙发上，不说话了。常敏赶紧解释说，王世科认识油田的领导，他一个电话，对方就办了。"多大点事呀，看你紧张的。"她说。接着又瞅一眼小明的房间，门是关着的，便上前打开皮箱。

里面全是崭新的钞票。

我扑上来闻了闻，说香不香，说臭不臭，说酸不酸，说甜不甜，有点呛鼻子，便龇了龇牙。这堆东西人类喜欢，对犬没有吸引力，在我眼里，它就像路边的树叶。常敏抬手把我扒拉开，我识趣地进了自己房间。

过了好久，我听到老江说："得退。"

"好，退！"常敏爽快地说。

那晚在床上，他们又说起王世科。常敏说，实践证明，有一个王世科，太有必要了，很多事，交他办放心。我听到老江叹口气说："我已有安排。"

"啵"的一声，常敏似乎亲了他一下。我不好意思往下听，强迫自己闭上耳朵。

外面起风了，风吹得窗子哐哐响，接着又打了两个闷雷。今晚可能有暴雨。

老江当了一把手之后，江文回家的次数多了些。这阵子谁也不知道他干什么，他自己说，既然当不成老板，又不想随便找个单位被人管着，那么就准备读研，然后读博，最后一定拿一个博士后，给江家光宗耀祖。他要刻苦学习，头悬梁锥刺骨，谁也不要打扰他。

他在望京的房子我去过几次，当然是他开车带我去的，屋子不大，里面乱得很，简直像一个犬窝——犬窝也没那么乱，说像鸡窝更合适。他母亲问过他，是不是找女朋友了？他矢口否认。他可以骗人，骗不了犬，他早就找女朋友了，而且不止一个。每次见他，我都能从他身上闻出不同女性的气味。有一回，我还从他房间的床底下发现一个用过的避孕套，一股子馊了的糨糊味儿。对他这种做法，我是不赞同的。我对花花说起过他——江家的事，我能往外说的，也就是这一点儿了。我说："他作为男人，不如我们公犬。"

花花有异议，说："你以为公犬就好？你是不了解社会。"于是她就说起，光明佳苑有几只公犬，老流氓了，见了母犬就上，一点儿不负责任。

我的心下子提了起来，狐疑地望着她："……你……你被它们欺负过……"

花花脸一红，喷我一下："胡咧咧什么！人家半步不离主人，从不单独行动，老主人护得紧，它们休想得逞！"

我笑了笑，举起一只前爪，冲她晃了晃，算是嘉许。我向花花表白，一生一世，决不做江文那种脚踩八只船的事，更不会像光明佳苑那几只老流氓那样，做那种下三烂的恶心事。花花开心地笑笑说："光说不行，我要看行动。"

江文这一回来家里，好像有什么心事。他歪坐在沙发上，掏出一支烟，想点上，他母亲说："家里不许抽烟，你爸烦。"江文把烟卷放到得鼻子底下嗅了嗅，然后折断，丢到垃圾筒里。

我蹲一边，伸着舌头不吭声。江文把我揽怀里说："平平，家里太闷是吧？这房子太小了，我给你找个敞亮地方，去不去？"

我哼一声，表示不想去。我现在不太喜欢他了，感情不专一，与我的世界观价值观不符，而在以前，他是个多么阳光可爱的帅小伙。人怎么说变就变呢？

他妈妈听出门道来了，问："儿子，你是不是想换房子？"

他嘿嘿一笑说："昌平八清山庄园别墅区，马上开盘，朋友带我看过了，依山傍水，紧靠八达岭高速，地理位置极优越。将来你们退休，就去那住……"

"多少钱？"

"现房。三百五十万。有高人说用不了两年，得翻番。"

"我没钱！"他母亲腾地站了起来。

我吓一跳，赶紧去了阳台。

他咧嘴一笑说："多大点事呀！看把你吓的。本来不想麻烦你们，可我爸又不让我开公司，白白埋没了我的经商才华。你们要是让我放手干，十套别墅也不在话下，还用觍着脸找你们借这几个小钱？"

他满脸不高兴地走了。到了晚上，上了床，他母亲忍不住把这事说给他父亲听。老江的态度和我想象的一样，他腾地坐了起来："不行！"

我竖起耳朵听——不能怪我爱听房，因为我如果不听，你们就没得看了——只听常敏叹口气说："儿子大了，你不顺着他，他会胡来，他说他借钱也要买。"

"他那熊样子，谁会借给他？"

"他有的是办法。"

"什么办法？"

"只要他肯张嘴，那些有求于你的人，还不抢着借给他？"

"……我给下面打打招呼，谁也不能借给他。"

她扑哧笑了。

"你笑什么？"

"你这一招呼，等于是提醒下面，江老大家里缺钱，赶紧去孝敬吧。我看你怎么收场。"

兴许是觉得妻子说话在理，他苦笑笑，躺下了。一会儿又坐起来说："我想起古人的一句话：以清白遗子孙，不亦厚乎。意思是，把清清白白做人的品质留给后代，是很厚重的一笔财富。常敏，你明白我的意思吧？我们当父母的，不能光想着给孩子留物质财富，得教他做人，给他多留精神财富。"

"这话真没错，古人就是会说。不过呀，老公你也别想太多，不就是一套郊区小别墅嘛，咱儿子没给你张口要二环以里的四合院，那算是懂事的！"

七

江文吹着口哨再次进了家，他预感到有好事，所以乖乖地坐那里，一个劲地对他母亲傻笑。

小明被主人打发出去买菜了，常敏费力地从床底下拖出一个皮箱，打开，里面满是钱。江文搭眼一瞄说："不够。"

"家里就这一百万。你再把望京的房子卖了，不就够了吗？"

"卖了我住大街上去？新房要装修，没有一年两年别想住进去。"

"可以来家住。"

"太不方便。"

"怎么不方便？你的房间一直给你空着。"

"……我要学习，准备考研，家里又是狗又是人的，乱不乱？"

常敏拉下脸来："要是嫌少，你就别要。"

江文到底还是提起那个皮箱走掉了。

又是晚上，又是床上——真不好意思，不是我有意听，而是晚上我们犬类的耳朵特好使——犬嘛，除了有一颗忠心，再就是有一对好耳朵，一只好鼻子，别的本事没有——主人两口子白天各忙各，没空交流，只有晚上，上床叙一叙。只听常敏说："老公，你不是腰椎不好吗？怎么不去住住院？"

"我哪有空呀，一天恨不能当两天使。"

"你不去住，只好我去。"

"你住的哪门子院？"

"我的胃。医生早就说，我有糜烂性胃炎，我去住院治一治，不行吗？"

"……你呀，满脑子你儿子。"

"你说我不帮他，谁帮呀。他就想买个房，又不是干别的。我们儿子不吸毒不赌博不嫖娼，跟别家孩子比，算省心的啦。"

"……凡事不能过分，你可得小心点。"

"放心吧，我有数。"

他们不再说话，不一会儿就各自发出了鼾声。我睡不着，心想他们做父母的，也真不容易，相比之下，还是我们犬类好，我长这么大，还不是靠自己。

第二天她就去了协和医院。她白天在医院治疗，晚上回家。有人打电话，她闪烁其词告诉人家，她住院了，又叮嘱，千万别传。尽管她不要人家传，但还是很快传开了，总公司机关、下属单位，还有一些合作单位的头头脑脑，纷纷来医院探望。

我开始很担心她，见她没大事，就放心了。白天家里只有我和小明，她不做饭，只吃点心水果，反正家里的点心水果有的是，买菜的钱都被她掖起来了。幸亏我不吃人的饭，我只吃狗粮，否则会被饿扁。

半个月后，老江的司机小田接常敏出院。江文像是得到了命令，第一时间来家里。他母亲把小明打发出去买酱油，指着客厅角落里的两个大箱子说："都在里面。你老娘尽力了。住院住的，胃病没治好，反而更厉害了，让你给气的。"

江文难得一笑说："谢谢老妈。"

他急乎乎上前拖箱子。他母亲伸手拦住他："你记住——只这一次。"

他拍着胸脯保证，以后不会再麻烦父母，靠自己。

处理完这件事，盛夏到了。北京热得要死，常敏催丈夫，不能光工作工作，要劳逸结合，来北京后，还没疗养过呢，能不能找个地方凉快一下？老江开始不想去，说走不开，禁不住常敏死磨硬缠，最后同意了。

北戴河、大连和青岛都有总公司的培训中心——对外说是培训中心，其实是个高级疗养院。常敏以前在兰州工作时去过北戴河、大连，不想再去，那就青岛吧。唯一舍不下的是我，他们一去十天，把我丢家里，让小明留下照看，倒是没什么问题，但是常妈说："十多天见不着平平，不行，我会想它的。"

这话让我好生感动，差点流下眼泪。司机小田出主意说："干脆一块儿去，开车带上平平。"

一块儿去当然好，问题是开车去青岛，要七八个小时，主人夫妇会感觉累。还是小田有办法，他提出的方案是，主人夫妇乘飞机走，他开车带我去。常敏夸他聪明，他说以前公司有领导这么干过。

原本小明也有去青岛玩玩的机会，她把游泳衣都悄悄准备好了，她还没见过大海呢。临行前，常敏却又觉得，带一个保姆出行，在下属面前影响不太好，遂决定小明不要去了，给她放十天假，小明可以借这个机会回一趟太行山的老家，她有大半年没回老家了。

为了安慰小明，常敏拿出一只旧 LV 包送给她。她高兴地接了。家里没人的时候，她生气地踢我一脚说："什么狗世道！我一个大活人，不如你个狗。"我"呜汪"叫唤几声，赶紧躲进自己房间。她去不成青岛，心里有气，我理解，所以我不怪她。

她把旧LV包挎在肩上，对着镜子一边打量，一边伸出九根手指头，说："她有九个新包包，为什么就不送我一只新的？"

临行前，我去街心公园遛弯，见到花花，兴奋告诉她："我要去青岛疗养，坐奥迪A8去！"

她微微一愣，可能对青岛这种好地方和奥迪A8这种豪车没什么概念，淡淡地说："路上小心。"

"花花，我待十天就回来，你可得好好等着我呀。千万注意安全，别让那些流氓狗给欺负了。"

"知道了。"她淡淡地说。

第二天下午，小田和我到达青岛八大关附近的总公司培训中心，主人夫妇刚到一会儿，正在会议室里和培训中心领导拉呱。听说我到了，常敏妈妈特意赶过来，热烈地拥抱我。培训中心的几个领导，还有一群服务员都围上来，不厌其烦地夸我"好玩""可爱""高贵""太棒了""难得的宝贝"。他们夸我，常敏显得特别开心，我也骄傲地昂起脑袋，撅起尾巴，目空一切在大堂转了一圈。所遇之人听说是"北京大老板家的平平"，纷纷对我不吝溢美之词。

主人夫妇被安排住进一号楼，据说那里面是"总统套房"。我和小田被安排住进七号楼，这座楼一般安排大佬的随员，比普通房间条件稍好一些。培训中心于主任原打算给我单独安排一个小套房，被老江制止了，老江批评说："不能让平平搞特殊，住标间就行。"

我和小田都住进了标间，两间房子紧挨着，便于小田照顾我。我住的房间，地毯是新换的，因为于主任担心旧地毯脏，"狗狗容易过敏"，还说他家的狗狗一靠近别人家的旧地毯，就"咳嗽、打喷嚏、流哈喇子、流眼泪，怪可怜见的"。

培训中心的位置非常好，就在海边，出大门步行三分钟就能踩到浪花上。老江和常敏整天除了睡觉就是打牌、赴宴，他们根本顾不上我，一切都由小田侍候我。这样也好，我图个自由。每天小田当我的保镖，我们除了在院子里转，就是到海边转。从各地来培训中心疗养的本系统人士，都认识我了，他们"平平、平平"地叫我，我想理他们，就摇摇尾巴，不想理他们，就昂首挺背从他们面前走过。

在这里，我的感觉超好。只恨自己没有能力把花花带来玩。如果能把她带来，让她也体验一下被众多人宠着哄着的美妙感觉，那该多好！

八

我在青岛的海边，不期然有了一出"艳遇"。

离培训中心海滩不远处的路边大树下，有一个绿色的售货亭，看守售货亭的，是一位少妇，少妇白净丰满，穿短裙，看上去蛮风骚多情，经常有来海边游泳的人过去跟她套近乎。当然，短裙少妇风骚与否和我关系不大。但是少妇家的那只秋田犬，和我认识了，关系就扯上了。秋田犬的大名叫"真由美"。

像当初结识花花一样，我认识真由美也很偶然。小田陪我来海边溜达，大中午的，人们都回房间午休了，海滩上没几个人，轻柔的海浪声，衬托得世界更显空旷和寂静。小田躲到售货亭边的大树下，和少妇聊了几句，然后坐在马路牙子上打盹。我躺在细沙上晒太阳，充分享受美好生活，小小地眯了一会儿，突然觉得身边有动静，猛一睁眼，就看到一只白色的秋田犬，哈着红红的舌头，踏着小碎步朝我而来——是一只年纪比我略轻的小母犬。

"嗨。"她主动打招呼。

"你好。"我扑腾几下，站起来。她的气味钻进我鼻孔，带一点儿麝香的味道，蛮刺激的，我来了精神。

"你是北京来的吧。"

"喂喂，你怎么知道？"

她调皮地露出两枚小虎牙，嫣然一笑说："昨天就听说了，北京来了一位金毛犬，是个大人物家的宝贝。这不，今天小美专门来会会你。"

"你叫小美？"

"大名真由美。你叫我小美好了。"

"小美，你住哪儿？"

她朝售货亭呶呶嘴，说那少妇就是她家主人。她有时白天来海边转转，大部分时间在市里居住。"认识北京来的客人，真是缘分呀，请多关照。"她学着日本女人的样子，抬起身子，右爪放在腹部，朝我低头鞠了个躬。我赶紧冲她拱拱爪子还礼。

第一次碰面，小美给我留下了美好的印象，她是个很可爱的小母犬，美丽大方懂礼貌，善解犬意，性感开放，尤其是她身上的气味令我感到丝丝的冲动。我们互相嗅着对方，都感觉来电。要不是那少妇发现了什么，大声地喊她回去，我们当时就越轨了。

第二次见小美，是在三天后的晚上。九点钟左右，小田陪着我出了培训中心，向海边走去。沙滩上人少了，正在涨潮，涛声响亮，一浪高过一浪。三天里，我很矛盾，一方面思念花花，一方面又惦记小美，真是心乱如麻，不知怎么办好。长这么大，我是头一回为情所困，左右为难。我知道和小美交往对不起花花，但又控制不住自己的情绪，忍了三天，到底忍不住了，就出来了。

远远地望见沙滩上有一个孤独的影子。天哪，是小美，她真够痴情的。皎洁的月光下，她的剪影相当漂亮。我犹豫片刻，想返身回去，四根爪子却不听使唤，迈不动步，像焊在岩石上。一阵风吹过，带来小美风骚的气息。她比我勇敢，见我出现，欢快地奔过来，主动和我亲了亲嘴。我动作僵硬，没怎么配合。她目光幽怨地看着我说："平平，你不高兴吗？"

我摇摇头。

"这几天你干啥去了？为什么不来见我？"

"……"

"讨厌！你说话呀！"

我扭过脸去，故意不看她："……小美，对不起……我们不可以来往，会犯错误的……"

她往售货亭的方向打望一眼。少妇正和几个男人嘻嘻哈哈地打牌，小田也凑了过去看热闹。她朝小田呶呶嘴说："你怕他？"

我告诉小美，小田是个复员兵，嘴巴严，守纪律，正因为这个江爸才选他做司机。我并不担心小田告发。

"那你怕啥子嘛？"

"……我有女朋友了，在北京，她叫花花，和你一样美丽……"我无力地说。

她轻松地一笑说："平平，你真是个棒槌。花花远在北京，她又没有千里眼，我们相好，天知地知，你知我知，只要你不说，她不会知道嘛。"

我还是摇摇头。

她围着我转，嗅遍我全身，边嗅边说，犬活一世，不能太死心眼儿；我愿意当一个天下最好的小三，不图你家的钱，不恋你家的权，只喜欢你的身子，也不要你负什么责任，你回北京后，我决不再联系你，好不好？人类常说，要及时行乐，我们两个为何不及时乐呵乐呵？……

她说了一大堆，把我搞晕了。这时候风大浪高，月亮被黑云遮住，我迎合着小美，起劲地嗅她，心跳加剧，身上像着了火，早把花花抛到了九霄云外，眼一闭，骑到小美身上……既然这个日本娘们满不在乎，那么我也就从了她吧……但是，且慢！

这个时候，我才意识到，自己没了那个能力。早在我一岁的时候，主人就给我做了绝育手术！

此时的我，突然清醒过来——悬崖勒马，大概就是这么个意思吧。我前爪落到沙滩上，亲吻一下小美的耳朵，然后绝情地飞奔而去……

"你个懦夫……"小美在我背后说。她好像哭了，抽抽搭搭的。

这一晚我睡得很踏实，仿佛什么都没有发生。以前我曾因为自己被计划生育，痛恨过主人，现在不恨了，而且还得感谢他们。正是因为这个，我没有犯错误，没有做对不起花花的事。我想，这就好比是把权力关进笼子里吧？

经历过这一次，我觉得自己成熟了许多。

我迫不及待地回到北京。北京的天气，凉爽了一些。晚饭后，主人夫妇在家休息，常敏吩咐小明带我出去遛弯。小明中午刚从老家赶回，带来一些土特产，山里的核桃、大枣、干豆角什么的。老江非要给她钱，说农村人不容易，哪能白要。常敏硬塞给她一百块钱，弄得小明很感动。带我出来时，她态度不错，没有呵斥我。

从颐和里到街心公园，要经过一个十字路口，经常有人闯红灯，每次我都遵守交通规则，从不闯红灯，我还埋怨过某些人素质不如犬。然而今天我想急切地见到花花，闯了一次红灯。小明在我身后唠叨："又不吃奶，你猴急什么？"

街心公园里，下棋打牌跳街舞的老人更多了。花花正与几只土狗玩耍，我冲了过来，乍一见到我，她脸红了，目光迷离。我又闻到了她身上的柴火味，感到充实、亲切，先在心里对她说了一百个"对不起"。几只土狗见我出现，轻吠几下，作鸟兽散。

"平平，你晒黑了。"她说。

"是吗？"我高昂着头颅，有点目空一切，"你怎么跟它们玩？"

花花一愣："它们怎么啦？"

"个个粗鲁，脏兮兮的。"

花花把脸扭向一旁，不想搭理我的样子。

我意识到自己话说重了，改口道："花花，我的意思，你还是多接触点素质高的犬，近朱者赤，近墨者黑嘛。"

她不接话。过了好久，才开口道："平平，你变了。"

我抬爪摸摸下巴："变了？变什么样了？"

"你地位变了，瞧不起穷人家的犬了。"

"你真这么认为？"

"旁观者清，当局者迷。自从你这次回来，我就发现你变了。"

花花的话，令我猛地一怔。也许她说的有道理，好话听多了，脑袋就容易发热，我该清醒清醒了。于是我诚恳地说："花花你放心，我会注意的。"

她信服地冲我点点头。

那边，小明在高声唤我回家。花花说："出去一趟，很辛苦的，快回去洗个澡，好好休息吧，我们有空再聊。"

九

王世科又来了。

这回他不走了。他正式从甘肃分公司调到总公司，担任第三分公司的副总。这晚他来家里之后，老江严肃地向他提要求：务必干好工作，夹着尾巴做人，不能出任何事。他指天发誓，一定不辜负老领导的期望，干出成绩来，为老领导增光添彩，为总公司兴旺尽力。

常敏笑着说："世科来了，我就有帮手啦，这几年，太孤单了。"她又拍拍我的脑袋说，"幸亏有平平陪我，不然真会憋死我。"

她最近基本不去上班了，说是怕干扰驻京办的工作，她不去，别人可以放手干事。"不去，就等于做贡献。"她说。

她现在最主要的任务就是美容美体，每周去三次会所。她常去的那个会所在玉渊潭附近，她带我去过一次，真是开了眼界，里面非常高级，富丽堂皇，抬爪迈步进去时，我差点滑倒——高级大理石的地面能照出我的影子来，搞得不敢下脚，怕踩疼了自己。

会所里有各种各样的服务，当然都是合法的，吃饭、喝茶、打牌、健身、赏鱼、美容，随你便，实行会员制，价格那是不用说。有个老板给常敏送了几张卡，她才舍得去消费，不然"我那点工资，进去一趟都出不来"。王世科拍着胸脯说："多大点事呀，以后我包了。"

常敏说："那我真就沾世科的光啦。"

那晚王世科临走时，用力抱了我一下说："以后见平平方便了，不像过去。"

常敏说："想见你就来。"

我琢磨，王世科内心对我有一种感激之情——我曾经是一条红线，连接着北京和兰州，以前常敏经常当着我的面说，王世科做了个好事，给我们送来平平，家里才有了那么多欢乐。现在王世科终于达到目的，来北京做官，我在心里祝他一路走好。

玉渊潭附近的那个会所没挂门牌，外面看上去非常简朴，门脸也不大，像一处普通的办公场所。但是一进去，九曲回廊，别有洞天。这天常妈又带我去了一次，她先叫了一壶茶，两个服务生围着她转，殷勤相待，照例是不停地夸奖我。好听的话听多了，我不再当回事，蹲到角落里想心事。此时康老师正在上班的路上，常妈喝茶等他。康老师是这里的头牌美容师，常妈只让他做。她一杯茶刚喝完，就有一股熟悉的雄性气息越来越强烈地钻进我鼻孔。我打个小喷嚏。常妈说："康老师到了。"

话音一落，康老师真到了。他是个四十岁左右的男人，面皮白净，手指细长，留着长发，像个艺术家。据说他的活儿最好，每天都有女士排队找他做美容美体，但他一天只接三单。他对常妈点头微笑一下，露出一口好看的白牙说："常姐久等了。"

一整套美容美体做下来，要三个钟头。先美容后美体，常妈躺在床上，康老师辛勤地忙碌，他们有一句无一句地闲聊，我在半密封的工作间里，感到困倦，有时小眯一会儿，有时站起来，轻轻地伸个懒腰。说实话，我不愿到这种地方来，没有同伴，也没什么好玩的，还不能发出声音，感觉很压抑。据说我能进得来，是会所老板特许的，这地方是不能带宠物进来的，我能有这个特权，一是人家老板给江爸常妈面子，二是我确实可爱，谁都可以逗我玩，而又没有任何危险。我的好性格是出了名的，见过我的人都知道。性格即命运——这话说得真到位。

相比之下，我更爱到昌平去。江文的别墅装修得差不离了，那地方依山傍水，空气清新，阳光明丽，常妈第一次来，就喜欢上了。江文说："我没骗你们吧？这幢房子，一年工夫，涨了一百万。现在想买都买不上了。"

他母亲说："你能有这个头脑，真是不错。"

打扫卫生是麻烦事。找了几个工人干了一礼拜，江文还是不满意。这天常妈去做美容，安排小明坐江文的车到昌平别墅扫尾。我在家里没人管，常妈又想带我去会所，我很想去别墅，就抢先上了江文的车。江文打着口哨，开车拉上我和小明来到别墅。小明进屋干活了，江文不知何时在院子里弄了个秋千，他躺到秋千上抽雪茄，荡来荡去，我围着秋千转，转得他头晕，他说："你傻不傻呀？瞎转啥呀？是不是特喜欢这个地方？"

我"汪"一声，打个滚，表示严重同意。

"得！等我正式搬进来，你就来陪我住，我给妈说。"

不一会儿，他躺秋千上睡着了，我不想影响他，蹑手蹑脚上了楼，看小明干活。小明干活不惜体力，正跪地板上清理建筑残迹，上衣都湿透了，显出肉滚滚的奶的轮廓。我从墙角叼起一瓶水，送到她面前，她用力拧开，咕咚灌了一气，把空瓶子一扔说："平平，你比我有福，我不如你。"我又从一个塑料袋里叼一根火腿肠送到她面前，她接过，张嘴撕开包装，狠狠咬了一口，边吃边咕哝道："不过，比在老家强多了，人得知足。"

歇息一会儿，小明起身擦窗户。窗台上放着一个皮包，是江文的。小明盯着那个包包看了看，又踮起脚尖往院子里瞅瞅。江文仍在睡觉，有一只蝴蝶在他身边飞来飞去。小明犹豫着打开包包，再瞅一眼楼下，然后飞快地从包里抽出几张票子，揣进裤兜。她大概忘了我在她身边，我一动，吓了她一跳。她不好意思地对我笑笑，咕哝道："这个对他们就是几张纸，对我们却是命。"

别墅收拾完毕，一应家具也都配齐了，有了这么好的房子，下面的问题就该是选一个女主人了。江文说要考研，说了好几年，一直没见他去落实，转眼他二十七八岁，他父母担心他"学坏"，迫切希望他固定下一个靠谱的女朋友。"有人管着，放心。"他母亲说。

他总是说不急不急。他的意思是，趁年轻先玩玩，等玩够了，再找个女人，一心一意过正经日子。他母亲越是催他，他越是不找。但每次见他，我都能从他身上嗅出陌生女人的气味。他父亲不允许他开公司，他只好"替朋友的公司帮忙"，据他说，挣钱虽不多，生活没问题。这两年他没要父母一毛钱，就很能说明问题。

在儿子的婚事上，他父亲倒是没他母亲那么急。有一次他父亲说，男人嘛，就像狗，你越是拴住他，他越是想往外跑——他咬断链子也要跑出去——等他在外面疯够了，天黑透了，他也就自动回家了。他这个比喻把妻子逗乐了，拍打着我说："平平，老头说的有没有道理呀？"

往后，夫妻二人对儿子的事情不再怎么过问。没想到，有一天，江文却领着一个姑娘来到家里。姑娘很洋气，很漂亮，大眼睛薄嘴唇，高鼻梁尖下巴，说话娇声娇气，像个洋娃娃。江文介绍说，她姓杨，大名叫杨珊，老家山西吕梁的，上面一个姐，一个哥，所以她还有个小名，叫杨三。又说，杨三国内某名牌大学毕业后，到美国拿了个什么学位，去年回国，现在给美国的一个什么品牌做代理，生意很好。还说，她父亲开煤矿，家里什么都缺，就是不缺钱。

他父母非常热情地招待客人。他母亲当场送给杨三一个新款限量版的 Dior 包包。小明在一旁眼馋得口水都快下来了。主人高兴，我当然也高兴，欢快地蹿上蹿下，一个劲地往杨三身边凑。她身上的气味很好闻，用的也是 Dior 香水。这个气味我很熟悉，一下把她当成了自家人。

江文带女朋友离开后，夫妻二人在床上又议论了半天，总的感觉是，对杨三的第一印象还不错。

小明有她自己的看法，家里没人时，她念叨说："我们人民群众的眼睛是雪亮的，那女的一看就做过美容，鼻子呀，胸呀，下巴呀，都加工过。现在越是漂亮的，越可疑。"叹口气又说，"什么时候等我有了钱，也到韩国倒饬倒饬。"她对杨三愿意找江文也怀疑，"你说她图什么？江文就是个花花公子，没他爹，早饿死八回了，她还不是图江家的地位？如果不是，我罗小明倒着走。"

小明最近也在犯难。她男朋友陈根所在的厂子半死不活，挣钱越来越少，她曾试探着提出和陈根"吹灯"，有一次我听她打电话说到这事。但没过一会儿，她爸打来电话，坚决不同意她和陈根拉倒，因为陈根是个老实孩子，靠得住。小明上面有一个哥哥，娶了媳妇后耳根子软，什么都听老婆的，对老父亲不孝顺，一个女婿半个儿，她母亲早不在了，她父亲打算以后就靠陈根养老。她也曾经想过让陈根来北京打工，他肯下力气，找个工作不难，可是陈根母亲身体不好，他不便离开老家。

小明不是没动过在北京找一个的心思。有一天她请假出去，说是会老乡，其实是出去见了个男的——男的是她老乡不假，在小营农贸市场摆摊卖水果。只见了一面，人家不再和她联系，据她自己电话里对另一个老乡念叨，对方"他娘个腿，嫌我胖"。又说："当保姆好是好，风吹不着雨淋不着，就是接触人少，遇不到合适的。再干两年就走人，到社会上闯去。"放下电话，她气不打一处来，冲我唠叨："过去在老家，脸大腚大腿壮腰粗的女人是福命，男人抢着娶。现在呢，狐狸脸蚂蚱腿的人吃香，什么世道！他奶奶个腿，下辈子咱托生一个狐狸精……"

十

常敏费了好大的劲，私下托了好多的人打听杨三家的真实情况。各路情报汇拢过来，杨家的情况和江文提供的差不多。杨三爸爸确实是开煤矿的，杨三确实是美国留学回来的，确实在做一个什么品牌的代理。

对于这门亲事，常敏总感觉不踏实，在床上对丈夫说："开煤矿的，有几个有文化呀？儿子看上她，还不就是看上了杨家的钱？说一千道一万，是咱家没钱。按我的设想，咱怎么着也得找一个省部级的亲家，对吧？"

老江说："门当户对是老观念，儿子看上谁就是谁吧，只要不出事就好。"

没过多久，传来新的情报——杨三她爸的煤矿出了点事，塌方死了几个矿工。煤矿死几个人很正常，问题是他的矿是无证非法开采，死了人后又瞒报，让矿监给封了，还惹上了官司。

常敏一听，头都大了，赶紧把江文叫回家，逼他重新考虑，婚姻大事马虎不得，最起码不能给江家抹黑找麻烦。江文苦着脸说，他也想拉倒。

"那就拉倒呀，你磨叽啥？"

"……杨三怀孕了。"

常敏一怔："怀孕……怀孕可以打掉呀，多大点事！不行咱赔钱，赔多少都认。"

江文像吃了黄连，摇摇头："我也这么想……可是杨三她爸说，我要是不负责任，他就到总公司找我爸理论，实在不行，他到中南海反映去……"

问题这就严重了。晚上老江回到家，常敏把这事一说，老江也像吃了黄连一样，苦着脸发火："我他妈早知道会出幺蛾子……"

常敏有点怕了，小声说："怎么办？"

"……先把这事压下再说，不能因小失大，党的十八大快开了……"

江家提出，先把孩子打掉，因为据江文回忆，他和杨三酒后同的房，生个酒后儿，肯定不健康，如果是个残疾儿，如何是好？

杨家提出，打掉孩子可以，因为杨姗年龄还小，事业正起步，眼下也不想养孩子——但有一个条件：让江文写份保证书，保证以后和杨姗结婚。

这个条件似乎不太过分，江家接受了。

杨三去医院做流产后，老江夫妇都松了一口气。此时杨三搬进了昌平的别墅，常敏让小田开车，代表丈夫专程到昌平看望杨三，把我和小明也带去了。我看到杨三红着眼圈说："阿姨，我这一躺下，把生意都耽搁了，好可惜呀。"

江文在一旁苦焦着脸说："大不了关门，反正又不挣钱。"

小明要留下照顾杨三，江文也想把我留下，他母亲没同意，说："光一个杨三就够侍候的，就不要让平平来添乱了。"

别墅的院子里，停着一辆崭新的宝马越野车。司机小田上前瞅瞅，感觉这车有点别扭，越看越别扭，最后才恍然大悟——这是一台是改装车。

江文这阵子迷上了玩车，参加了一个车友改装俱乐部，有时夜里跑出去赛车。常敏把儿子叫到一边，问车哪来的。江文含糊其词，说是杨三家的。常敏指着儿子的鼻孔说："你爸说过——如果你作大了，任谁也救不了你！"

"就玩个破车，不招谁不惹谁的，能有啥事？"

"你年纪轻轻的，怎么不找点正经事做？"看样子常敏气得不轻，她的手指一直没离开江文的鼻孔，在那儿指指戳戳，"以前你爸说你烂泥巴扶不上墙，我不信，现在我信了！"

江文往后退了一步，躲开母亲的手指，仿佛对着他鼻孔的，是一支枪。他冷笑道："你以为我愿意这样吗？人家的孩子开公司赚大钱，你们偏不让我干，这个国家，就你们正经。你睁眼看看，住这儿的，哪个不比我有钱？我到这一步，全是被你们给耽误的。"

江文气哼哼扭头进了别墅。常敏黑着脸上了车。

从江文这桩婚事上，常敏得出结论：儿子看上了杨家的钱。如果家里有足够的钱，他是不会看上杨三的。

好在杨家的官司没让江家操心。好在杨三还算懂事，没提别的要求。老江夫妇合计说，事已至此，得过且过吧。

王世科来北京总公司之后，先是当了一段时间第三分公司的副总，一年后去掉了"副"字，成了"三分"的一把手。他来家里表示感谢，说他能有今天，全是江总和常大姐的栽培。老江说："世科，可不能这么说，要感谢应该感谢组织。"王世科说："这个我心里有数。"

老江又严肃地说："世科，你现在是正局级干部，官也不算小了，我赠你一句话。"

王世科严肃地点点头："您说。"

"古人有句话：居官当廉正自守，毋黩货以丧身败家。什么意思呢？就是说，当官的人应该廉洁公正，坚持自己的操守，不要因为贪财而丧身败家。你明白我的意思吧？"

王世科站起来说："江总，大姐，我记心里了。"

我待在一旁，左看右看，没摇尾巴，摇了摇头。

老江示意他坐下。

自从调来北京后，王世科经常来家里坐坐，当然每次都不空着手来，他带来各种购物卡、美容卡。我却越来越不喜欢他，感觉他早晚会出事。他身上的气味我也不喜欢，除了酒味就是烟味，有时还有女人的脂粉味，都不是健康的气味。他每次来，我尽量离他远一点儿，或者干脆躲在自己房间不出来。他也不再关心我，仿佛我成了多余的。

他们正说着话，老江的手机响了，他到阳台上接电话。常敏对王世科说："江贵清现在就一个烦心事——他老父亲八十多岁了，身体越来越不好，全靠他大姐在老家照顾。大姐最近提出，老人整天念叨儿子、孙子，说想他们，想来北京住段时间。老人上回来北京，还是二十多年前的事。贵清来北京工作后，太忙，想回趟老家都抽不出时间。"王世科微微点头，望着她。她说："这个年纪的老人，说没就没，我们也想尽尽孝呀。世科你说对不对？"

王世科说："那就把老人接来嘛……我亲自去接。"

常敏说："接来容易，可是住哪儿呢？就这一套房子。住一块儿，老人会感到不方便，我也觉得别扭呀，大夏天的，穿衣服都不知道穿什么好。"

老江接完电话回到客厅，情绪不高。常敏说："又是老父亲的事吧？"

他叹口气说："老人来北京住，是该提上日程了。"

常敏说："世科呀，你有没有搞房地产的朋友，帮我们选套房子。"

王世科说："这个没问题呀。"

老江说:"常敏,世科来北京时间短,你最好不要给他添麻烦。"

王世科:"嗨,不就是选房子嘛,有啥麻烦的。包我身上了!"

常敏说:"哎哎,钱我出!"

王世科说:"行!"

常敏提出,要么不买,就买就买中心城区的,太远了不方便。必须要现房,最好精装修的,马上就可以入住。

老江没再说什么。

周末,王世科果然打来电话,约常敏出去看房子。她换上平底鞋,临出门看到我无聊地蹲在客厅,冲我说:"平平,走,一块儿去转转。"

我高兴地摇摇尾巴,随她下楼。

车子已到楼下,王世科亲自开车,说他已经做了一些功课,把目标定在了北四环到北五环之间的几个楼盘,尤其是奥运村附近的房子,重点考虑。

那天王世科带常敏看了三个小区的房子,我跟在他们屁股后面爬上爬下,看完一个房子,常妈就象征性地问我:"平平,好吗?"我"汪"一声,表示好的意思。常妈兴致很高,说:"平平看上的,我就没意见。"王世科和陪同看房的中介人员就笑。常妈边看边用手机拍照,说回去给老江看,最后还得他拍板。

转了半天,常妈倾向于大屯北路上的一套三室一厅,说这里离奥林匹克森林公园近,老人去公园遛弯方便。晚上回到家里,把情况一说,老江同意买下这处房子。常敏当即就给王世科打电话,让他抓紧办。

签约那天,常妈又把我带去了。可能她感觉有我在场,气氛活跃,没话可以找话说,大家不至于冷场。核算下来,房款一共是四百五十万。他们在车里商量交钱的事,我不感兴趣,趴在后座上半眯着眼睛打盹。只听王世科说:"大姐,这点钱我来想办法。"

常敏说："那怎么行！"她从包包里摸出一张卡，晃了晃，"这里面有一百五十万，余款过后我再补交。"

王世科坚持不要，常敏板起脸来，王世科犹豫一阵，到底接下了："大姐，登记在谁名下？"

"这个我和老江商量过了，他大姐照顾老人一辈子不容易，就登记她名下吧。"

王世科说："好，这样保险。"

常敏还有点不放心："世科，你让谁具体来操办？最好你别出面。"

"我早想好了，您放心。"

"你不说出来，我不放心。"

王世科笑笑说："辽宁那边有个公司和我们'三分'有合作关系，很密切，他们老总是我大学同学，我找他办，万无一失。"

常敏这才点点头说："世科，谢谢你了。"

十一

大屯北里的房钥匙拿到后，老江的父亲并没有来北京，他大姐打来电话说，老人行动不便，又不想来了。这事就搁下了。

记忆中有一年多时间，主人夫妇非常热衷于谈论房子。晚上到楼下或者到街心公园遛弯，我听到人们谈论最多的，也是房子，仿佛谁不提房子，谁就不入流。那几年北京最大的变化，就是房子更贵了，还有就是空气更脏了。

我问花花，她家的房子有多大。花花说，一室一厅，她住阳台。花花住那么差的地方，我为她感到委屈。她说没啥，和那些无家可归的野犬相比，她挺知足的。又说，她家主人也挺知足，从不抱怨，每天乐呵呵的，下棋遛弯，买菜做饭，健健康康，比啥都强。

我说："人比人气死人，犬比犬气死犬。花花，你不眼红就好。"

她笑了："有啥好眼红的？古代的人说得好：良田千顷日食一升，广厦千间夜眠八尺。你要那么多房子，那么多钱，有用吗？"

花花接触到的，大多是下层人和下层犬，她比我更了解社会，她有思想，生活简单，要求不高，这也让我更加地喜欢她。经她这么一启发，我发现，人类和我们犬类相比，人是很喜欢钱的，而我们犬不，我们讲忠义。进而我发现，人类为金钱所累，其实生活质量并不高，并不是钱多了生活质量就高。

颐和里小区的名贵犬比较多，一方水土养一方犬，相比之下，这里的犬比外面的心机要深一些。我在本小区，享受着当年在兰州时老朋友壮壮的那般待遇，经常有一群犬围着我转，它们特想从我嘴里挖出点什么来，比如想知道我家主人有几套房子，多少存款，等等。我嘴巴闭得紧紧的，一个字也不露，因为这是原则问题。

总公司一个副局长也住本小区，他家的琪琪是个哈巴狗，嘴巴甜，见了我老远就大哥长大哥短的。它嘴巴碎，爱传话，所以我尽量躲着它。有时实在躲不开，我就跟它打哈哈。比如它问我："大哥，副局提正局，得多少钱？"

我眼睛望天说："这个嘛，咱犬类只分品种，不讲级别。"

"嗨，我是说人嘛。大哥，求你了……"

"这个这个……"我咳嗽两下，"兄弟呀，你这问题还真把老哥难住了，俺哪知道人类那些乱七八糟的事。"

"耳听为虚，眼见为实，你家客人不断，你就一点儿都不关心？"

"我关心个锤子！我看你真他妈是咸吃萝卜淡操心，赶紧闪开，老子要撒尿。"

它悻悻地溜走了。

这天晚上，主人夫妇上了床又谈起房子，常敏说，去年买的大屯北里的房子不到一年涨了一百多万，现在买要六百万，真是吓死人！她提出，趁房价还在半山腰，赶紧再买一套，挑个好地界，将来退了休住。颐和里的房子虽然面积不小，又在二环边上，但这地方不适宜养老，出门除了车就是人，没个遛弯的地儿，空气质量也差，还是奥林匹克森林公园那地界好，退休以后，想去公园，抬腿就到了。

我以为老江会反对。他愣了一阵，说："你看着办吧，再搞一套也行，以后就不想房子的事了。"

常敏笑了笑："听老公的，再搞一套。"

"再搞一套就收手。"

"好，坚决收手！"

谈完房子，常敏又提起一个人——胡小芸。老江翻了个身说："你不说她，我早忘了。"

常敏轻轻冷笑一声："是吗？只怕你口是心非。"

"你又没事找事。"

"得了吧！当年在兰州，有人看见你和她单独在一块儿。你说，你们到底有没有？"

"有什么？"

"有一腿呀！"

"胡说八道！"

常敏并不生气，笑说："其实我早看开了，现在的男人嘛，有点这种事，也不叫啥。是吧，老公？"

"你认为有，就有。行不？"

常敏似乎蹬了他一脚。

老江大声说："睡觉！"

一会儿就没动静了。我也困乏了，闭紧了眼睛。

常敏说干就干，拉着王世科又一轮看房，我也借机跟着沾光，到处溜达。最后选定了林萃东路一套四室两厅的房子，房价八百多万，加上装修费，九百万的样子。其实跟常妈出去，我情绪并不高，因为我想起花花讲过的话，觉得主人为房子所累，真不值得。

十二

总公司组织一个代表团到欧洲五国考察，原定江贵清带队，他临时有事走不开，最后时刻，有人提议让常敏加入进来。她推辞一番，实在拗不过，只好随队前往。来北京后，她从没出过国呢，作为部级领导夫人，她这方面做得蛮好。这一回，老江也没有阻拦。

常妈一走半个月，她一离开，家里显得空落落的，我很不习惯。老江除了早饭，中午晚上都不在家吃，小明照例不做饭，把买菜钱揣起来。她说为了减肥，其实她不停地吃点心水果，每天早晨称体重，一点儿也没见减轻。

常妈每天都要打一个电话，主要问我的情况，叮嘱小明照顾好我。小明放下电话，赶上不高兴，有时会对我一瞪眼睛说："他们啥时候关心过我？人不如狗，你就是比我金贵。他奶奶个腿的，什么世道！"

周末，江文打电话让小明到昌平别墅帮助做家务。杨三流过一次产之后，再也没上班，公司也关门了，因为生意不好做，干一天赔一天，不干等于赚钱。她住进别墅，再也不打算搬出来。江文和她都懒得一塌糊涂，不做饭不洗衣服，吃饭叫外卖，上午睡懒觉，下午和晚上纠集一帮住在别墅区的闲人打牌喝酒，半夜时常出去找一段没有监控的路段飙车。江文每周都要把小明叫去一趟搞大扫除，有时一天干不完，在那边住一宿。小明有一次回来骂道："真像个猪窝，没见过这么邋遢的，用过的避孕套随便甩，恶心死个人，真想烧菜时给他们煮到菜里面。"

这天没有车送小明，江文让她打车去，他负责报销车费。小明不舍得打车，坐 919 路车过去，没办法带我，只好把我丢家里。这天晚上小明又没回来，我度过了漫长的一天，百无聊赖，一边盼着与花花见面，一边盼着江爸早点回来。

到了半夜，江爸还没回家，他平时很少这么晚回家。我有些烦躁，在客厅里踱来踱去，预感到发生了什么。到了深夜一点钟，楼下传来汽车的声音，然后是楼门开动的声音。先是江爸的脚步声传来，然后是江爸的气味传来。他平安回家，我放心了。

房门打开，江爸进门，开灯，放包，换鞋。我扑上去蹭他，嗅他。他有些疲倦，但是脸膛红扑扑的，没有酒味。他拍拍我脑袋说："小乖乖，还这么精神呀。"嗅着嗅着，我突然嗅到了一股淡雅的兰花的气味——我愣了愣——这种气味是那样的陌生，仿佛远在天边，又是那样的熟悉，仿佛就在近前。我闪到一旁，微闭眼睛，沉浸在这种缥缈而来的遥远的气味中……

江爸脱下外衣之后，那种气味愈发浓郁。我调动起全部的记忆，从成千上万钟气味中甄别这种独特的气味……

江爸到卫生间撒了一泡尿，洗了一把脸，他仍然很兴奋，没去卧室，靠在沙发上发短信。我依偎在他身边，一边嗅着，一边绞尽脑汁地回忆。记忆的宝库实在太丰富，因为丰富而杂乱无章，深夜的思索使我变得敏感而惶恐……天哪，电光石火一般，我的脑洞骤然大开——终于想起来了，想起在兰州居住地附近的那个小公园，那个夏天的傍晚，一个款款走来的年轻女人……她的气味曾经令我浮想联翩……

我呆愣在那里。

江爸发了一会儿短信，仍然是意犹未尽。电话突然响了，吓了我一跳，把我拉回到现实。他接电话。是个女人娇柔而慵倦的声音。没错，就是她——胡小芸！

"宝贝，还不睡？"他小声说。

"睡不着……一直在回味……"她的声音。

"今天满意吗？"

"嗯……你好棒……"

"老啦！不行啦！"

"谁说的，才不老呢！亲爱的，你可真是不减当年勇。"

"哈哈哈……你幸福就好。"

他一边打电话，一边抚摸着我的脑袋。我心里很生气，躲开了他的手，走到客厅中央，蹲下来，屁股冲着他。

"今天幸福死我了，都不想回了。"她的声音。

"那就再住两天。"

"你不烦就好。"

"傻话！我都好多年没这么尽兴了，都是因为你。"

"……那我真不走了。"

"好！明天我们继续。噢，我上午有个会，得中午以后见。"

"行，我哪也不去，就在房间等。"

"好！早点休息吧。"

"你累吗？"

"不累！宝贝儿，真想现在就过去陪你。"

"……还是算了，亲爱的，你好好睡一觉，今天太辛苦你了。"

"真希望天天这样辛苦。"

"去你的，坏……"

我一动不动，心乱如麻。他安排常妈出国，就是为了和这个姓胡的女人相会。真没想到他会这样。

那边，还没有结束讲话的意思。

"宝贝，听话，早点睡。"他说。

"……亲爱的，有个事，本来不想说，但是不说，心里又搁不下……"

"你说。"他坐正了。

"王世科，他怎么样？"

"世科挺好的。"

"还记得当年告状信的事吗？"

"一辈子都忘不掉。怎么了？"他口气严肃了。我扭过脑袋，看着他。

"那些信，是他写的。"

他腾地站了起来："不可能吧？"

"真的是。"

他举着手机，走来走去，脸都黑了，手有些抖。我也感到无比的震惊，呼吸变得粗重。接下来，她告诉他，王世科一直对她有意，她当然不会答应他。"王世科隐隐约约知道我心里有你，就怀恨在心，炮制了那些信，想让你翻船。他干得出来的。你以后务必提防他点。"她说。

"他写信的事，你怎么知道的？"

"开始我只是怀疑。你调走之后，他仍然对我不放手，想方设法接近我。你把他调到北京，临走时几个同事请他吃饭，他喝多了，送他回家的路上，我问他这事，他承认了。"

"这个狗东西……"他跺了一下脚。我赶紧往墙角躲了躲。

"他说，姓江的应该感激我才对——要不是那些信，上边也不会来人调查，最后他不但没受处理，反而因此高升。他是受益者。"

他冷笑一声："他说的也对，也许我真得感谢他告状，才有了后来的一切。"

"我就说这些，也许不该说。你别介意，心里有数就行。"

"知道了。再见。"

"晚安，亲爱的。"

他们挂了电话。江爸把手机扔到沙发上，没再搭理我。过了好久，他才去卧室，很快发出了鼾声。

我几乎一夜未睡。

第二天中午，小明回来了，哼着歌从兜里摸出几张大票，放进她房间的床头柜里。这钱也许是江文赏给她的，也许是她顺来的。她情绪蛮不错，给我洗了洗澡。我情绪很消沉，病恹恹的。傍晚，常妈打电话来，问了问我的情况，又问了问丈夫的情况，问老江昨晚几点回家的。小明随口道："和以前差不多，十点就回了。"

傍晚，小明带我遛弯，我心里堵得慌，想给花花聊聊老江的事。但是不知为什么，花花没来公园。难道她病了？还是她家主人病了？还是出了别的什么事？

我心情坏透了。

这天晚上八点多，老江就回了家，依然是满面红光，依然是带着疲惫，哈欠连连。我没像往常那样跑过来迎接他，而是趴在屋里没动，这似乎是我有生以来头一回。

我知道他累坏了，回家没一会儿就上了床。他躺在床上打了一个电话，好像是安排一个业务。尽管他声音不大，但我听得清清楚楚。这个家里，没有什么声音能够瞒过我。片刻，他又打出一个电话，说道："小芸，我刚给四川分公司的李总打过电话。"

"怎么说的？"胡小芸的声音有点急切。

他有意停顿一下："……哎呀，眼下纪检部门盯得紧，你那个事，有点难度。"

"……是吗？"她的语气明显失望，"如果让你为难，就算了。"

"真想算了？"

"……我不想太让你为难，毕竟你也不容易……"

"哈哈哈……"他压抑着笑。

"……你笑啥？"

"难得你这么体谅我。告诉你，就是再难，哪怕千难万难，你的事也得办！"

"是吗？那太好了……"胡小芸的声音似乎有点哽咽，她感动极了。

"小芸你听着，我已经给李总交代过了，无论如何，都要把那个项目交给你丈夫来做。"

"我保证让他做好，不给你丢脸。"

"有你这句话就行了。"

"我保证，这是第一次，也是最后一次。以后决不再给你添任何麻烦。"

他们又聊了些别的，我已经没有心情再听下去。

十三

常敏回到家的当天晚上，老江很严肃地跟她讨论那两套房子的事。他问，大屯北路上的那套房，还欠多少钱？常敏说，三百万。他问，林萃东路那套呢？她说，房款加装修，一共九百万的样子。他问，你付了多少？她说，我给世科一张卡，里面有三百万，让他扣，过了几天，他把卡给了我，我查了查，里面还有一百万。

"就是说，两套房你一共欠一千万，对不对？"

"差不多吧？怎么了？看你紧张的。"

他踱了一会儿步，似乎下定了决心："你赶紧把这钱补上。"

"怎么了你？出什么事了？"

"出事就晚了！"

"……到底怎么了？"

"我告诉你实话——王世科有点靠不住。"

"不会吧？这么多年世科一直对我们忠心耿耿呀。"

"不要再说了。赶紧想办法补钱。"

"……家里一时半会儿拿不出这么多呀。"

"不行你就卖房子。"

"这我可舍不得，现在哪有卖房的？"

"我不管你用什么办法，反正你不能欠他钱。"

"行啦，我知道啦！看你神经兮兮的，有啥大不了的呀，天又塌不下来。"

"常敏我警告你，以后不能再收王世科任何东西。"

因为这件事，家里的气氛好几天都显得很沉闷。常敏从国外带回来几件礼物，其中有一个意大利品牌的宠物镀金项圈是给我的，戴我脖子上，很漂亮，但是我却没有收到礼物的喜悦，整天心事重重，懒洋洋的。我不快乐。

打这以后，常敏确实没再要过王世科任何钱物，他有时来家里，顺便放下几张购物卡或者美容卡，常敏都让小田给他送回去。王世科一直好好的，年底还被总公司评为先进个人，她觉得老江有些神经过敏。尽管不太情愿，但她一直惦记着还钱的事。

生活还是老样子，老江每天忙工作，他的干劲更足了，因为他很有可能再上一个台阶。常敏正式办了退休手续，用她的话说，忙忙碌碌半辈子，该享受一下生活了。此后她的主要工作除了美容，就是帮人办事。总有那么多的人想弄个项目，或者想往上爬一爬，他们去找江总，常常碰壁，此路走不通，就来家里找常敏"曲线救国"，求她向江总"做做工作"，往往就能如愿以偿。我隔三岔五在家里见到陌生人或者微微熟悉的人，有的一坐半天，没话找话套近乎，我成了他们的一个重要话题，夸奖我的话反复说，听得我耳朵起了老茧，我早都麻木了，不再有任何兴趣。有的提着个皮箱来，放下就走——不用开箱，我老远就能闻出皮箱里面是什么货色，那气味让我头疼心慌，老觉得心里堵得慌。两个大保险柜装得满满的，地下室里、床底下的皮箱也越来越多，家里的空气中，弥漫的都是钞票油腻呛鼻的气味。

他们夫妻床上的交流越来越少，不但话少，身体上也几乎不再有接触，我有好长时间没听到他们亲吻，没听到他们调情，也几乎嗅不到他们下体分泌物的独特气息。有一阵子老江外出考察，走了很长时间，常敏做美容美体的次数突然增加了，有一天晚上，她很晚才回家，而她以前很少这么晚回来。小明已经睡了，我蹲在客厅里等她。她开门进来后，我一抬眼就感觉她有点异样。她的脸蛋红扑扑的，像一个娇羞的姑娘。长期坚持做美容，她的脸蛋看上去至少要比同龄人年轻十岁，她的身段也和年轻时变化不大，毕竟是跳舞出身，底子出奇地好，非常柔软。她一弯腰抱住我，把我搂在怀里，似乎做了什么兴奋而隐秘的事，她的脸蛋一直红红的，发烫。

我马上就知道了原因——隔着薄薄的内衣，我从她的胸脯上嗅到了一个男人的气息。这气息我熟悉极了。全北京城只有一个男人是这个气味——我不说你也猜到了，他就是在会所工作的康老师，一个面色苍白手指细长的男人。

这个发现让我的内心感到无比悲凉。我挣脱开她的怀抱，跑回自己房间。她有些诧异地追过来说："乖儿子，怎么了？哪儿不舒服？"

我不想搭理她，用两个爪子把脸捂上，合上眼皮。她过来碰我一下，我"呜汪"一声，表示不满。她只好退了出去。

大概就从这时起，我觉得自己变得孤独了，只有心思与花花交流，和主人之间的亲情变得淡漠了。

是我变了，还是他们变了？唉，我这狗脑子，一时还真想不明白。

这天傍晚，小明带我遛弯，我抢先跑出小区，去街心公园。小明在后面喊我慢点，她说："猴急什么呀，你个熊狗，真是越老越不正经。"

刚进入公园，就看到一个光着膀子的中年男人站在路边小树下撒尿，行人纷纷扭脸走开。唉，世上有些人，真不如我们犬有素质，活得不如我们犬。我朝那人的白屁股"汪"地低吼一声，意思是说："下次得注意点，别让我们犬瞧不起啊。"吓得他一个哆嗦。

花花已经在等我。她神态永远那么宁静安详，而我心上却像压了一块石头。我真羡慕她，吃得香睡得甜，而我每天都睡不踏实，常常半夜惊醒，替主人担心——也是替自己担心啊，我总感觉，自己的好日子快到头了。

见我出现，花花扬蹄轻快地迎上来，围着我转了两圈，然后靠近我亲热地嗅着。我有些木呆呆地呼应着她，把她好闻的气息呼吸到脑子里，心头变得畅快了些。今天的天气很好，轻风拂面，空气难得的澄明，动听的舞曲从不远处飘来，笼罩了我们，花花随着舞曲，环绕着我，轻盈地腾挪跳跃。受她的感染，我不由得放下心中所想，配合着她，变着花样不停地跃动……

有一只好大好大的绿蜻蜓飞得很低，从我们头顶划过，我和花花仿佛接到命令一般，高高一跃，同时跟随绿蜻蜓跑向树林间的草坪。绿蜻蜓似乎并不害怕我们，飞得很低、很慢，好像有意逗我们玩。在绿茵如画的草坪上，我和花花追逐着绿蜻蜓，开心地嬉戏，忘掉了一切烦忧。天色不知不觉暗了下来，路灯和草坪灯同时亮了，天边一轮月亮显现出来，世界一片宁静。绿蜻蜓突然不见了，我和花花停止跳跃，互相看着，然后我们靠近，躲在树影里，嘴巴碰到一起，轻轻拥吻……我们都有些冲动，我希望永远这么和花花靠在一起，不再去操人类的心，过犬类单纯而美好的生活。但这是不可能的，小明在远处呼唤我的声音飘过来，一下子把我拉回到现实中。

虽然恋恋不舍，但我得走了，我与花花无声地告别。花花突然想起什么，追上我，向我透露了一个信息：她听颐和里小区的几只犬说，我家男主人新近结交了一个苗姓大商人，把总公司的两个大项目违规交给姓苗的做，那人投拍了一部电影，让剧中的女演员出来陪我家男主人。

听罢，我板起脸来说："花花，你可别瞎传呀，都是没影的事。"

花花说："平平你放心，我只是讲给你听。"

我说："我不信，你也不要信。"

花花说："我才不信呢。"

其实这个消息我早听说了。而且我从老江的身上，也早已嗅出了不同女人的气息。只是这个秘密我永远不会向外透露，谁让他是我的主人呢？

十四

年底，杨三又怀孕了。

听到这个消息，常敏脸都青了，狠狠地照江文脸上戳了一指头："你怎么就不注意点呢？傻儿子。"

江文摸着半边脸说："我很注意的……哪想到又打中，邪门了……"

"打掉！"

"……恐怕不行，她爸逼着我们结婚……说再不结，他就去闹……"

本来常敏早就合计拆散江文和杨三，这下又要悬。杨三的爸爸以前来过家里几次，他抽雪茄，脖子上的金项链比我脖子上的项圈都要粗，常敏直皱眉头，他每次一走，常敏就让小明开窗透气，说这个姓杨的粗俗极了，江家和他搭亲家，真是倒了八辈子霉。

杨家的官司打输了，赔了很多钱，矿也封掉了，杨三父亲在山西待不下去，跑到北京来，想把业务转到与油气有关的工程上来。总公司在大连修建大油库，准备趁便宜储存海外的汽油，杨三让江文找父母说情，费了好一番劲，终于帮杨家承揽了其中的一项工程。杨父带儿子杨二高高兴兴到大连"开工"去了。常敏原打算用这个工程与杨家做个交换——我给你钱赚，你放弃婚约。现在看来，这个事情不会那么简单。

关于儿子的婚事，我的主人夫妇专门在床上谈论过一次。女主人的态度是，江家不能受杨家摆布，不能被他们牵着鼻子走，这桩婚事夹生奇葩，不正常，应该尽量拖，实在拖不过去再说。男主人的态度是，既然又怀上了，而且老家那边老父亲再三催促说，想在闭眼之前见到重孙子，所以他认为，还是借坡下驴吧，闹得太僵并不好，毕竟以后要做亲戚的。

大事都是老江说了算。这事就这样定下来了。

杨家建议择黄道吉日办个大大方方的婚礼，江家没同意，认为中央"八项规定"绝对不能违犯，越是这个时候，越要低调。杨家很开通，没再坚持，说一切都由江家说了算。

常敏倒是找高人择了个黄道吉日，让江文带上杨三去海淀区民政局扯了证。晚上，没请任何人，就他们两家见了个面，吃了顿便饭。小明和我也有幸到场。这似乎是小明头一回参加正式的宴请，特意洗了个头，换上一身新衣裳，穿上高跟鞋。似乎她是新娘子，她比谁都兴奋。宴席开始后，我趴在桌子底下，听到两家主人都说了一些互相夸奖互相吹捧的话。杨父很开心，喝下一瓶 XO。

那晚杨父喝醉了。同时喝醉的还有小明。小明早就听说这酒值钱，一杯能顶半头猪。第二天她起得很晚，主人也没责怪她。两口子走了后，她还不想起床，我听到她拍着床头柜咋呼道："头疼！他奶奶个腿，什么破玩意儿！不如衡水老白干，纯糟蹋钱！"

杨三的肚子显了形，妊娠反应厉害，什么都不能做，整天躺床上保胎。小明去昌平别墅的次数更多了。有时她带我过去。最长的一次，我们在别墅住了一礼拜。常妈每天都打电话给小明，嘱咐小明既要照顾好孕妇，更要照顾好我。

别墅的院子里，又多了一辆改装车，奔驰牌的。江文爱玩车，喜欢改装车，都上瘾了。杨三抱怨说，他对车比对她都细心，她那么难受，他照样每晚出去，要么飙车，要么和车友搞聚会，根本不管她死活。她对小明说："你以后找对象，就找一个对你知冷知热的人，千万别图他家的钱，否则你一定会后悔的。"

小明说："最好找一个又有钱又疼你的男人。"

杨三说："妹子，你努力吧，我是没机会了。"

平时杨三不爱说话，小明忙活一整天，她几乎不跟她说一句话。她也不挑剔，不论小明怎么干，她从不指手画脚。小明倒是很卖力，楼上楼下忙活，她每次来，江文或者杨三都要塞给她几张票子。这么一比，就显得老江夫妇有点小气。小明有一次唠叨说："他们家，少的比老的大方。"

这天晚上，我又随小明在昌平别墅住下了。小明干了一天，累坏了，早早在一楼睡了，鼾声响亮。江文把我唤到二楼一个房间陪他玩。这个房间有很多玩具，是他给未来的儿子预备的。我在一堆玩具狗、玩具熊、玩具娃娃之间跳来跳去，有时躲在一个大玩具后面跟他玩捉迷藏，惹得他哈哈大笑。他把我摁住，抱着我脑袋说："平平，你才是最好的玩具。等我儿子生下来，你就搬过来陪我们。城里有啥好住的？车多人多，想玩个车，都没地儿。"

好久没这么轻松愉快了，我度过了一个开心的晚上。

十一点钟，有人打电话来，约他出去玩车。他丢下我，也没和隔壁房间的杨三打招呼，匆匆下楼，开车走了。我在房间又玩了一会儿，准备到楼下给我预备的房间休息，路过杨三卧室的时候，我听到她在打电话。

她发出的是那种娇滴滴的声音，这种声音只有跟最亲近的人说话才用，花花就经常用这种声调与我交流。我忍不住停下脚步倾听——其实回到楼下我也能听清，但我迈不开步。

听了一会儿，我理出了个大概：对方是她以前的男友，他们在美国认识的，一同回到北京创业，本来二人要结婚，因为她家突遭变故，举债累累，她父亲强逼她和江文来往。为了挽救父兄，她无奈嫁到江家。但他们一直没有断绝来往，每个月都要约会数次。因为怀孕，他们已经有两个多月没有见面，彼此十分想念……

说实在的，我很同情杨三。

但是，往下听到的情况又令我惊愕不已——她肚子里的孩子并不是江文的！

"亲爱的，为了我们的孩子，你可要照顾好自己。"男人说。

"亲爱的，放心，我一定会安安全全把我们宝宝生下来。"她说。

"真想今夜跑过去见你。"

"下周我去北医三院检查孕情，我们想办法见个面。"

我再也听不下去，愤怒地"呜汪"叫一声，滚下楼去了。

十五

王世科出事了！

辽宁那边和他有合作关系的他那个同学先出的事，那人一进去，头一个供出的人就是他。

辽宁方面反贪局的人从第三分公司办公楼直接带走了王世科，连总公司都没通知。

常敏第一时间知道了这个消息，她很慌乱，无端地冲小明发火，待在客厅坐立不安。我到她跟前表示安慰，她烦躁地踢我一下，我只好无声地躲回自己房间。

不时有电话打进来，向她报信。她一概说："知道了。谢谢。"不多说一个字。

江文最早住的房间布置成了一个佛堂，供着一座半人高的观音菩萨镀金像，说是能保平安。这天下午，常敏进去待了很长时间，不断有丝丝缕缕的香烛味儿飘出来。

傍晚老江回到家，脸色似乎也不好看。小明赶紧溜进自己房间，我也待在自己窝里不动，不敢发出一点儿声音。

只听常敏急煎煎地问："王世科到底什么事？"

"具体我也不清楚。"他声音低沉。

"贵清，他不会……乱咬吧？"

"……你欠的房款，还了吗？"

"我只还了他三百万，还欠着七百万呢。"

"不是早让你还清吗？"

"我……我手头一时拿不出那么多嘛……要不我马上给他老婆打钱……"

只听"砰"的一声响——老江用力拍了一下红木茶几："糊涂！你这不是故意往枪口上撞吗？"

"那可怎么办呀？……"她几乎要哭出来。

"慌什么！天不会塌下来。"

常敏惴惴不安地过了一段时间，也不去做美容了，整天在家拜观音。后来见一切风平浪静，她渐渐平静下来，对我和小明的态度也转好了。她抱着我脑袋说："平平，乖儿子，你这名儿起得真好。当年你来家里，我和老江都觉得你名儿好，能够逢凶化吉……平平呀，借你好名，保咱家平安……"我的脑袋顶住她依然有弹性的胸脯，像儿子扑在母亲怀里一样，感觉踏实。岂不知，主人怕，我也怕呀，人类常说，大家都是拴在一根绳上的蚂蚱，又说，鸟窝破了，不会有一个完整的蛋……

听说王世科关在沈阳，出于对老部下的关心，老江通过关系人，给他捎去一些生活用品，夹有一本书——上面有江姐、赵一曼等革命烈士宁死不屈的内容，并且捎话说，只要他咬牙顶住，不论什么结果，都会有人关照他老婆孩子——直至关照一辈子。

不久，内线递话过来，说王世科全招了，其中就包括帮江家购买的那两套房子。常敏吓得整夜睡不着觉，半夜钻进佛房焚香跪拜，然后回到客厅，蜷缩在沙发上唉声叹气。我跑过来陪她，她抱着我瑟瑟发抖。老江也过来安慰她，轻描淡写地说："不就七百万吗？天还不至于塌下来，睡觉去！"

又过了不久，那个和老江关系密切的苗姓大商人也出事了。

常敏并不清楚丈夫和姓苗的关系密切到什么程度，她倒没怎么害怕，老江却有些慌神，夜里开始失眠，半夜坐到沙发上抽烟——他以前从不抽烟的。我跑过来陪他，他拍打着我的脑袋说："平平，我现在真羡慕你……"

常敏预感到不好，穿着睡衣过来陪丈夫枯坐。他抓过她的手说："小敏，有事我顶着。没你的事，别怕。"

一句话把她说哭了，她抱住丈夫说："要死一块儿死。老公，我陪你到底……"

我心里也很凄惶酸楚，悄悄抹去挂在眼角的一颗泪珠。

他帮她抹去眼泪，安慰她说："我这个身份，沾点经济问题，很正常，真不算什么大事，天不会马上塌下来。"

"那就好。"黑暗中，她勉强挤出一个笑。

不久之后，更高层的一个大人物老S，也出事了！而老江和这个老S是一条线上的！他通过苗姓大商人搭上的这层关系——先是结识了老S的儿子小S，又通过小S上了老S的船。

这一下子，老江终于抗不住了，人整个地萎靡下来，惶恐不安地说："看来，天真要塌了……"

以前他不怎么进佛堂的，常敏最早布置时他还曾反对过，自从老S小S出事后，他进佛堂的次数比常敏还要多，虔诚地跪拜，口中念念有词……

就连小区的犬们都听到风声：江家要出事。平时那些个围着我屁股转圈的犬，每每见了我，都躲着走。一天傍晚，那只名叫琪琪的哈巴狗竟然挡住我路，朝着我面前撒了一泡尿，气得我眼睛通红。

每次见到花花，我都故作镇静。但是这种事情是瞒不住她的，一次，她暗示我道："平平，覆巢之下，安有完卵，你得早做打算。"

"……我能做什么打算？"

她用深情的目光望着我说："如果你想走，我愿意陪你，我们一起浪迹天涯，再苦再难也不怕……你看天都黑了，现在我就可以跟你走……"

一股暖流瞬间涌遍我全身，我亲亲她的唇，克制着自己不使眼泪流出，低沉地说："花花，你有那么老实忠厚的主人，有那么安稳平静的生活，你决不能离开家。再说，我也决不会离开家，不管发生什么。花花，我亲爱的，以后不许动这个念头……平平谢谢你了……"

我呜咽着说不下去，低头跑开了。

十六

以后的日子，我的主人简直就是度日如年。白天还好些，到了晚上，两口子夜夜难眠。他们谈论最多的，就是怎样处理家中那些在我闻来不香不臭、不甜不酸的票子。想转移出去，怕被监控——可以设想，肯定已被监控——电话、银行卡、网络，包括人的行踪，都已处在被控制之中。

他们曾设想过，买一台碎纸机，把钞票打碎，从下水道冲走；他们还设想过，拿到卫生间点火慢慢烧掉那些钱。但是又怕碎掉了、烧掉了，如果没人来查，不是太亏了吗？辛辛苦苦攒下的，不容易呀！

所以就一直犹犹豫豫，没舍得处理。

深夜躺在床上，老江有时也进行反思，他引用古人的话说："居高而必危，每处满而防溢。"他进而向妻子解释道，"居高位一定要有危险意识，东西满了就要防止它溢出来。月满则亏，凡事有个度，稍稍注意点，也许就没事，再过几年退休，享受晚年生活，国内国外旅游，多好啊……"

常敏幽幽道："又不是咱一家这么做，可以说咱算好的。要说最大的教训，是你跟错了人。"

"唉，怪我，非要想着再上个台阶，鬼迷心窍了……"

"那条线上你算个小萝卜头，也许没事呢？虚惊一场罢了。"

"但愿网眼大一点儿……如果过了这一关，小敏，你就把所有的钱全捐给希望工程。"

"好，全捐！"

主人成了惊弓之鸟，小明却镇静自若，能吃能喝能睡。她又胖了。一天，主人夫妇都不在家，小明打扫卫生，趁机从一个抽屉里捡出几件黄金制品，往她的床头柜里塞。我跑过去，"汪"的一声叫。她瞪我一眼说："你瞎叫啥？是人都能看出来，这回上头动真的了，抓大老虎！这个家里值钱东西越多，他们越麻烦。我这是替他们消灾，臭狗，懂吗？"

我觉得她这样不对，张了张嘴，露出牙齿，又"呜汪"叫了几声。她过来踢我一脚，吼道："你敢咬？你奶奶个腿，看我不掰下你的狗牙！"

我从没咬过人，我也不会咬人。遂叹口气，溜走了。唉，眼不见心不烦，随她便吧。

风声似乎越来越紧。

有一天，小明对常敏说："阿姨，你们不用担心，将来我管平平。"

　　似乎小明的话提醒了常妈，她抱一下我，放下，想了老半天，从床底下拖出一个箱子，打开，简单数了数，盖上，交给小明："如果家里有事，你就把平平带回乡下你老家，这些钱当它的生活费。"

　　小明眼珠子闪闪发亮，目光不离箱子："嗨，还要啥生活费，我老家有的是吃的，养一个平平，还不小意思。"

　　"你还是拿走吧，算我们一点儿心意。"

　　小明不再客气，上前提起箱子，转身到了她房间，把钱飞快地装进一个她平常买菜用的布袋子里，然后下楼去了。她说是先交给一个老乡保管，其实她打车到了很远的一家银行，把钱存下，然后把银行卡交给一个要好的老乡保管。

　　晚上回到家，她把我唤到卫生间，仔仔细细给我洗澡，边洗边小声念叨："他们那么多钱，才给了二十万。为啥就不多给点？留着可都是祸害呀……"

　　是福不是祸，是祸躲不过，该来的迟早会来。

　　这一天终于来临。

　　早上上班时间还没到，我先是听到楼下汽车响，这响声以前没听到过，然后是六七个人下车上楼的杂沓脚步声。不一会儿，门铃响了。主人两口子坐在沙发上，都不由得哆嗦了一下。

　　小明跑去开门。率先进入的一个年轻人亮了亮证件，说他们是中纪委工作人员，前来执行公务，希望配合。随之，又进来五男一女共六个人，共中一个戴眼镜的中年人走到老江夫妇面前说了几句，至于说的什么，我趴在窝里，脑子很乱，没有听清。

　　随即，一阵乒乒乓乓的嘈杂声音传进我耳朵……他们开始搜查，翻箱倒柜，最后连木地板都撬开了，我居住的小屋都不放过。老江夫妇、小明和我都被赶到阳台上，专门有一男一女两个人守着我们。

客厅里的地板上，成捆的票子越堆越多，有人民币，还有美元和欧元，在我眼里，像垒起一座钱山，又像一座钱坟，熏得我直流眼泪。小明的眼睛死死盯着花花绿绿的钞票堆，不时地摇头，似乎不敢相信家里会藏有那么多钱。

搜查得差不多了，有人打了个电话，不一会儿，进来几个银行的女工作人员，带着验钞机，开始验钞。

自始至终，老江夫妇没说一句话。

折腾了几个小时，钞票验收完毕，又都分门别类装进了十几个大箱子，贴上封条。那个戴眼镜的中年人过来说："江贵清、常敏要带走，这房子要查封。"又对小明说："你和这条狗得离开。"

小明说："我们这就走。"

小明早有准备，她的个人用品都装进了一个大箱子。那个女的过来检查一下她的箱子，又简单搜查了一下她身上，没发现有可疑物品。

小明说："平平，咱们走。"

分别的时候到了，我扑到主人夫妇跟前，使劲嗅他们的裤角，上蹿下跳，我的眼里全是泪。"呜汪……"我凄声跳叫着说："亲爱的江爸，亲爱的常妈，再见了……"江爸面如死灰，嘴角动了动，一声未吭。常妈弯腰把我抱在怀里，脸贴着我的脸，泪水直流，泣不成声："平平呀，平平呀……"

小明过来，牵住我脖子上的绳索，往外拖我。经过客厅时，我抬眼看到客厅墙上挂着的那张"全家福"——照片上的主人一家三口和我都是一脸的笑容，满面的春风——现在想来，宛若一个梦境。

这一别，团圆的机会，此生不再有。

小明拖着大箱子牵我下楼。她喃喃地说："他们真是太傻了……早点让我从老家找辆大车，把这房子里的钱拉回太行山，找个地方一埋，狼狗都找不着。当年我们山里人藏八路，鬼子硬是找不到嘛……"

我的耳边，却一直回荡着江爸早年的声音，他说自己要做"一个高尚的人，一个纯粹的人，一个有道德的人，一个脱离了低级趣味的人，一个有益于人民的人"。声音犹在，人却非人。

后来人们知道，同一时间，纪委的人也到了昌平江文的别墅。江文在总公司的一些项目中，充当"掮客"谋利，涉嫌收受利益相关人三台高级改装车，另外还有一些钱物。他的妻子杨姗因为即将临产，没被同时带走。

小明带我在众人和众犬的窃窃私语声中出了颐和里小区。我在这个小区住了七年多，当年豪华的小区，现在已显陈旧，一些欧式雕塑的天使，已经变得残缺不全。

离小区不远处的那个小路口，有一只熟悉的身影——我亲爱的花花在等我。泪水再次涌出我的眼眶。我定定神，缓缓地朝她走去。秋风起，落叶飘，大雁高飞，斜阳刺眼。我们渐渐靠近，都是泪眼迷蒙。我想起七年前的秋天，我们相遇，一见钟情，她曾经那么清纯可爱，而现在她已是满身风霜。

我们曾经相约：不求荣华富贵，只求平淡安稳；不求君临天下，只求与你华发。

我们知道，今此一去，将成永诀！

我上前，与花花交颈而别。我说："花花，我永远爱你。"

花花说："平平，我也永远爱你。"

我伸出舌头为她舔去眼角的泪花，最后一次拥抱她。然后，我离开了这个喧哗的城市。

十七

太行山深处的罗家凹，成了我的新家。

小山村里的十几只土犬，对我还算友好，纷纷来看望我。它们听说我不吃肉，不啃骨头，感到很奇怪。

就连小明的父亲老罗，也感到奇怪。小明到县城唯一的宠物店给我买来两袋狗粮。当老罗听说一袋的钱，顶好几袋白面，缺牙的嘴巴半天合不拢，说："它这哪是狗？比人都金贵，分明是个祖宗！你还不如把我杀了喂它狗日的。"

小明说："杀了你，你的肉它也不会吃。它只吃狗粮。"

村里人都说小明在北京一个"大老虎"家搞到不少钱，两个和她要好的小伙伴来找她，希望也能到北京城里有钱人家当保姆，而她们以前是瞧不起保姆这行当的。小明撇撇嘴说："等我杀回北京，进到一个后备大老虎家再说吧。"

陈根天天往小明家跑，逗我玩。我一眼看出，他是个很憨厚忠诚的老实人，小明应该嫁给他。陈根托人来罗家，提出和小明把婚事办了。但是小明却说："啥时候傻根家盖上八间大瓦房，再买一辆小轿车，我就嫁到他家去。"我"呜汪"一阵提醒小明："什么都没有平安好呀？你怎么还不明白呢？"

小明知道我在"教育"她，很反感，瞪眼对我说："奶奶个腿，你再瞎叫，就杀了你吃肉。"

我吓得够呛，躲一边去了。

小明在老家待了不到半月，喜洋洋地又去了北京——有个老乡介绍她到一个什么部长家当保姆。

小明走前给老罗留下五万块钱，千叮咛万嘱咐说，专款必须专用，不能违犯财经纪律，要到县城给平平买狗粮吃，因为她答应过原先的主人，罗家要尽心尽责为平平"养老送终"。

我们犬类的寿命有十二年左右。此时我的年龄已经八岁多，按照人类的寿命换算，我相当于五六十岁的老年人，好日子不多了。

小明刚走，她哥大明就来找父亲老罗借三万块钱。老罗死活不肯，说："肉包子打狗，有去无回，我才不会借。"

过了不几天，大明媳妇慌慌张张跑来说，大明出了车祸，在医院抢救，不交齐五万块，医院不给救。老罗哆嗦着拿出三万块交给儿媳，毕竟救人要紧哪。

其实，大明根本没遭什么车祸，只是骑自行车不慎摔了一跤，弄破一点儿皮，到乡卫生院包扎一下就没事了。知道被骗，老罗跺跺脚说："养儿不如养狗。"

大明媳妇逢人便解释："谁不知道老头子是个酒鬼？就知道往肚里灌猫尿，糟蹋钱，我帮他存上更保险不是？"

确实也是，老罗每天都喝得醉醺醺的，骨头缝里都往外冒酒气。他懒得管我，用一根铁链把我拴在院角废弃的猪圈里。那两袋狗粮被我吃光后，他没再去买。我绝食两天，饿得实在顶不住，只能将就着吃他的残汤剩饭。

陈根经常过来照顾一下我，给我带来点碎馒头猪骨头之类的吃食，偶尔提一桶水过来给我冲一下澡。生活质量的下降让我生不如死，但这还不是主要的——我主要的痛苦是牵挂原先的主人，思念远方的恋人花花。

有一天，老罗没酒喝了，他晃荡着罗圈腿踱到猪圈边上，盯着我脖子上的镀金项圈说："狗戴那么贵重的东西干啥？糟蹋钱嘛。"他费力地哈下腰，哆嗦着两只手，把项圈摘下来，出去换回了两瓶衡水老白干。

又有一天，陈根过来陪老罗喝酒。老罗说："不知道洋狗的肉好吃不？"

我吓了一跳。

陈根赶紧说："叔，都说洋狗肉酸，难吃，不能当下酒菜的。"

老罗打个酒嗝说："那算了。这瘦洋狗身上也没几两肉。"

小明一走就是一年多，十天半月打个电话给老罗，偶尔会问起我，问我还喘气吗？老罗说："放心，它好得很，你爹都不一定活得过它。"

陈根的母亲一直卧床，他想去北京找个活干，就是走不开。他对我唠叨说，就怕时间长了小明会变心，因为北京那么大，想变心，很容易。

有一天在电话里，我听到小明对老罗说，她在北京处妥了一个男朋友，是个厨师，山西人，在五星级大酒店上班。老罗不同意，扬言打断她的狗腿。他知道自己管不了小明，又嘱咐她，先不要给陈根说。

因此陈根一直蒙在鼓里。他隔三岔五提着下酒菜过来陪老罗喝酒，顺便给我搞点吃的。

如果没有陈根，也许我早就饿死了。他是我在罗家凹最亲的一个人。

来罗家凹一年半之后，我终于知道了前主人夫妇的下落。一天傍晚，我伸出头，看到老罗那台旧电视机正在播放老江夫妇受审的画面——江爸常妈的头发都白了，如果不听播音员的声音，我是认不出他们来的。

我以为江爸会判死刑，心提到了嗓子眼。从前，有个叫成克杰的，还有一个叫胡长清的，都判了死刑。电视机里最后说，判处江贵清有期徒刑二十年，判处常敏有期徒刑十五年。

这下我心里踏实多了。

要在过去，他贪这么多，很可能死刑。现在还是宽松多了。能留下一条命，也许他应该感激他曾经的组织。

这天晚上陈根过来陪老罗喝酒。老罗说："搞那么些钱干啥？

真不懂。我有十万就知足，够喝酒就行嘛。"

陈根说："我有五十万就满足——盖上八间大瓦房，再买一辆小轿车。"

两个人都喝醉了，趴在桌子边上打起了呼噜。

知道了前主人的下落，我便少了一份牵挂。这晚我睡了一个好觉。

可是，亲爱的花花，你还好吗？

十八

小山村的日子过得真慢。

我又熬了一年多，还能喘气儿。这时我已是风烛残年，离死不远了。

一天晚上，老罗却出了事。他酒后起来小解，一头栽进猪圈里。我拼命地吠叫，把半个村子的人都唤醒了。大明把老罗送进医院抢救，花光了借去的那三万块钱。还好，救过来了。

村里人都说，我帮老罗捡回一条命。

老罗出院后，不大会走路了，拄着根拐棍，只能慢慢挪动。他戒了酒，气色好多了。他经常到猪圈边上，呜哩呜噜冲我说说话。他很多话我听不懂。但我听清了一句话。他说——

"老伙计，咱俩得好好活，看谁活得长久。"

一天，门外响起一阵汽车开来的声响。我听出，是奥迪A8的声音，感到很奇怪。谁能开这么好的车子来这里？

原来是一个搞园艺工程的老板，进山采购名贵树木。听说这村里有一只"北京大老虎江贵清家的宠物狗"，非要过来看看。

村支书陪着老板进来。他们走到猪圈旁边，端详我一阵。老板说："这狗呀，你一看它眼神就知道，它是见过大世面的。"

村支书说："还是王总识货。"

"我认识江贵清。"老板回忆说，那年油气总公司大院搞绿化改造，一个朋友介绍我去找江总，想揽下那工程。江总一分钱没收，一顿饭没吃，痛快地给办了。好人啊！

"唉，没想到他后来会出事。"老板说。

"他那位置，想不出事都难。"村支书说。

"他只贪了三千多万吧？像他那种身份，真想搞钱，十个亿都打不住。他主要是跟错了人。"

"对对对，路线问题很重要。"村支书说。

老板向老罗提出，想把我带走。"我想给这狗换换环境。你们看，脏死了。放这儿，太委屈它了！"

老板拿出一沓钱递给老罗。老罗使劲摆手，意思是，他不要钱，也不想放我走。

村支书说："罗叔，就你这条件，没法养活它，它撑不了几天的。你忍心？"

老罗终于同意老板把我带走。但是他坚决不收钱。

村支书上前解开我脖子上的铁链说："太臭了。王总，得给它洗洗再坐你车走。"

老板说："那当然。"

我离开生活了两年多的猪圈，走到阳光下，抬眼看了看太阳，很晃眼。我又走到老罗跟前，嗅了嗅他的裤腿。然后，我缓缓跑向院门口，跑出院子，跑向胡同口……

那里有一眼枯井，废弃多年了。

我站在废井沿上，朝下看。以前里面没有水，昨天刚下过一场雨，里面积了很深的水。我久久地往下看……渐渐地，清澈水中浮现出花花俊美的身影，她抬头望向我，眼神脉脉含情。她笑靥如花，无声地召唤着我。

身后，响起众人杂沓的脚步声。

我头也没回，脑袋朝下栽了进去。

原载《当代》2017 年第 1 期

王凯的故事

陆萍说

我第一次见王凯，是在 2010 年的春天，大概是 2 月中旬，刚过完春节不久，我从江苏老家回到 D 城。有人组织了一次朋友聚会，记不清是谁组织的，反正我被人叫去了。参加那次聚会的人比较杂，大多数人我不认识，十多个人挤在一张桌子前，男的喝酒，女的喝饮料。男人中有一个不喝酒的，他就是王凯。

他话不多，不抽烟，不喝酒，面相看上去厚道、沉稳；个子中等、偏瘦、偏黑一点儿，留寸头；他不帅，也不能算丑，就是个一般人。席间有人介绍他是个警察，他微微一笑。有人问他是哪个局的，他轻描淡写说在市局刑侦支队，专门破案子抓坏人，因为工作原因，他不能饮酒，得时刻保持清醒。

虽然和他初次见面，他给我的印象挺不错的。之所以这么说，就是因为我特别讨厌男人喝酒。我前边的两个男友都是酒鬼，喝了酒就骂人，你跟他对着骂，他就动手打你。我父亲也好酒，喝多了就砸东西，没少跟我母亲干仗。所以我对那些不怎么喝酒的男人，有一种天然的好感。

那天快散场的时候，有几个以前不熟悉的人互相留电话。我留了王凯的号码。记不清他找我要的，还是我找他要的，反正我的三星手机里面，有了个名为"王凯警察"的联系人。得有大半年，我们没有联系，如果不是因为一件事，我可能永远都不会主动联系他，因为这之前我差不多快把他忘了。

我在D城一家有名的电子元器件厂上班，工作挺累，经常加班，当然收入也高。厂西门有个保安叫张银栓，山东人，长的人高马大，他有个老乡和我一个车间，牵了个线把我介绍给他认识。我和他约会过几次，发现他不合我的心意，提出分手。他居然不同意，三天两头来缠我，甚至扬言如果不和他处下去，有我的好看。我害怕出事，一直躲着他。有一天晚上我外出，发现他竟然跟踪我，我吓坏了，央求他不要再纠缠。我离开家乡来D城打工，主要就是因为前男友刘征死缠着我不放，他坐过牢，脾气暴躁，我怕他伤害我和家人，下决心离开盐城，跑来D城，好不容易才甩开了他。没想到甩掉一个，又遇上一个难缠的。我不漂亮，但是刘征和张银栓都说我有味道，越看越有味道。我也不知道男人是啥心理。

有一天晚上，张银栓喝了酒跑来敲我的门，把我吓坏了。我扬言报警，他才骂骂咧咧走开。那晚上我睡不着，突然就想到了王凯，他是警察，他也许能帮我。第二天，我犹豫了一阵，终于打通了他的电话。幸好他还记得我，态度也还好。我把困境说了说，他愣了一下，只说了一句话："你把那个人的电话、名字发短信给我。"

过了几天，我在厂西门遇到值勤的张银栓，他没像以前那样见了我色眯眯的嬉皮笑脸往上凑，而是四下瞅瞅，面色有些尴尬地说："陆萍你行啊，找了个警察做男朋友。"我一愣。他又道："你咋不早说。"我也不知道说啥好，愣愣地走开了。这以后，张银栓确实没再来纠缠。我抽空给王凯发了个短信，向他表示感谢。他回信说，正在研究案子。晚上如果有时间，八点钟见个面。一会儿又发了个见面地点，是一家离我们厂不太远的茶馆。

我也正想当面向他表示感谢，就赶早去了，先找了个地方坐下。不一会儿他急匆匆进来，他穿着警服裤子、制式皮鞋，上身穿一件蓝夹克。这身装束一看就像个警察。开茶馆的老板娘有点紧张，因为那段时间 D 城市面上比较乱，卖淫嫖娼的多，警察经常要扫黄。老板娘很客气，把我俩迎进一个雅间，又送点心又送水果的。没等我说出感谢的话，他道："那小子没再找事吧？"我点点头。他微微一笑："一个电话就妥了！如果他以后再不老实，你告诉我，看我怎么收拾他。"我特别想知道他是怎么跟张银栓说的，听张银栓的意思，他竟然说我是他女朋友。他是真想跟我处朋友呢？还是随口说说，不过是想吓退那个赖皮？可能这就是个策略吧，公安的人，办事有经验。我很想知道个究竟，又不好意思张口问，好像不相信人家似的。

那晚上我们没聊太久，因为他说还要回去值班。临走，老板娘声言不收茶钱，他执意留下一张百元大票。从这事我看出，他是个挺认真的人，有原则，不乱来。

这以后我们联系就多了起来。他不值班或者不加班办案的时候，想起我来，就打个电话，我们去小餐馆消夜，或者到电影院看场电影，或者单纯的轧轧马路。有时逛公园，见四周无人，他还喜欢给我表演一下拳术，说当警察的，得学会擒拿格斗，因为不能随随便便带枪出来，很多时候是需要空手制敌的。我不懂拳术，看他打得眼花缭乱，脑门上满是汗，就去替他擦一下汗水。

他特意嘱咐我，不要跟人说认识警察。还说以后跟他交往，要有保密意识，不该说的不说，不该问的不问，不该知道的不要知道。因为他在一个非常重要的岗位上，保护他就是保护他的工作，也等于保护了他的家人。我向他保证，决不多嘴多舌，请他放心。他也看出来了，我话不多，也不乱交朋友，是个文静少事的女孩。

慢慢我们就熟悉了。有时他也给我讲破案的事。他讲，我听，很少插话。他说他曾经被抽到东北去打黑，是公安部统一组织的。东北的黑社会，敢玩命的人挺多的。有一回他们去抓捕，遇到反抗，他一人与对方三人搏斗，右臂被一刀刺中，鲜血直流，他豁出去了，咬着牙上，终于制服对手。他还挽起袖子让我看他右臂上的刀疤，那上面确实有一条伤痕，像伏着一条蚯蚓。听他讲那些惊心动魄的破案故事，说实在的，我内心对他还是比较崇拜的。自从和他熟悉之后，我胆子似乎也大点了，晚上走夜路，也不那么怕了。厂子里有几个老男人以前打过我的主意，现在都老实了，不知是张银栓透露出去的，还是他们通过其他渠道知道我真找了个警察做朋友。

我们不紧不慢交往了一年半左右，感情就算建立起来了。他有过一段失败的婚姻，这事从一开始他就没瞒我。他前妻是个开服装店的，嫌他一个小警察没钱没地位，买不起宝马、别墅；加上他工作太忙，没时间陪她，就变了心，偷偷跟别人好上了。幸好他们没孩子，他没有为难她，平静地和她办了离婚。他给我看过那女人的照片，是挺妖冶的，当然比我漂亮。

这时候他三十二岁，我也快三十岁了。家里老来电话催我找对象结婚。我爸还说，再不定下个对象，今年春节就不要回盐城了，老家人笑话。我很想和他商量订婚的事，可我只是个打工妹，他虽然离过一次婚，毕竟是个警察，有公务员身份，端铁饭碗的，这方面条件还是比我优越的，他若想找一个打工妹，D城工厂里比我年轻漂亮的有的是。我一直张不开口。

见我六神无主，他主动谈起我们两人的事。他很坦诚地说，他家条件也很一般，父母都是农民，没啥积蓄，父亲去世后，母亲年纪大了，还要靠他供养。他虽然是个警察不假，但一辈子辛辛苦苦、累死累活、提着脑袋干，撑死干到副处级退休，前途一般般，就怕我嫁了他，跟着受苦；况且他还离过婚，担心有人在意这个。我一听，心肠一热，头一歪，靠在他肩膀上。

就这样，我们确立了恋爱关系。春节我回盐城之前，他专门带我回了一趟家，去拜见未来的婆婆，认认家门，正式把关系定下来。他家在新龙镇，离D城八十多公里的山区，平时他也不常回去。

动身之前，他很严肃地和我"约法三章"：一、他爸前几年出车祸去世后，妈妈受到打击，得了比较重的心脏病，千万不要把他工作的事情跟老人家讲，免得老人为他提心吊胆。也不要跟镇上其他人讲，因为一旦别人知道他是警察，会不停地找他办事，他应付不了。二、结婚之后，我不能背着他收受别人送的礼物，很多警察就因为老婆背地里受贿，把老公害惨了。三、我不能以警察家属身份在外招摇，以免被坏人盯上。这三条，他问我能不能遵守。我觉得他说的都有道理，痛痛快快答应了。

春节厂里放七天假，我很想让他陪我回趟盐城，也好在老家人面前显摆显摆。他说初二要值班，另外还想趁放假多陪陪母亲，不能陪我。回到盐城，我向父母隐瞒了王凯离过一次婚的事，怕他们有想法，打算以后找机会再说这个。我爸高兴的跟什么似的，见人就说，我女儿找了个人民警察！我表哥徐士升在盐城公安工作，派出所的副所长，他似乎有点不相信我一个打工妹能找到警察男友，反复问我，是正式的，还是辅警？我这才知道警察也分两等，就发短信问王凯，他回复说，当然是正式的干警，怎么啦？表哥还是有点不相信，问王凯具体的单位，我自豪地说："市局刑侦支队。"仿佛怕他多心，我又说："我看过他的警察证，上面是王凯的照片，职位是副科级侦查员。放心吧！"表哥一笑，没再说啥。

回到 D 城不久，表哥徐士升给我打来电话说："表妹，我想办法查过了，D 城刑侦支队确实有个王凯，但是年龄和照片都不是你那个王凯。"我有点烦他。我这个表哥干警察久了，看谁都不顺眼，见谁都怀疑。人家王凯可是中国刑警学院毕业的，正经科班出身，哪像他，不过是个复员士兵，靠关系进了公安，混了个副所长，也不见得有多大前途。

我把这事当玩笑话说给王凯。他平静地说："你表哥是对的。干警察，就得要有警惕性。"他还告诉我，支队有两个王凯，市局至少有四个叫王凯的。都怪父母起名字太随便了，大路货，没给自己起个独特一点儿的。

我姐的儿子李从军在苏州打工，因为打架斗殴给公安拘了。我姐夫姐姐急得不得了，给我打电话，让我找王凯帮忙，早点把孩子给"捞"出来。我有些不高兴，明明徐士升就干公安，你们不找他，偏偏大老远找人家王凯，我和他还没结婚呢！我姐哭着说："别提了！徐士升光吹牛，让他找人，他先说苏州那边没认识的，不想管。我和你姐夫硬缠着他，他才给七拐八拐找了个人。结果人家回话说，事情蛮严重，办不了。"我心想，他可能就没给你找人，骗你们呢。电话里我姐就知道哭。唉，没办法，我只好硬着头皮给王凯说了，同时也多了个心眼，看他是不是真心对我家人好，就当拿这个事试探一下。

过了两三天，王凯说："从苏州刑侦支队找了个熟人，一块儿到东北执行过任务。人家只说试试看，没打保票。办成了，咱高兴；办不成，也不能怪人家。"这事他还真上了心，我挺受感动的，又有些内疚，说："给你添麻烦了。"又过了两天，我姐打来电话，激动得不行，带着哭腔说："妹妹！成了！小军放出来了。你那个王凯，真了不得！代我好好谢谢他。"我说王凯和我在一起呢，我姐非让我把电话递给他，说了好一通感谢的话，千恩万谢的。她一口盐城话，也不知王凯听明白没有。我心想，看你们以后谁再疑心人家王凯。的确，有过这件事后，包括我表哥徐士升在内，没人再怀疑王凯的真实身份。

这事过去后，王凯语重心长地对我说："阿萍呀，家里的事是办不完的，下不为例呢！因为你这回帮他，他就觉得你有关系，下回还敢惹事。不如让他们都老老实实当遵纪守法的公民，大家都有好日子过。"我向王凯保证，以后尽量不再多事，谁惹的事谁去承受好了，不能因为他们的破事再让他分心。

这年元旦，我们在新龙镇王凯老家举办婚礼，我父母和姐姐、姐夫专程赶来。婚礼在镇上的一家小饭店举办，一点儿不排场，有点寒酸，只开了五六桌，主要是镇上的熟人和他家的亲戚。王凯提前给我打过预防针，让我给家人解释清楚，说他是在职的人民警察，上级有严格要求，婚礼不得大操大办，不得借婚礼收受礼金礼品，所以尽量低调，悄悄办，没敢请很多人。我一说，家人能理解，父亲说："严格点是对的，小王说得没错。你表哥徐士升前一阵就因为借生小孩收礼，听说得了个大处分。"

然而婚礼上，没见一个公安的人，我母亲和我姐很纳闷，就问王凯。我替他圆说道："越是节日，公安任务越是重，分不开身。"王凯笑笑，说："这不是主要的。主要的是，中央不是刚颁布那个什么'八项规定'吗？现在可严了，这个节骨眼上，我不敢请同事。几个关系特别好的，在城里私下请了，悄悄地，不敢声张啊。"他压低声音，继续说道："下一步，我还要升职中队长呢，真不敢乱来，是吧？"听他这一说，我家人没再吭声。但是我心里明白，不管他怎么解释，父母亲总是有点不满的，毕竟是我们陆家嫁闺女，又嫁了个有脸面的警察，不把场面搞大一点儿，回去没法交代。五年前我表哥徐士升结婚，办了一百多桌，光戴大盖帽的就来了十多桌，警车开来几十辆，那才叫气派。和人家一比，家人都感到，王凯这个女婿过于正派、呆板、死心眼子、不活泛，将来恐怕混不好。

蜜月里，我把厂里的工作辞了。这事婚前多次探讨过，王凯不同意我继续在厂里打工，他还是很要面子的，怕人家说闲话，堂堂一个警察的老婆，怎么跑厂里打工，只有那些内地山区来的女娃子才肯出这个力，血汗工厂呀！我借机让他帮我找个正儿八经的工作，进个正儿八经的单位，我有了好工作，他也有面子对不？他说："凭我在 D 城的人脉，帮你找个正式工作，并不难。但是你想过没有？你才是个高中生，现在都讲文凭，你这个学历找不到特别好的工作，只能到人家那里打个杂，工资能高哪去？所以依我说，不如自己干。这些年我看准了，真正发大财的都是自己单干的。"

按他的设想，我们到城郊选一个人口密集的地方开家庭旅馆，不需要多大投资，而且包赚不赔，盐城我老家如果有人来，也有地方住。我虽然来 D 城好几年了，其实只是熟悉电子元器件厂那一小片地方，对 D 城周边，那是睁眼瞎子一摸黑，他说什么就是什么吧，谁让我嫁了个死呆板的警察呢！

王凯考察了一段时间，选中了南郊二十多公里外的梅山镇，那地方工厂扎堆，外地人聚集，流动人口大，生意好做。他盘下一座两层楼的小旅馆，二十多个房间，租金什么的都是他同房东谈的，具体多少我也没搞清楚。就这样，蜜月刚过完，我们就从城里搬到梅山镇，城里的婚房并不是王凯的，是他租住的，一并退掉了。婚前说到房子问题时，我对他干了这么多年警察连个房子都没买，有点不理解。他解释说，他只是个普通警察，虽然有机会捞钱，但他不能那么干，只想凭工资生活，这样安稳；工资不多，还要孝敬生病的母亲，经济上不宽裕，所以就没买房。关键的一点是，他说："市局盖的警察公寓明后年就要交付了，他是副科级，可以分一套九十多平方米的，价钱比市价低很多，基本等于白送。"听他这么一说，我便开心多了，没给父母提他没房的事。来到梅山镇，我们先住进小旅馆，占了底层最靠东边的一间，这样就不用租房子了。

旅馆开张，我成了老板娘，每天守在这里，哪里也去不了，一人忙不过来，又招来一个服务员帮忙打理。王凯反复提醒我说："一定要低调、低调，再低调。"他不让我对外说自己是警察家属，因为他是国家工作人员，上级不允许公务员的家属子女做生意，传出去，对他不好。他还规定，警察的家人必须懂法守法，开旅馆，一不能聚赌；二不能容留卖淫嫖娼，更不能组织妇女卖淫；三要警惕有人在旅馆吸毒贩毒。发现问题，及时向他报告，由他负责处理。他警告我说："虽然这些案件都归我管，但你如果犯了，我不会包庇你的。而且由于你是警察家属，还要加重处罚。"我有点不高兴，说："我本来就不是胆大的人，不会干那些犯法的事，你还不了解我吗？"他说："了解。提个醒，没坏处，警钟长鸣嘛。"

打那以后，我们一直住在梅山镇，生活倒也平静，王凯每天穿着警服去上班，有时也穿便服走，说是去执行任务。他开一辆老式的捷达车，很陈旧了，我问他，怎么不开辆警车呢？开那个多威风，我表哥徐士升赶集买菜都开警车，我表嫂走娘家，他也让警车接送，表嫂娘家人可得意了。我提过几次，王凯有点不耐烦，说："现在要求转作风，上下班一律不准开警车。再说，摆那个谱干什么？你那个表哥早晚要出事。人民警察的形象，就是让这种人坏掉的。"

真让他说准了，没多久我表哥让巡视组盯上了，查出了不少问题，先是停职检查，最后开除党籍，调离警察队伍，安排到一个偏僻乡镇打杂去了。从这个事情我得出个结论：人还是低调一点儿好，像王凯这样，看上去挺窝囊，树叶掉下来都怕砸到头，你说他胆小怕事吧，可他安稳着呢！慢慢我想通了，这年头，千好万好，不如平平安安好，不惹事睡得着就好。以后尽量不打扰他，让他一心干工作。他偶尔给我透露点工作上的事，说是又去哪哪抓坏人了，还动了枪，一晚上捉回来二十多人。见我为他提心吊胆的，以后他就很少谈工作上的事，我基本也不问。

我一直惦记着警察公寓的房子，问过他几次。因为我打算要小孩，他母亲年纪大身体不好，照顾不了小孩，我妈身体还可以，想把她从盐城叫过来带孩子，总不能让我妈也住旅馆吧？所以警察公寓的房子我最上心，眼看结婚两年多了，还没动静；再说也给家里显摆过，不能老没结果。有一天，我又追着问他，他支吾半天，才开口说："阿萍呀，对不起啦……"我一愣："老公你有啥对不起的？"他红着脸说："房子本来有我一套，结果从省厅下来一名同志来我们支队任职，他没地方住，我发扬风格，让出去了……"

我一听头都大了，怎么能这样做呢？这么大个事，也不和我商量。我很不开心，哭了起来。他劝我，我不理他，扬言到支队找他们领导评评理，不能这么欺负老实人嘛。他一听就急了，冲我瞪眼睛，说："你不知道吗？我刚当上中队长，警衔升一级，三级警督！就为这么个房子，你找我们领导，领导怎么看待我？"我还是不理他，他又道："告诉你吧，第二批房子正在盖，明年——最迟后年我能分一套一百二十平方米的！"

这回他冲我发了火。这是我们结婚后头一回见他发火。他脾气其实蛮好的，只要你不惹他。过后我也想开了，不就是晚搬进去一两年吗？只要夫妻感情好，不住新房子，日子照样过。过去一块儿打工的姐妹们，个个对我羡慕嫉妒恨呢，这还不够吗？

他的工作越来越忙，平时经常值班、加班，每周总有两三个晚上不回家住。赶上我病了，他也顾不上照顾。夫妻生活有时十天半月都不行一回，弄得我很躁很压抑。我深感当警察家属不容易。我感到委屈，冲他发牢骚。他劝我："你找警察老公，就得跟着付出嘛！我干好了，军功章上，有你的一半不是？"他很会哄人，三说两说，我就想通了。当时电视上正播连续剧《刑警队长》，他推荐我一定认真看一看，还说他就是这么工作和战斗的。我一般不看国产剧，我喜欢韩剧，既然他说写的是他，我一集不拉看了，还真的挺感人的。从那以后更加理解他了。

我找来帮忙的江嫂似乎看出什么端倪来了，对我说："阿萍，当心你老公在外头找小三。"我说："你看他开的那辆破车，谁能看上他呀？"是的，他一直开那辆旧捷达，与他的身份很不相符，当上中队长后，才磨磨唧唧换了辆新的，也不是什么好车，八万多的一汽丰田。他劝他，既然要换，干脆换辆奔驰宝马，我脸上也有光啊。他说："低调！低调！这两年市局有好几个开大奔的，都进去了。"

旅馆的大小事都是我操心，他基本不问，偶尔说起来，也只是提醒我，一定要合法经营。旅馆的生意时好时坏，只能说凑合，没法跟周边的几家相比。其实我知道，那些生意真正好的小旅馆，都做皮肉生意，虽说不如头些年了，但还是有人冒险做。江嫂有一天劝我道："阿萍，你老公是公安的，你怕个啥子么！给派出所打个招呼，该做啥就做啥嘛！"这方面我也不是没动过心，但是我只能说："不行，我老公不让。再说，他也不认识镇上派出所的人。"江嫂说："天下公安是一家嘛，你让他拐弯抹角找找人，总能找到一个。有人护着，我负责从外面叫小姐，我也不多要，每次你给我提五十。"江嫂是个四川人，和我同岁，离过婚，精力旺盛，快人快语。有一天，我瞅见她衣领没扣好从一个房间出来，怀疑她背地里和客人胡来。我把江嫂说的话和她的表现透露给王凯，意思是想请他想想办法，让我们的小旅馆多挣一点儿。他一听，很紧张，严肃地指着我说："你赶紧把那个女人撵走，留下是个定时炸弹。"唉，没办法，我只好把江嫂辞退了，其实她挺能干的，我有点后悔不该告诉他这些。

他在外面忙，没白没黑干工作，早出晚归的。他的微信朋友圈里，经常发加班、值班、破案的信息。我留意到电视上、网上老说警察加班是常事，我慢慢也就习以为常了。他有时忙起来，半个月不回的时候也有，2015年，北京搞大阅兵，他给抽过去执勤，说是省厅统一安排的。电话里他告诉我，都累病了，在北京前门外边的一家宾馆里躺了三天。我心疼他，劝他又不听，他干起事来简直像个拼命三郎。这些年，我不担心他在外头找女人，他那么点胆子，那么谨慎的人，你投怀送抱，他都会给吓跑。我一是担心他长期疲劳，身体受不了，落下病根，将来还不是我侍候他？二是担心他遇到危险，办案天天跟坏人打交道，不定哪天遇到个恶魔，够他喝一壶的。

真是怕什么来什么。一天夜里，我都睡一觉了，突然接到齐超的电话。齐超是个商人，和王凯关系铁，两人亲兄弟一样，平时王凯和他来往算多的。齐超电话里声音很紧张，他说："弟妹呀，过一会儿你打开门，我送王大队回来。"噢，忘了讲，王凯从北京执行安保任务回来，升职了，当上了副大队长。我以为王凯喝醉了，而他平时不怎么喝酒。不一会儿，齐超，还有那个老常，两人扶着王凯进了门，我看他脸煞白煞白的，不像是喝多。齐超说："弟妹，咱进屋讲。"扶他进屋，我才发现他左大腿上都是血！我吓坏了，让齐超赶紧送他去医院。齐超说，刚从医院出来的。

原来这晚上他们三人一块儿吃大排档，遇到两拨小混混街头打仗。本来没王凯什么事，可他说，作为警察，遇到打架斗殴的，不能不管啊。于是他勇敢地站出来，想制止对方的混战，混乱中不幸被人捅了一刀，捅到大腿那儿，流了很多血。我说："单位知道了吗？这么大事，得给领导报告吧？"王凯说："深更半夜的，不能打扰单位领导，明天再说吧。"看他伤得不轻，我问齐超："为啥不让他住院呢？在家里，有危险怎么办？"齐超说："就近到一家诊所包扎了一下，大夫说，止住血，就没事了，住院不如在家静养。"

第二天，我催王凯给单位打电话。他说："你知道为什么我没去住院吗？"我摇摇头。他说："我们公安有禁酒令，这个你知道。最近上级抓这个抓得特紧，谁违犯了就得撤职。昨晚抹不开面子，跟齐超、老常出去吃大排档，我喝了点酒。如果让单位知道，那还得了！所以不能报告。我给支队长发微信了，说昨晚感冒发烧，在家休息几天。"

既然他这么说，我还能说啥？到附近药店给他买了点消炎药，在家里给他换药棉。好在他身体素质不错，伤口没有化脓发炎，一个多礼拜后伤口就愈合了，能下地了。

这事把我吓得不轻，以后就老是提醒他注意安全，不能傻傻的拼命。他劝我也要注意休息，不能累着，照顾好自己，钱多钱少无所谓，反正又饿不着。自那次被坏人捅伤后，他小心了许多，晚上不大出去了，有空就躺沙发上看破案的小说，特别关心公安破案的新闻，手机里还关注了很多公安机关的微信公众号。有时还拿一支玩具手机在家练习瞄准。

我最惦记的还是警察公寓的房子，因为我怀孕了。有一天他很不好意思地告诉我，项目停了，因为这个项目违反国家规定，现在反腐很厉害，不比从前，领导谁也不愿冒险推动。我很失望，背地里又哭过一回，好在不久他又升职，当上了大队长，每月拿回家来的钱也比过去多了一点儿，这对我也算是个安慰吧。我开小旅馆，挣钱有限，还要多多少少帮衬一下盐城娘家，他母亲身体不好，每年也要贴一点儿，他虽然有权，可以不费事搞到钱，但他从不乱来，所以我们家经济上并不富裕。我生小孩后，没敢让母亲过来，从本地找了个保姆帮着带，旅馆也关了半年多的门，对外说是装修。他知道亏欠我，有一次含着眼泪对我说："阿萍，为了你和儿子，我更得好好干，我这辈子就想干到正县级，当上市局的常务副局长。正局长是很难干上的，一般都是从别处交流过来，我就给自己定个目标，退休之前争取升到常务副局长。过些年，咱买个大房子。请你相信，我一定做到！"

他说得很实在，我被他感动得眼泪直淌。他答应我买大房子之前，先买个八十平方米左右的，还抽空带我去几个在建的高档小区转了转，看好了一处楼盘，打算近期就交订金。如果顺利的话，一年半之后就能住进去。

这两年，他进步挺快的，不久前下到棣花分局挂职副局长，攒履历，说是挂职一两年回来，就提副支队长。他还是那么低调，我让他换辆好点的车，他不肯，说是多攒点钱买房子。对这么个男人，你让我怎么说呢？他干工作那是没说的，没白没黑的，从不叫苦叫累；但对家庭，亏欠许多。人家嫁了警察，跟着吃香喝辣，我一点儿光没沾上，天天守着小旅馆，都五六年了，哪儿都去不了。他答应我，挂职回来当上副支队长，就不开这个旅馆了，给我找一份像样的工作，不求大富大贵，只求一家三口平平安安，和和睦睦。

唉，先说这些吧。

齐超说

我认识王凯，大概在 2008 年前秋天。也是在一个饭局上，有人介绍说他是派出所的警官。他微微一笑，态度挺谦虚的。喝酒他也喝一点儿，但控制得非常好，一看就是心里面有数，保证不出岔子。他话不多，不是那种吹吹乎乎的人。我这些年在市面上混，见的人多，各种各样的都遇见过，给我的印象，凡是酒桌上喜欢吹牛逼的人，基本都是不靠谱的；而那些低调者、谦虚者，你和他交往下去，往往能成为朋友。

王凯就这样成了我的朋友。我比他大十岁，我们算是忘年交吧。他叫我齐老板，或者老齐、齐哥，我一般称呼他王警官，酒桌上叫他王凯兄弟或者凯子兄弟。

我是D城本地人，家在南郊，小时候家里是种地的，后来城市扩大，地被占了，村民便都成了城里人。早年我做点小买卖，开过烟酒铺、花店，贩过建材，承包过一些小的工程。有了积蓄后，就成立了一家公司，我当法人，主要是倒卖各种产品，什么赚钱倒腾啥，认识王凯的时候，已经算是千万身家的老板。在D城这么个地方，有钱人很多，我算是很一般般的，别人叫我齐老板，我都不大好意思。好在我不欠外债，没什么压力。

我不是什么黑社会，和王凯来往不是为了寻找所谓的保护伞，而是觉得，多一个场面上的朋友，毕竟不是坏事。加上吃过几次饭之后，感觉他不要滑头，不作弄人，手不乱伸，人挺实在的；而且像他这么言行低调的警察，是不多见的，很多人牛皮哄哄，你见他一次不想再见第二次。王凯给人的感觉不这样，他的稳重和他的年龄有点不相符，让你感觉他人靠得住，和他来往心里踏实。

当然，十年多时间交往下来，王凯也帮我办成过几件事。记得2009年底，我在洗浴城认识一个女孩，艺名叫芳菲，东北人，能喝酒，男孩子性格，很讨人喜欢。我和她约会过几次，一般都是我开好房间，约她过来。每回她都如约前来，而且每次按她的规矩，只收五百，你多给她，她就是不要。我挺受感动的，以前从没遇到这么好的女孩，打算和她保持下去。有一天她给我打电话，说她在如家酒店开了房间等我过来。你想我能不过去吗？屁颠屁颠跑去了，结果一进门，并没看到她，而是两个大汉在虎视眈眈。我知道坏了，果然一个说是她大哥，一个说是她二哥，她呢，怀孕了，在医院保胎呢，出不来。他们拿出一张医院的化验单让我过目。我头都快爆了，这些年风花雪月的，头一回遇到这种情况。他们提出两个方案：公了或者私了。公了就是到我家去见我老婆，把事情挑明，如果我能离婚娶芳菲，当然好，他们知道我盼儿子，也许芳菲能给我生个大胖小子呢！私了呢，就是拿钱说事，不告诉我老婆，这要简单多了，他们也不多要，就四十万，买点补品给芳菲补补身子，再给她找个对象早点嫁人，以后她和我谁也不认识谁。

我脑子乱，一时安静不下来。我这个人，做人没啥大问题，对家人对朋友对工作都是尽心尽力，就是有个小毛病，有点好色。按说男人都好色，就看处理得好不好。要命的是，我找了个厉害老婆，她爸当年是我们那个村的支书，按现在的做法，扫黑除恶我老岳父准跑不掉。我事业刚起步时岳父没少帮我，我老婆总觉得高我两头，在家里那是横着走，放个屁动静都很大。若是她知道我和芳菲的事，还不得剁了我……所以，公了，我是万万不敢的。估计他们知道我不敢，所以才放心地多敲我几个钱。

我提出私了，但是只想给十万。他们不干，一分不能少，否则到我家去闹。我没办法，咬咬牙答应了。我身上的卡里只有五万，他们陪我到附近银行的自动柜员机先转走这五万，其余的约好第二天下午交齐，要现金，见面地点由他们定。慌慌张张回到公司，我一边筹钱，一边还不死心，想着回转的办法。我不敢报案，不怕别的，只要一报案，公安三天两头来取证问情况，我老婆那边肯定瞒不住，那样我宁可拿出这四十万，省心！他们也是吃准了我妻管严这一点，才敢放我走的。

可我又觉得这样被人敲诈走四十万，有点窝囊。

突然我想到了王凯。他说过，有事找他。那时他还在北关派出所工作。我给他打了个电话，委婉地把情况说了说。他知道一点儿我家庭的情况。我见人就爱控诉我老婆，说她是D城最凶的母老虎，都让芳菲这小骚货给摸清了。这都是血的教训。听我说完，王凯有些为难，说："齐老板，你那一片，不是我的辖区呀。"我说："兄弟兄弟，能不能找找你熟悉的公安的人，不报案的情况下帮我摆平，我把她电话号码发给你。"王凯没吭声。我抢先挂了电话，然后把芳菲的电话转给了他，心想你看着办吧，够不够兄弟就看这一壶，大不了以后不来往。

第二天下午三点，我一个人开车，带着三十五万现金，按照对方的要求，老老实实赶到他们指定的地点，开发区湿地公园北门。那兄弟两人在一辆金杯面包车上，他们一见我的样子就知道，我没选择报案。我提着箱子钻进面包车，他们数钱。就在这时，一辆旧捷达开了过来，在面包车前头停下了，车门打开，下来一个警察！不是别人，是王凯兄弟！

原来我一出门，他就跟上了。那两人正高兴地数钱呢，没想到会有警察突然出现。我也跟着发蒙，搞不清王凯这是来的哪一出，但知道他是来帮我的。只见王凯笑嘻嘻地站在车门口，给人感觉不像是来抓坏人的。我赶紧把车门拉开，王凯上来了。那两人一直愣在那里。王凯说："两位兄弟别紧张，我今天不是来办案，我是来帮你们摆平的。"然后对我说："齐老板，你再给人家留五万，行吧？"我赶紧说："可以可以。"从箱子里拿出五沓钱。王凯又对那二人说："你们拿走。以后别再找齐老板麻烦，可不可以？大家都不容易。"那二人还是有点不相信似的，大眼瞪小眼。王凯说："你们遇上我，是你们福气。赶紧走吧！"我跟王凯下车，那二人立即开车窜了。以后果真没再找我麻烦。

这个事很快在我几个好友之间传开了，都说王凯处理得好，简直太棒了，既保全了我的面子，又大大减少了我的损失；还让对方得到点甜头，而不是激他们狗急跳墙，真是一箭双雕。王凯不愧是办案的高手，一件事征服了我。更让我感动的是，我请他吃饭时，塞给他一个五万元的纸包，他坚决不收，丢在座位上，扬长而去。

还有一件事，也多亏王凯帮我。一天晚上，我酒驾，给交警逮个正着。以前我经常酒驾，但以前酒驾没人管，后来酒驾入了刑，越抓越严，我脑子还没转过弯来，还是经常酒驾，终于有一天，坏事了！没办法，硬着头皮找王凯吧，谁让他是我兄弟呢。这时候他已经调到刑侦支队了，当上了中队长，说话比以前更好使不是？我请他吃饭，提出能不能在不违背法律的前提下从轻处罚，既然犯了事，我也不是不想承担责任，我只是想略微轻一点儿，起码不要拘留我，那样太难堪了，会成为一个笑话，在朋友圈里传好久。王凯当场没说啥，只说知道了。我心里没底，回到家趁老婆洗澡又给他发短信，请他务必帮这个忙，需要花钱，尽管说。

几天过去了，我没有被拘。又过了几天，我接到通知，罚款两千，吊销六个月驾照。这个处理让我感觉太爽了。关键时候还得靠王凯兄弟，我更佩服他了。我请他吃饭，他来了，板着脸不开心，后来终于说实话。他说："老齐，不能老是违法呀，你得注意呀。我还想进步呢，老为你办事，影响我形象。"我知道自己不对，一个劲地赔不是，保证不再给他添麻烦。他说："咱们之间的事，绝对要保密，不能让你的朋友都知道，如果都来找我办事，我可应付不了。你呀，就坏在一张嘴上。"我又是拍胸脯又是摸脑门，保证以后管住这张破嘴。

过去一段时间，我差点又惹祸。我去开发区一家 4S 店修车，看到一个穿工作服的熟悉的身影。居然是王凯！没错，就是他。我冲口而出："嗨！王警官！你怎么在这？"众人都愣了，王凯也愣了愣，随即做手势示意我闭嘴。我觉得不对劲，打个哈哈道："对不起，认错人了。"过后王凯找到我，很不客气地批评道："你差点坏我事。"我还是不解，他怎么跑到 4S 店上班了？他指指自己脑袋，意思是让我动动脑子。原来他去那里卧底，抓一个逃犯。我忐忑不安问他："那天没坏掉你的事吧？"他说："幸好那会儿那个家伙去试驾了。他一回来我就把他铐走了。"我松了口气。他严肃地提醒我，以后在公共场合碰面，千万别暴露他身份，装作不认识最好。

194

接触一多，我越来越感到，王凯工作认真，行事低调，口风严，有智慧，将来能成大器。你看，他常年开一辆破捷达，这种车市面上很少见了，感觉像是从废品站拖来的一样。现在有几个警察开这种车？就是摆摊卖货的，座驾也比他强。我劝他换一辆，钱不凑手从我这儿拿，最起码买辆二十万以上的，开这辆老爷车，你不嫌难堪，我作为朋友脸上还发烧呢！他就是不肯。我知道他手头紧，他多次说过，家里就靠他一人。他父亲当过中学教师，本来有一笔退休金，够他父母老两口日常生活没问题，可是前几年父亲突遇车祸去世，要命的是肇事者还跑了，没赔一毛钱。现在有心脏病的老母亲全靠他接济，她吃喝用不了几个钱，主要是生活不大能自理，要给她请保姆，她还时常住个院什么的，花费惊人。我们一块儿吃饭时，他偶尔多喝点，喝多了就诉苦。还说，凭他的位置，想搞钱不难，给哪个大老板办点事，都能挣一笔，张张嘴吓唬别人一下，都有人乖乖来送钱。但是，他不能那么干，他想当个正派的人民警察，干干净净做人，况且他还想进步呢，不能因小失大，后悔的事坚决不干。

佩服他行事做人的同时，我慢慢也摸清了，他喝酒的时候，就是他诉苦的时候，诉苦的时候，就是想借点钱用。交个真心朋友不容易，我不是那种过河拆桥的人，我当然要知恩图报。他母亲每年都要住院两三次，每次只要他张口，我都二话不说，立即落实。后来只要听他一说住院的事，我就主动拿钱。反正要借，不如主动点，何必让人家先说出口。他每次都不多借，一般三万五万的，换新车那回，借了十万，那是最大的一笔。他要写借条给我，我说，要什么借条啊，这点钱，好意思写纸上吗？他很认真，随身带个小本本，当着我面清清楚楚记下来。每次都这样。

除了他母亲要源源不断花钱外，他唯一的哥哥又出事了。他哥叫王平，我见过一回，为人处事照王凯差远了。王平本事不大，还净想发大财，干啥啥赔，后来欠下一百多万的外债跑路，债主找不到他，就到王凯母亲那里闹，往王凯单位打电话。王凯没办法，找我诉苦，说他也不想管，但为了老母亲不给折腾死，多少得赔偿人家一点儿，况且借给他哥钱的人，大多数都是做小买卖的，是熟人，都不容易。他这个态度，让我挺感动的。他这么正派，从不利用自己职权捞钱，还这么有担当，帮哥哥还债，这种人现在真的不多了。我回家一说，我那母老虎老婆都被感动了，说："老齐，这么好的兄弟，你不能袖手不管。"她都发话了，我还能说什么？痛痛快快借钱给他呗，为帮他摆平这个事，先后借出去五十多万。

听他说过，他老婆陆萍可不是个省油的灯，钱把得死死的。陆萍开旅馆，每年纯收入总有个小几十万，大多都让她悄悄资助盐城娘家人了。他岳父是个酒鬼，每天都要下馆子，经常赊账，后来酒馆有了陆萍的联系方式，直接微信找她收钱。一年下来，据他说，光是老岳父喝酒，就得花掉十好几万，回回都是陆萍填窟窿。大姨子家盖新房，也找陆萍借钱，说是借，还不知道啥时候还，基本都是肉包子打狗有去无回。他一个大男人，心里虽然有点不痛快，但又不想为了钱，跟女人过不去。所以，他家里的困难，只有靠他想办法解决。

他手头也多少有点积蓄，放在一个朋友那里理财。头几年还不错，每年能分几万红利救急，可是屋漏偏逢连阴雨，那个朋友生意搞砸了，被人起诉，关进去了。他的几十万本金，也跟着泡了汤。

有一回他喝多了，瞪着血红的眼睛说："齐哥，你说我是不是该豁出去？"我说："什么豁出去？"他说："像别人那样，该收收，该贪贪，不管三七二十一，先把钱搞到手里再说。"我一听急了，说："这样可不行！兄弟你走到这一步不容易，不能把前途毁了。你混好了，我们还想跟你沾光呢！不就是钱紧吗？我继续借给你行不行？你哥我还是有这个实力的。你啥时候有了啥时候还，我不会逼你。"他感动得眼泪快要下来了，握着我手说："老齐大哥！请你相信我，我不会赖账的，对吧？"我不高兴了，扶他坐下，说："什么话！哥啥时候都会相信你。话说回来，你如果真有困难还不上，我也认了！谁让我们是兄弟呢？"他说："不可能！我有单位有职务，这个账敢赖吗？齐哥！我给你说实话吧，将来我只还本，利息你暂时别想。"我大手一挥说："屁利息！这个连说都不要说。"

当然，王凯借的每一笔，虽然没有借条，我还是仔细记了一笔账。他也不是光借，每年也还一点儿。就这样七八年下来，他从我这里借走一百多万吧。我不担心这些钱回不来，他是堂堂正正的公安干警，有组织上管着他。再说，哪一天他发达了，想搞个百八万还债，那还不是分分钟的事！

常金龙是我生意场上最好的朋友，他是宁波人，来D城经营水产品。因为是外地户，经常受同行欺负，他在水产品批发市场的商铺，门玻璃三天两头被人砸坏，丢东西那更是常事，还被左邻右舍的铺主殴打过。我很同情老常，想办法介绍他认识了王凯。不太喜欢乱交朋友的王凯，看出老常是个厚道人，喝过两次酒之后，同意以后喊老常一起玩。有一阵，王凯隔三岔五穿上警服到老常的店铺晃悠，和他下棋喝茶聊大天。左邻右舍对老常的态度立马就变了，从那以后没人再为难老常。老常视王凯为恩人，每逢王凯手头紧，只要他张嘴，老常也不吝，几年里先后借给他四十多万。

王凯私生活一直很自律的，我们喊他去夜店消遣，他经常找借口不参加，偶尔去了，顶多捏捏脚捶捶背，极少找女孩子单独聊。他夫妻生活并不和谐，据他透露，陆萍是个性冷淡，只知道赚钱，对床上的事不感兴趣。有一次我带他去一家养生美容店放松，女店主知道他是警察后，对他很热情，他呢，小眼珠子也对着那女人骨碌碌转，我感觉有门。说心里话，我是希望他在外找个知己的，既然家里得不到温暖，再不出来寻一个，这辈子得有多亏啊！以前也多次劝过他，他唉声叹气说："要不是这身警服穿身上，不定找了多少呢！"显然他不想违犯纪律。

可是这一次，我感觉有戏，赶紧喊他和女店主互加微信。至于后来他们是否真好上了，我和老常也不敢直言，人家是领导干部，这事不能乱讲。女店主名叫杜莉，重庆人，来D城开店有四五年了，好像是个单身女人。我们四个人有一阵经常聚到一块儿打麻将，当然都是非工作时间。王凯平时那么忙，那么累，他需要出来放松一下。为了让他开心，我和老常有时故意输给他和杜莉一点儿钱。他心里有数，输少了可以，输多了，他不干，提醒我们不要作弊，不要以打牌方式贿赂领导干部。你看，他还是这么认真。这样的干部，上哪去找啊？

有天夜里，我、老常、王凯，还有我新交的女友悦悦到大排档消夜。本来王凯是不愿意到不隐蔽的地方吃饭的，公安禁酒令抓那么严，他担心被人认出来，拍照发到网上，就麻烦了。但是悦悦缠着我非要吃大排档，我拗不过她，就动员王凯一块儿去。大晚上的，光线不好，穿上便衣，谁能认出你呀？再说那地方在开发区，离公安局远着呢！王凯去的好处是，如果我老婆打电话，我就说跟警察哥们在一起呢，再让他和母老虎聊几句，不就万事大吉嘛。

下午我刚借给他七万，他说要买个房交订金，还有七万的缺口。可能是碍于这事，他没好意思回绝我。我们开一辆车赶到开发区，那儿有家大排档做的小龙虾非常有名，周边环境也不错。结果这晚上就生了事。

这与悦悦有关。自从被芳菲坑过一回之后，我有一两年老实待着，可是男人只要好色，终究会露出狐狸尾巴的。但我坚持一个原则，以后只找南方人。中间找过几个，都不太理想，见几回就把对方微信拉黑了。老天有眼，让我遇到悦悦。她是湖南怀化人，个头一米七几，在一家五星级酒店当迎宾小姐，还是个大学生呢！我和她好上后，就离不开她了。只要有机会，就和她见一面。还特意把她介绍给王凯认识，意思也明摆着，我有警察朋友，你可别动歪心思啊。其实人家悦悦压根就没歪心思，她是个善良的好姑娘，除了这一次非要吃麻辣小龙虾之外，从来不给我添麻烦。

这晚上天气特别的好，没有风，不冷不热。吃大排档就跟逛旅游点一样，没人吧，没意思，不热闹；人太多吧，乱哄哄，也不行。恰恰这晚上大排档那里客人不多不少，非常合适。王凯劝我少点菜，别浪费，他最反对铺张浪费。当着悦悦面，我总得大方点嘛，我点了丰盛的一桌，光小龙虾就要了一百只。悦悦喝扎啤吃小龙虾，兴奋的又是叫又是笑，是最出风头的一个。对过桌上有五六个流里流气的男人频频打量她，交头接耳的，想必在议论她。

悦悦真的太漂亮了，吃大排档的男人，没有不被她吸引的。她飘逸的长发，短裙盖不住的大长腿，饱满的胸，在扎啤和小龙虾的作用下，更加的光彩夺目。老常没喝酒，他要开车。他发现苗头不对，冲对过桌上咴咴嘴，提醒我当心点。你想呀，有警察在，我怕个屁！再说悦悦正在兴头上，我们总不能说走就走吧。

吃到半场时，悦悦要上卫生间，怪就怪我没陪她去，如果陪她去，可能就啥事没有了。不一会儿，悦悦哭着回来，伏在我耳边说："对面那个鹰钩鼻子男的，刚才在卫生间门口摸了两把我的奶子……"我一听，脑袋像放了一个炮仗，腾地站起来，老常一把没拉住我，我奋力冲向那个鹰钩鼻子男人，指着那家伙脑门说："你个小王八蛋，刚才做什么缺德事了？"没等我说完，有人冲我脸上泼了一杯啤酒，我就与那几个人打成一团。这时候，王凯和老常冲过来，他们是想拉架，别人误认为打群架，一片混乱。不知怎么的，王凯惨叫一声，他左大腿上中了一刀，瘫坐在地上。有人叫嚷着打110，那几个家伙见势不妙，飞快地撤离了。这时候隐隐听到警报声，我想等着警察过来报案，悦悦说已经把那几个家伙拍下来了。王凯伏在我耳边说："赶紧走，扶我上车！"

我们就这样慌慌张张撤退了。王凯挨这一刀，受伤不轻，左裤腿都被血染红了。他咬牙坚持着，很有毅力的样子，说："如果真想打，老子一人对付他五个，没问题……哎哟……"我对王凯的举动感到不解，他明明是警察，他说一声"我是警察"，对方可能就给吓住了。于是我骂道："他妈的，窝囊！我们明明有理。"王凯冷笑一声道："老齐，等警察来，我暴露身份，违反禁酒令，大不了挨个处分，这我可以担着，没问题！你呢？事情一旦公开，你老婆肯定会知道今晚闹事的原因，悦悦一暴露，你敢担着吗？"

王凯想到这上头了。我冷汗直冒，低下脑袋说："兄弟，还是你想得周到。你全是为了我，我……我啥也不说了……"老常开车找到一家私人诊所，简单替王凯包扎了一下。好在只伤及皮肉，没伤到筋骨。他坚持不去医院，非要回家。

为了我，王凯兄弟白白挨了一刀，我很感激他。为了表达我的一点儿心意，我往他卡上打了八万块钱。这回他确实没退给我。我不认为这是行贿，这只是兄弟之间的一种情分，与行贿受贿扯不上边的。

王凯到下边分局挂职，成了"王局"。他还是那么低调，本色不改。水低成海，人低成王，我感觉，他的前途是光明的。他比以前更忙，我们见面的机会少了一些。但我们的感情一直没淡。我认为，他是一个比较好的警察，德才兼备，廉洁自律；也是一个比较好的朋友，做事靠谱，有情有义。

杜莉说

我是重庆石柱县人，来D城五年多了。我是在重庆学的美容养生专业，回到县城开店，不久结了婚，生下一个女儿。因为夫妻感情不和，离了婚。前夫老到我店里打闹，没办法，我关了县城的店，经老乡介绍，到 D 城开了家养生美容店。由于资金少，美容店只能开在城边上房租便宜的地方，而且规模也不大，只有五六个员工。我虽然是老板，其实活干得最多，是最累的那个人。

大约 2015 年初，我认识的王凯。他是被一个叫齐超的老板带到店里来的，齐超以前来过两三次，做按摩放松。齐超见了我口水都往下掉，一看就是个色鬼。他暗示我跟他好，可以帮助我。我不想那么干，说实在的，若想靠色相吃饭，还轮不到齐超，以前有过几个比他有实力的老板想包养我，我都拒绝了，因为靠这个长不了，你总有不漂亮的那一天。女人要想不悲剧，得有自己的事业，靠事业立身是正道，靠做婊子立身是立不起的，况且我还想嫁个人呢，不能未嫁人先把名声搞坏，那样也对不起父母和我的乖女儿。

王凯一见我，也喜欢我，但他很内敛，不动声色。齐超想拍他马屁，不停地介绍他的官职、地位什么的。他一点儿也不张狂，言谈举止很低调，齐超介绍说他是刑侦支队的大队长，他就微微笑一下；齐超说到公安的一些事，他也只是听听，不说对也不说不对，很有公安领导的风范。

我们加上了微信。随后王凯又来过几次，一个人来的。他还给我看过他的警察证，上面写着他的职务：大队长。其实不用看，我也相信他，他这种人一眼就能看出，是靠谱的男人。像齐超那种咋咋呼呼的大嘴男人，才不靠谱。

我帮他做按摩放松、面部护理。他给我讲他破案的事儿，讲扫黄打黑、侦破大案要案的过程，很精彩激烈，很吸引人。他还把臂上的伤疤亮给我看，我越来越相信他。我们养生美容店，女客人多，她们来做各种保健护理，男客人本来较少，像王凯这种吃公家饭、有势力的男客来的更少。他能来，我很有面子呢！特意给他办了个打折卡，五折，随时欢迎他来，而且每次都是我亲自上手为他服务。

他很注意自己的形象，为了防止别人说闲话，每次他来做保健，都要求把房间门打开一点儿，打开 45 度，说这是市局规定的，两个异性处在一个独立的空间，不能把房间门关死。他这样做，让我更加相信他。我最怕和不熟悉的异性在一个房间，干这个工作，少不了被男性骚扰，一般情况下，又不能撕破脸，吃点小亏只能咽肚里，说都没有地方说去。

他说的比较多的，就是提醒我要合法经营，尤其不能涉黄涉黑。有一些小的美容店，主要是靠涉黄赚钱。他可能有点误会我这里了。我严肃地告诉他，"莉莉养生美容"是一家合法经营的美容机构，我在 D 城没有什么后台，从不敢想靠涉黄挣钱，我还想在 D 城创自己的品牌呢，怎么可能乱来！他笑笑说："你越正规，我越是放心带朋友、同事过来。"

生意场上，就靠人气，有人气生意自然好。我向他表示感谢。他叹气道："现在不比以前，严多了。我们单位的警车，都不能随便开出来了。我出去吃顿饭，都有可能被人拍下发到网上，所以出来轻易不敢穿警服，除非参加重大活动。"

熟悉了之后，他偶尔会和我视频，一般选在他安保值班的时候，他穿着整整齐齐的警服，感觉挺威武的。当然视频时间不能长，也就三两分钟，防止被领导发现，不好。

有一天，他微信约我晚上出去消夜。一男一女晚上出去，肯定是有问题的，我不太想去，因为他是个有家室的男人，我陷进去，不好。于是就找了个理由，说是晚上有别的安排。他打电话过来，声音挺沉重的，说："知道为啥约你吗？"我说："我哪知道。"他说："我明天要到沿海执行打黑任务，这一次出去危险性大，有可能回不来。走前最想见的，就是你。"

我一听，鼻子一酸，差点落泪。自从离婚后，我虽然有过几个男人，但都是逢场作戏，从来没人这样子打动我。于是，我说："好吧，听你的。"

那晚上他带我到了一个小饭馆，说是大酒店认识他的人多，不方便。两个人到一起，就是想找个地方说说话，只要安静、无人打扰就好。我们进了一个小房间，点了几个菜，他提来两瓶红酒，绝大部分让我喝了，他只喝了一杯，因为他有任务在身，不能放开。他是个细心的人，不想因为第二天的危险任务影响到我的情绪，轻描淡写说了几句后，就不再提，主要讲他的家庭，他的妻子。我这才知道，他的家庭是不太幸福的，他父亲车祸去世，没有拿到赔偿，大哥欠债跑路，生死不明，赡养老母亲的担子，全压在他一人身上。他又是个孝子，尽最大努力给老母亲尽孝。他妻子呢，外地人，二人感情基础不大好，女人没有文化，比男人没文化还可怕，她只知道赚钱，眼里只有钱，赚了钱主要贴补娘家人。要命的是，她还是个性冷淡，夫妻生活极少有，平时根本不关心他。当然，他工作太忙，对她也是关心不够，他有一定责任。妻子这样子，他不怪她，也没想过分手。平时这些内心的苦闷无处诉说，只想有个好朋友能够聊一聊。

他这一说，我才理解，他一个堂堂的公安干警，开一辆特普通的丰田，不光是想低调，而是生活确实有压力。他那么正派的官员，又不想通过权势发不义之财，受穷是必然的。这样也好，心里踏实，睡得着觉。我更敬佩他了。

那晚上我酒喝得有点多。本来我酒量比较大，一般喝不倒我，但是听了他的故事，想到他执行海上任务，生死未卜，心情特别复杂。酒不醉人人自醉，我有点头晕，身上有些热，心有些慌。

他打车把我送回店里。其实我很想陪陪他，他说在市中心有一套刚买不久的房子，平时一个人住，老婆在梅山镇开旅馆。但是他没有提出把我带走，下车前只是亲了我一下。我有些失望。回到店里，身上冷下来，又感觉这个男人真是个好男人，他能管住自己，现在有几个男人能做到这点呢？

我牵挂他整整五天，感觉度日如年。又不敢打电话，只是每天发一条微信，祝福他平安，提醒他小心。他一直没回信。我知道他顾不上。五天后，他发微信给我，说平安回来了！我悬着的心这才放下，差点哭出来。当晚，我主动约他出来消夜，庆祝他光荣归来。他简单讲了讲执行任务的过程，说双方动了枪，有个弟兄受重伤，他也挺悬，几发子弹擦身而过，但毫发无损，真是幸运。他说这是托我的福，还说战斗最紧张的时候，脑子里有我的影子。我再一次被他感动，含泪扑到他怀里。

那晚他提出带我走，我几乎没有犹豫就上了他的车。我以为他会把我带回家，我也想看看一个警察的家是什么样子。结果他带我到了如家连锁酒店。他解释说家里太乱，顾不上收拾。我说我可以帮你收拾嘛。他说，以后肯定请你去家里。我有点担心在酒店过夜有风险。他说："你跟警察在一块儿，怕什么！"

他告诉我，正规酒店一般没人查房，除非有人举报说某个房间有嫖娼卖淫的，再就是被一方配偶盯上捉奸。他老婆在梅山镇呢，不会过来的。这以后我们经常约会，开始都在酒店，几个月后才去他家里。他家里一点儿不乱，挺整洁的，在一个比较高档的小区，两室一厅的房子，东西不多。家里没有高档烟酒，说明他确实不收人家的礼。

有一天我想到北山新开发的一个度假村过夜，他开始不想去，说是怕晚上单位有情况。我坚持要去，冲他撒娇，他只好陪我去。出城到了一个路口时，遇到警察设卡。这时，他拿起车上的警察证亮了一下，警察就放行了。和他在一起，我感到特别有安全感，特别的自豪。

我渐渐发现，他生活的压力很大，主要是老母亲身上需要花钱，他还要帮他大哥还债，而陆萍把钱看得那么紧，旅馆的收入全都把持着，一点儿不往外流。他只能靠自己的那点工资。谁都知道，在 D 城这地方，如果没有其他生活来源，公务员仅靠工资，是做不到体面生活的。有一天，我见他愁眉苦脸的，一问才知，他现在住的房子是和前妻婚前一同买下的，而且是写在前妻名下，和她离婚时，把房子过户到自己名下，需要补偿给前妻一笔钱款，当时他给了一些，还欠三十万，给前妻写了借条。最近前妻催他还款，他手头缺调头资金。

我意识到他说这个，是想找我借钱。我一个女人背井离乡，挣点钱不容易，不想随便借钱给别人。

他看出我的心思，对我说："莉莉，今天说这个，不是想借你的钱，是想和你商量一下，最近有个老板托我办了件事，他小舅子打架关进去了，我帮他'捞'了出来，他想送三十万报答我。我遇到困难，确实想收这个钱，但是现在反腐那么厉害，又有点担心。你是我最好的朋友，我没人可说，只能找你商量。你说说，我该怎么办好？"我问道："就你俩之间的事，还有风险吗？"他说："只要一伸手，风险就是存在的。"我问："如果败露，收三十万会怎么处理？"他伸出三根指头说："至少三年，而且还要开除公职。"

我摇摇头，觉得冒这个险不值得。他说："莉莉，我走到今天，经常会遇到这样的事，但以前我没动过心。"我说："那你现在更不能伸这个手了。"回到店里，我越想越觉得自己不能像他老婆那样，把钱看那么紧，咬咬牙给他发微信说："我先拿十万给你用。其余的，你再想想办法，好不好？坚决不能冒险。答应我！"他立马给我发了一个流泪的表情。收到钱，他给我发微信说："莉莉你放心，有这个房子在，我想赖账也赖不掉。"这话说的，好像我不相信他似的。我发了个生气的表情。

听说我从没去过北京，他表示，一定陪我去一趟。我以为他不过是随口说说，他那么忙，哪里有时间陪我。结果有一天，他告诉我，要休一周的年假，专程陪我出去，已打报告，支队长批准了。我这才信了，把店里工作安排妥当，高高兴兴坐飞机跟他去了北京。正赶上北京要搞大阅兵，节日气氛很浓，我们无忧无虑地行走在北京的各大公园。离婚后我的心情从未这么好过。他陪我登长城，吹了冷风，引起感冒发烧，在旅馆躺了两天。在王府井，他给我女儿买了好几件玩具，当场叫来顺丰快递给我女儿邮寄回石柱，女儿一直在老家跟着姥姥生活，现在都七岁了。

这一路上，他让我很感动。回到D城，我问他："前妻的债，都还上了吗？"他有些不好意思，愣了好一阵才说："还差一点点……不过，你不用管……"我说："还差多少？"他说："十一万。"当天我就用网银转给他十一万。第二天他告诉我，终于把欠前妻的债还清了，可以睡个安稳觉了。还说，明年他有一笔理财款项到期，到时候把主要的欠款都还还。我知道，除了欠我的，他主要欠齐超的，还有那个老常。一个警察欠债，说明这个警察是个好警察，至少他不贪。

后来有一阵子，我们见面少了些。一天，他给我发来一张图片：一条受伤的大腿血淋淋的，把我吓一大跳！我给他打电话，他挂断了，我知道他不方便。我急得不行，一直盯着手机。果然过了一会儿，他打过来，声音嘶哑，气息衰弱，说："昨晚上与五个歹徒搏斗，大腿上挨了一刀……再往上一点点，就没命了……"我说："你在哪个医院？我去看看你。"他说："你不要过来，不方便。你放心吧，死不了。"说罢，他挂了电话。以后我们每天都微信交流，他说，受伤对于刑警来说，不算什么，劝我不要过于担心，他多次遇险，可他命大，每次都没事的。得知他伤口一天天好转，我的心情也随之好起来。

王凯因为抓坏人有功，年纪轻轻的，提拔到棣花分局当副局长。他成了"王局",还是那么朴素,对自己要求严格。每次请我或者其他朋友吃饭,从不到大酒店,不开发票,不用公款报销吃喝费。我跟他交往三四年,真没沾他什么光,还要借钱给他。他答应给我拉点客人,也一直没拉来,说是怕他的同事们看出我俩的关系,以后就没法跟我保持下去了。唉,他这么说,自有他的道理。我做生意不靠他,女人嘛,要想自立,就不能靠男人。

总之,给我的感觉嘛,王凯算是一条男子汉。

王凯说

我当"警察"很偶然。2008年,我哥王平涉及一起债务纠纷案,要请律师。我那时在D城一家木器厂打工。他给我打电话,让我帮他请个律师。我很为难,说:"我不认识律师呀。"他说:"你在D城工作好几年了,连个律师都不认识吗?你也太蠢了!"你看,连他一个做小生意的都瞧不起我,他不过是我老家新龙镇的一个商贩,人家欠了他一点儿钱,数额不大,他非要请律师打官司。没办法,我在大街上转悠,看到一家律师事务所的牌子,硬着头皮进去了。人家一听,这么个小案子,油水不大,不太愿意接,对我带理不理的。这时,我看到一个穿警服的警察进来,律师所的人都对他很客气。

第二天我换了家律师事务所,昂首挺胸进去,镇定地说自己是北关派出所的警察,要打官司。有位上年纪的律师比较客气地把我带到一个房间,听我讲完我哥的事情,就指派一位姓杨的年轻律师负责。当时他们并没有要求看我的证件,我身上啥也没有,我想好了,如果人家让我出示警察证什么的,我就说忘带了。其实我连身份证都没敢带,怕被扣下。如果当时被人识破,估计以后我也不敢瞎编自己是警察了。

从杨律师接手案子,到案子办完,我和他一共见过三四次。我一直以警察的身份与他周旋，他丝毫没发现我有异常。我说自己是警察，没别的意思，不是想要骗人，就是想让他办案用心一点儿，别蒙我哥就行。他做点小生意挺不容易的，官司一定帮他打赢。后来官司打下来，我哥还算满意。有一次和杨律师喝酒，他拍着我肩膀说："兄弟，因为你是人民警察，我们都是司法线上的，所以我才为你哥这么上心。你懂吧？"言下之意，如果我不是警察，他就不会那么上心。

这个杨律师是北方人，刚来 D 城不久，喜欢结交朋友。本来我哥的案子完了后，我们就不会有来往了，可是有一天他打电话叫我参加一个饭局。我是很不愿意跟他一块儿出头露面的，怕他在人前介绍我是警察，万一碰到个真警察呢？一聊，就得露馅。

但我又不能不去，硬着头皮去了。那晚上参加饭局的大都是生意场上的人，没有警察，我悬着的心才放下来。杨律师介绍我是警察，我微笑着冲众人点头致意，表现得比较得体。酒喝一点点，决不能多喝，因为"有可能会遇到情况，随时出任务"；也不能不喝，别人都喝，你不喝，你显得不够朋友，没人愿意跟一个场面上不喝酒的人交朋友。

就是这次聚会我认识齐超的，后来我们成了最好的朋友。我的警察身份在朋友圈里慢慢传开了。而我的真实身份不过是东华木器厂的一名推销员，整天到家具市场推销家具，收入忽高忽低，想买个小房子都凑不够钱。2007 年谈了个女朋友，名叫于虹，她也在木器厂干销售，为了早点结婚，我到宏盛家园小区租了套 70 多平方米的房子，骗于虹说是我买下的。婚后不久这事就暴露了，她为此大发雷霆，整天骂我没出息，骗婚，动了离婚的念头。2008 年她开了个服装店，当上老板，收入多了些，更加地瞧不起我，逼着我办离婚。我一个大男人，被一个女人追着闹离婚，很没面子。我只是个初中生，要文凭没文凭，要后台没后台，父母都是农民——父亲上一年遭遇车祸被轧成两截，肇事方陪了六十万，我哥"借"走二十万做生意去了，于虹逼着我也"借"二十万买房子，我坚决不干。别人说我这不好那不好，但我是个孝子，这一点是我立身之本，也是我最感到骄傲的地方。我一分钱也没要，都留给老母亲了。就为这，于虹跟我干了一架，我动手给了她两巴掌，她摸起一把水果刀把我右臂划了一个大口子，到医院缝了五针。都闹到这个份上了，只好离婚。

离婚后的我消沉了一段时间。正是这段时间，我帮我哥打赢官司，还顺带成了一些人眼里的人民警察，他们对我很客气，高看我一眼，我的心情因此好了许多。你看，我冒充警察，不是为了骗人，更不是想做坏事，我就是想让人高看我一眼，让自己开心一点儿，我的目的很简单。

要说起来，我从小就羡慕警察，特别想当警察，喜欢看破案的小说、电影，电视剧《便衣警察》我看了三遍，只是命运不好，没有机会当一名人民警察而已。既然现在有机会做"警察"了，我得珍惜才对。从那时起，我起劲的钻研警察业务，首先从内心里把自己当成一个人民警察，买了十好几本与破案和法制建设有关的专业书，都翻烂了；还经常浏览公安部、省公安厅、D城公安局、北关派出所的官网，熟记一些领导人的名字，搞清楚编制情况、警衔与职务的对应关系，以及公安机关近来的主要任务，本市往年有影响的大要案等，都得熟记。一旦被迫与别人交流起来，我得侃侃而谈，不能说外行话，更不能一问三不知。这是理论上的准备。

物资上的准备也不可少。既然当警察，就得有"行头"，哪怕不穿，放车里、家里，也得像回事儿。于是，2009年底，我咬咬牙到网上花一千零五十二元，自购人民警察春秋制服和长、短袖衬衫，大盖帽，警用皮带，卖家赠送了警察证和一套"一杠两星"的警察肩章，自己又PS图片定制了一个六位数字的警号徽章。网络真是个好东西，自从有了网，办事方便多了，回到以前，光是搞这套"行头"，就得难坏我，没准会吓退我。服装到手后，我披挂整齐穿在身上，往镜子前一站，都有点不敢认自己了，简直太帅了呀，看得自己鼻子酸酸的，老想流泪，心里说，于虹你个操蛋女人，你前老公总有混好的那一天，你就后悔去吧！

每天下班回到家，不管多累，我都要穿上警服在屋子里走两圈，照照镜子。一穿上它，就不感到累了。平时也注意练练擒拿格斗，一招一式蛮像那么回事，还做做跑步健身，积蓄体力，心想一旦有事，总得上前比画两下子。

我要求自己，虽然是警察了，轻易不能干坏事，要有点正能量，要找机会做点好事，帮助有需要的人。果然有一天，我在家具城外面的马路边看到两个小混混欺负一个环卫工，围观的人都敢怒不敢言，不知怎么的，我脑子里突然涌上来满满的正义感，冲上去大喝一声："住手！我是警察！"话音未落，连我自己都惊吓了一大跳。那两个小混混居然被我吓住，立马掉头跑了。围观的群众纷纷冲我竖大拇指。我呢，赶紧谦虚地溜走了。

很快我赢来了一次真正的考验。有一天，齐超突然给我打电话，骂骂咧咧说他被人敲诈，对方要价四十万。我知道他既好色，又特别怕老婆，不敢报案，怕引火烧身；想私了吧，又不甘心，只好找我想办法。我一听，比他还紧张，找个借口想推掉。他把那个女孩的电话发给了我，显然是想让我看着办。我心里那个乱呀，从没这样紧张过。我从木器厂回到家，穿上警服在屋子里瞎转悠，想出两种办法，一是找几个厂里的同事，块头大的，跟齐超一块儿去，对方不过两三个人，把他们狠揍一顿；第二个方案就是替齐超报案，让真警察出面抓住他们。但我很快全否了，齐超又不是身边没人，第一个方案如果可行，他还找我干吗？至于第二个方案，他明说了，不想报案，我替他报案，纯粹给人添乱，不能这样做。

后来我想，装糊涂吧，不管他了，他家有钱，不缺这四十万，花四十万买个教训也好，以后管好下半身，少惹麻烦。

睡到半夜，脑子突然一热，决定豁出去一回，帮老齐一把，成功了，就永远交下了这个朋友；失败了，还能怎么样？谅对方也不敢杀一个警察，顶多让我在老齐面前露馅出丑，大不了以后不再跟他来往……

第二天中午，我穿戴好警服，按照老齐昨天和对方约定的时间，提前两个小时赶到他公司门外守候。他的奔驰车在，他一定还没走。

这是我头一回穿警服外出，又是去"执行"一项重大任务，而且还有一定的危险性，我内心里生出一种悲壮感来，身上有满满的正能量。两点二十分，我看到老齐出门，提着一个黑色手提箱，钻进奔驰车，往前走了。我开车紧紧跟上。老齐的车子出城，往东部的开发区驶去。我研究过一些这方面的案例，总结出一点经验，歹徒一般希望在一个开阔的地点见面交货，警方不便埋伏，而且便于自己四下观察，遇有情况开车就跑，路上的摄像头少。

果然，老齐的车减速，然后停在开发区湿地公园北门附近，这地方行人稀少，有一辆面包车停在路边。老齐下车，提着箱子钻进了面包车。由于我事先没和老齐通气，他压根想不到有人跟踪，所以他的动作、神态非常自然，就是一个乖乖来交钱的人，没耍任何花招，这恰恰麻痹了对方。当然，对方也是吃准了他不会报案，所以无须防备。我停在离他们较远的地方，通过望远镜看到老齐钻进面包车后，不再犹豫，真是豁出去了，开车慢慢靠近面包车，突然一打方向停在面包车前头，然后下车。我手上没拿任何东西，平端着双臂，尽量放松，微笑着靠近面包车。老齐从里面打开车门，我钻进去。对方两个家伙一直发蒙，他们可能也想到会有警察出现，但是绝对想不到只来一个警察，而且不带武器，还微笑着像来会见老朋友……那两个家伙一直蒙逼，一句话不说，像两个木偶。我首先声明不是来办案，称呼他们"兄弟"，防止他们反抗，因为我拿不准他们是否携带了凶器，先稳住他们是非常必要的。然后我吩咐老齐给人家留下五万，不能让人家白跑一趟嘛，大家都不容易。老齐痛快地照办。我警告他们，以后不要再找齐老板麻烦。然后我们两个下车。那辆面包车立刻调头开走了。

事情就这样稀里糊涂的摆平了，齐超高兴得很，对我佩服得简直五体投地，从此我们从一般朋友升格为生死之交。其实我当时紧张的不得了，后背都湿透了，小腿肚子直抖。回到老齐车上后，我对他说："老兄，为了保全你的私密，我只能单枪匹马私自行动，成功了，都好说；失败了，要丢饭碗的。"老齐感动得稀里哗啦，眼泪都要下来了，说："兄弟，你不光是为我省了三十万，钱是小事，重要的是，以后对方不敢威胁我，保全了我的面子。老哥永远感谢你！"

经历这一回，我也成熟老练了一些，坚定了继续干下去的决心。说起来，真得感谢齐超给了我这么一个千载难逢的机会。

齐超为了感谢我，单独请我吃饭，席间送我五万元大包，被我当场拒绝了。我是需要钱的，而且不是一般需要，但我不能表现得对钱太看重，那样会让老齐小瞧我。拒绝了到手的五万，我还是肉疼的，好在我大大赢得了老齐的信任，借钱是不成问题的。一个礼拜后，我以母亲生病住院为由，找老齐借点钱，老齐二话没说，打给我十万。这就是好兄弟呀，他知道感恩。我冒险交下这个朋友，值！以后还得靠他呢。

由于在老齐的朋友圈有了点名气，为了保险起见，我换了一个工作单位，由北关派出所"调"到了市局刑侦支队。派出所是个小单位，很容易被人打听到，刑侦支队是个比较神秘的单位，外人搞不清它的配置，容易藏身。以后我就以市局刑侦支队警察的身份与人打交道，又到网上办理了新警察证，木器厂的工作我也辞了，换了个公司上班，因为老在一个单位，时间长了，我的"警察"身份容易暴露。

在电子元器件厂打工的陆萍有一天给我打电话，说有个保安老是骚扰她，想请我帮忙摆平。我隐隐记得陆萍，一次吃饭时偶然认识的。我在外面以警察的身份出现时，对方如果是年轻漂亮的女性，我是很乐意留电话给对方的，如果是有点钱的老板，也可以留，如果是吃公家饭的公务员什么的，还是别留的好，因为对方见多识广，对我的警察身份不利。陆萍好像是北方人，长相蛮清秀的，我一直记得她的小模样，甜甜的，柔柔的。你看，她是人民群众，她有难处了，找我求助，我总不能置之不理呀！于是，我合计、盘算了一下，要来那个保安的电话，鼓足勇气打过去，气冲冲地说："喂！我是市公安局的，是个警察。陆萍是我女朋友，你知不知道，我们已经确定下关系啦！请你不要再扰乱她。如果你不收手，我就找你们厂领导开除你！你信不信？"对方连个屁都没敢放，明显被我吓住了，因为做坏事的人，是心虚的，是欺软怕硬的，他一个臭保安还是个外地人，哪有胆跟警察较劲？

一个电话，帮陆萍解除了后顾之忧，就这么简单。我沾沾自喜，感觉很有成就感。陆萍提出见个面，我当然求之不得啊！离婚之后，我一个年轻男人，还是需要女人的。见了陆萍，感觉她越发好看了，比于虹强多了。我就想找一个比于虹好的女人，否则那口气出不来。考虑到以后我还想继续扮演警察，得找一个老实的、外地的、嘴巴严的女人，否则难以扮下去。交往几次后，我发现陆萍是很合适的，她是江苏盐城人，很乖，很单纯，很听话，胆子还小，在D城没有什么亲戚朋友，将来什么都得听我的。

从此，我展开了对陆萍的爱情"攻势"，当然我是有策略、有步骤的，不能乱来，我发现她喜欢听我讲破案的故事，我就一边看书学习，一边编故事讲给她，我右臂上的伤，本是于虹砍的，变成了扫黑除恶的见证，把她迷得不行。她很快就崇拜起我来。长这么大，真没有人崇拜过我，因为我没资格让别人崇拜。现在可好，我赢得了陆萍的崇拜，听她那口气，看她那表现，只要我愿意，她就嫁给我——尽管我没房子，我对她说，以前是有房子的，只是离婚的时候，给前妻了；而且我还对她说，因为我只是个普通警察，得学会低调，有钱也不能买好车，所以只能先凑合着开一辆旧车——那辆旧捷达，是我花五千块钱从二手车市场上淘来的，当然不能给她说这么细。我没房子，没好车，也没存款，家境也不好，老母亲常年有病，况且我还离过婚。人家陆萍说她一切都不在乎，就在乎我是一个警察。

哎呀，这么好的女人，这么大的好事，让我给碰上，全拜我在她面前是一个警察。为了和她的亲密关系保持下去，我要求自己，一定要谨慎谨慎再谨慎，小心小心再小心，决不能让她发现我不是一个警察。

我们确定了恋爱关系。我带她回了一趟新龙镇，去之前和她约法三章，其目的无非是保护好我自己。保护好我，就等于保护了和她的爱情，保护了我们共同的未来。

那年春节，陆萍很想带我回她老家一趟，她也有虚荣心，想让我到她老家的亲戚好友面前亮个相。她年纪不小了，一个打工妹，找上个警察男友，当然很有面子啦。我本来动了心想跟她走一回，她一句话又把我吓退了——她说："你知道吗，我有个姑表哥，叫徐士升，也是警察。你们见了面，肯定有话说哩。"

这……我还能去吗？算了。她回去后，徐士升果然有点怀疑我的身份，对她问三问四的。她打电话给我说，吓出我一身冷汗。妈妈的，幸亏我没去，否则这一回准跑不掉，没准当场让徐士升给逮了。

　　陆萍姐姐的儿子在苏州打工，因为打架斗殴给公安拘留了。她姐急得不行，去求徐士升，想把儿子给"捞"出来。徐士升没给办成，转而求我。我一听头都大了，老天爷，你让我去找谁呀？可是，如果置之不理，陆家人小瞧我不说，徐士升对我的怀疑还会继续，这个帽子不摘掉，永远是个心病，我决定试一把。我想起了那位神通广大的杨律师，约他见了个面，告诉他我调到刑侦支队了，以后本市有刑事案件需要帮忙，尽管说。随后提出请杨律师帮忙，在苏州给找个靠谱的朋友。杨律师办这个事确有经验，当着我面给苏州的一个律师打电话，请他帮忙。为了稳妥起见，我决定立即动身跑一趟苏州。第二天我见到杨律师的朋友刘律师，刘律师说，已经托朋友打听过了，事情不太严重，但要想立即放人，需要"活动"一下。我当即恳求刘律师出面活动，并奉上三万元。妈的！让我掏三万血汗钱真让人心疼，但是为了尽快办妥，好让我露一手，我只能豁出去。幸好，我的心血没有白费，回 D 城第三天，陆萍的姐姐就打来电话千恩万谢。这件事情一举奠定了我在陆家人面前的地位，超过了那位真警察徐士升，陆家对我的疑虑一扫而光。如此说来，花三万太值了。

　　跟陆萍结婚后，为了稳住她，并且能够确保我的安全，不使堡垒从内部攻破，我合计来合计去，决定到远离市区的偏僻地方开一家旅馆，每天让陆萍坐镇，这样我就能解脱出来，继续在市区开展工作。能够当老板，对于陆萍一个打工妹来说，是很高兴和自豪的，从此她任劳任怨地开旅馆，几年来没有进过几次城，更不可能到刑侦支队来找我。为了安全，我提醒她，必须严格守法，不能干违法买卖，因为一旦惹事，真警察上门，我这个不在编的警察十有八九就得露馅。还好，陆萍是个听话的女人，我找她做老婆真是找对了。

　　齐超有一次差点坏我的事。那时我在开发区一家奔驰 4S 店打工，有一天他来修车，突然看到了我。他咋咋呼呼叫我"王警官"，差点把我吓瘫，周围的同事也给他叫蒙了。还得靠我急中生智，给他使眼色，他还算聪明，说自己认错人了。过后我严肃地批评他差点影响到我的卧底任务，差一点儿放跑坏人，提醒他以后在公共场合碰面，千万别暴露我身份，最好装作不认识。

这次意外事件给我也提了个醒，那就是在 D 城这么个中小城市，除非我钻到耗子洞里，只要我在市面上转悠，就很有可能碰到老齐、老常、杨律师等一帮我的朋友，他们把我当警察，而我今天在这个企业，明天在那个企业，每天都搞得我提心吊胆不说，和他们遭遇几回，准得穿帮。所以我决定，不再做工，而是躲起来做专业警察。

以前做工，每月总有一笔收入，现在不干活，没有收入，还得每月给老婆交一点儿工资，我的经济压力就来了。我不想骗钱，唯一的办法就是借钱，幸好老齐、老常等人把我当知心朋友，只要我有困难，只要我张口，他们从不拒绝，甚至连借条都不打。当然，我胃口不大，只想把日子过下去就行，不出事就行，安全第一。你搞的多，窟窿大，出事就快，所以每次我都克制着，尽量少借，细水长流，很少有超过十万的时候，几万几万的时候多。他们不要借条，亲兄弟明算账，我不能装糊涂，一笔一笔都写在小本子上，并且时常拿给他们看一眼，让人家放心。拿到钱，我很少挥霍，而是精打细算过日子，一部分交给陆萍，一部分当作我的日常费用，一部分存起来，留作应急。为了减少开支，我把以前租的高档房子退租，到西城的一个老旧小区租了一小套，租金省下一半多。

我借用老齐等朋友的钱维持生活，也想方设法、真心实意地为他们办点事。老齐酒驾被抓，他担心被拘留，找到我，我通过杨律师打听情况，杨律师有些惊讶，说："你本身就是警察，怎么交警队一个人不认识吗？"我平静地说："认识不少呢。可是，我正要提职当大队长，正在公示阶段，这时候随便找人办事，有点风险，对吧？"杨律师是个明白人，马上就笑了，说："王警官你太谨慎了。不过这样也好，能成大器。"他转天告诉我，齐超酒精超标不多，也就是罚点款，吊销几个月执照，不会拘留。我一听，乐了，不用管了，老齐只要不被拘留，他就相信是我帮了他。

和杜莉发展成情人关系，我承认，这是我的一个污点。我是有家室的人，妻子蛮贤惠，按说不应该出轨。可是自从认识杜莉后，发现她对我是有吸引力的，她丰满、白净、富有青春活力，不像陆萍，只知道赚钱，小旅馆并不怎么挣钱，有些年头能不赔就不错了，她整天闷闷不乐的样，化妆打扮都懒得做，年纪轻轻成了黄脸婆，我怎么能不压抑呢？再说，我在别人眼里算是个有身份的人，既然有身份，找个情人是正常的，享受生活是必须的。所以，遇到杜莉，我有点把持不住自己了。杜莉一个单身女人，背井离乡来D城创业，也需要温情，对吧？我略施小计，没费什么力气，没乱花钱，她就投怀送抱了。我能满足她，她也能满足我，坏事就变成了好事。她几次提出去我家约会，因为我租的房子条件太差，不像个警察的家，一直拖着，每次都到宾馆过夜。感觉老去宾馆太费钱，我只好又租了个好点的房子，这才敢带杜莉来家。我最怕出事，所以像嘱咐陆萍一样，经常叮嘱她一定合法经营，怕她出事牵扯到我。

我发展杜莉当情人，除了身体需要，经济上也有打算，她在D城打拼几年，攒下了一些家底，我不能老借齐超、老常他们的钱，好借好还，我得拆东墙补西墙，想办法还人家一点儿，才能再张口借。那么找杜莉借钱，就顺理成章了。杜莉开始把钱看得紧，后来经过我的不懈努力，她一共借给我二十六万。我打算从别人那里借点先还她一部分，一直没等到机会。好在她相信我，从未催我还款。

这年秋天，齐超喊我去开发区一家大排档消夜，我本来不想去，因为老出头露面对我不利。他新近搞到手一个叫悦悦的姑娘，为了讨她欢心，还为了对付老婆，非要拉上我为他站个台。我最近找他借钱频繁了一点儿，他有点不理解，为什么一个警察老是借钱？为了打消他的顾虑，我硬着头皮去了。

结果就出了事。齐超这辈子，还算是个成功的生意人，有几千万身家，但是他太好色，如果不是我经常敲打他，不知要出多大的事。我多次挽救他，这回差点搭上自己，比上回吓退敲诈他的坏人还要惊险，因为对手动了刀子，那刀子恰恰刺中我的左大腿，幸好我命大，如果刀口再偏一点儿，刺中大动脉，我要么没命，要么由人报案，警察一来，我的警察梦就该终结了。戏无法演下去，搞不好我还得进去，陆萍肯定抛弃我，朋友们也会一个不剩。这是我最痛苦的一点，难以设想，难以想象。

由于我的机智，令我再次渡过难关，重新获得老齐等人的信任，算是不幸中的万幸吧。

身体康复后，我感觉自己在刑侦支队待的时间太长了，当大队长都好几年了，该给自己升一级了，想来想去，想去偏僻点的棣花分局"挂职"副局长。为此次晋升，我还按规定写了述职报告。虽然是自己给自己升职，但程序还是要的。当然，述职报告是我从网上搜来抄写的，自己写着玩，自我欣赏。

就这样我成了"王局"。我离开市局，还有一个想法，心理上躲齐超、老常、杜莉他们远一点儿，有意减少一点儿见面的次数。说实话，做了差不多十年警察，我有点厌倦了，但又收不住，不得不继续做下去，也必须努力做下去，没法回头，否则欠的那些钱，怎么办？还有面子，怎么办？

我别无选择，只能一条道走下去，咬牙坚持。我清楚，纸终究包不住火，我只希望让火烧得慢一点儿，再慢一点儿。好在我没做别的坏事，只是欠了大约二百万出头的债，主要欠齐超的，有一百三十多万，只要能还上他的，其他就好说了。我有时爱幻想老齐出点事，比如遇个车祸啥的，他人一没，我又没给他写借条，欠他的那些钱他老婆基本不知情，不就一下抹平了吗？一想到这儿，我就来精神。话说回来，我并不想赖账，我有我的道德标准。有人说我专坑朋友，其实我也不想坑朋友呀，只是没法。话又说回来，人活一辈子，谁没坑过朋友呢？不坑朋友坑谁呢？没有永远的朋友，只有永远的利益，这是人类的悲哀，不是我一个人的悲剧。好吧，就说这些。

陶纯说

2019年初，王凯下去"挂职"成为"王局"后，感觉需要升级一下装备，于是网购了新警服、大檐帽和手铐等警用装备，还做了假警察证、肩章、警号牌等，家里、车上都有。没想到，网上贩卖警服的人出事了，这么一个偶然事件，牵出了王凯，他留了电话，结果真警察就上门了。他怪自己大意，如果不是非要升级一下装备，他这个不在编的警察，还会好好地做下去。真是人无千日好，花无百日红。直到被抓前一天，他还在朋友圈发消息，说他光荣地被抽到省城两会上安保执勤呢。

不久，我到D城，在酒桌上听市公安局的小董讲了这件事，觉得挺好玩，提出想去市局采访一下，请小董帮忙联系。小董感到为难，说他人微言轻，不认识市局领导，没法帮这个忙。因为写过电视剧《刑警队长》，我与公安部有关人士还有点联系，就通过北京给D城有关部门打了个招呼，请人家安排我采访。

案子尚在侦查阶段，当事人王凯尚未宣判，按规定不能接受采访，只能选择几个他熟悉的人。我选了他妻子陆萍、情人杜莉、好友齐超三人作为采访对象。前面三个人的述说，包括王凯本人的叙述，都是我了解案情之后想象的产物，并不是他们真实的发言。

　　我在梅山镇陆萍开的小旅馆见到了她，她看上去很憔悴。经侦支队负责宣传的小魏陪我来的，看她样子不想接受采访，又怕得罪经侦的人，愣了好一阵，只得勉强配合我。还好，我认为她讲的基本是实话，心里话。

　　她说，我认识王凯快十年，结婚都六七年了，一直没看出他是个冒牌货，他可真会装。他对自己要求很严，你根本不会怀疑他。他出事后，警察找上门，说他是骗子，我是不信的，现在还有点难以接受，老感觉政府认错了人，冤枉了他。他在外面借钱，我全不知情。唉，他的事我没敢给家里人说呢，不能让老家人知道这事，得瞒着，否则多没面子啊，自己嫁给个骗子，太可笑了！我还怎么回老家？回不去了！我们的儿子都三岁了，上了幼儿园，为了孩子健康成长，也得瞒着。唉，没办法，我得跟王凯学，学会演戏，并且把戏演下去。我问过律师了，他主观恶意不大，也没骗人太多的钱，主要是齐超、老常的，还有那个勾引他的骚货有一点儿，可能还有别人的一点儿，总共二百多万吧。我开小旅馆，没赚到钱，还要养孩子，帮老人，困难挺大，我会尽力还一点点，就为了让他判轻一点儿。就是离，也得等他出来再离；就是离，也不能让老家人知道因为他是骗子离的。我就想保全面子，不光为我个人，还为儿子，为全家。

　　小魏陪同我去见杜莉。她不承认是王凯的情人，只说是普通朋友，一般朋友。她不想接受采访，在我再三要求下，简单讲了几句。

　　她说，我认识王凯四年，感觉他这人不算坏。我借给他二十六万，连借条都没要，是因为相信他。我找律师咨询了，说是没有借条，法院可能不认定。唉，听说他老婆开小旅馆，家里没多少钱，真是这样子，我就不打算要这个钱了。前些天公安来人找我调查取证，说他是骗子，我难以相信。到目前，我没给任何人说过这事，说出去，我觉得挺没面子的，打算一辈子不跟人提这个。我想尽快忘掉他，就像压根不认识他一样……就说这些，好吧？我累了。

小魏电话里跟齐超约好，我们在齐超公司附近的一间茶馆会面。一坐下，齐超就唉声叹气，说："我认识王凯十一年，一直拿他当兄弟，他却拿我当猪头。"

我说："齐总，您是不是挺恨他？"

齐超说："说有多恨他，不如说恨自己笨，恨自己蠢！十一年，居然没看出他是个骗子，他真是个好演员。中间也不是没有怀疑过，他老借钱不说，而且从来没有见他带同事出来玩，他总是一个人单枪匹马的。唉，他好歹也算帮过我，欠我的钱，实在还不上，也没办法，谁让自己看走眼呢？就算我倒霉吧！我现在就怕身边人知道王凯是个骗子，你想，我跟他交往十一年，都知道他是我兄弟，好得跟一个人似的，他怎么突然一转眼成了骗子？那我成什么了？用你们北京话说，这叫大傻×！"

我们都笑了。

齐超说："陶作家，我求你，如果你写这事，不要用真名实姓。"

我点点头，同意了。现在可以告诉读者朋友，这篇文章的所有人物，包括王凯、陆萍、杜莉、齐超等，都是化名。

一年之后，王凯因诈骗罪获刑三年。他的案子并不复杂，关键点在于他所欠的二百二十多万基本上都没有借条，据说他都清清楚楚记在一个小本子上，但是警方并没有拿到那个小本子，王凯交代说，可能搬家时不小心遗失了。这是个关键证据，如果他在法庭上不承认，案子就会变复杂。好在王凯痛痛快快承认了他所借的每一笔钱。他的认罪态度很好，不耍赖。当然，由于他妻子陆萍没有能力赔偿，受害人无法拿到欠款。他名下的一辆七成新的小车拍卖了四万多元，受害人可以分一点儿，但他们都放弃了。

2020 年新冠疫情好转之后，我专程又去了一趟 D 城，因为我很想跟王凯聊聊。还是通过北京的关系，我被同意进入 D 城监狱王凯服刑的监区。王凯被狱警带过来后，居然冲我敬了个徒手礼，我当过兵，发现他这个敬礼很标准，显然是以前扮警察时多次演练过。我们隔着栏杆和玻璃窗，用耳机通话。

他说，我认为我假扮警察，与我小时候梦想当警察，是有一定关系的。我扮警察十年出头，开始阶段并没有想骗别人钱，只想不让别人小看，满足虚荣心。后来无法上班了，为生活所迫，不得不找朋友借钱。从第一次找人借钱，到出事，八年左右，我只借了二百二十万，每年不到三十万，说起来真不多，我要靠这些钱养家、孝敬老人、个人消费，挺紧张的，从不敢乱花钱。法律说我是个骗子，我也认了。但我认为，我在骗子里面，又属于好的，如果骗子品质也分等级，那么我一定是上等人品。世上没有后悔药，事到如今，我也不后悔。这些年，为了扮好家人朋友眼中的真警察，我花了很多工夫。有点难过的是，我原本打算一辈子扮警察的，很多时候我也真把自己当成一个警察，正义感满满的，就像演员一样，入戏很深。人生一世，都在演戏，就看演的像不像。可惜我一着不慎，满盘皆输——如果我不去搞什么装备升级，不去网购，现在肯定还在外面好好地待着呢！唉，人啊，什么时候都需谨慎谨慎再谨慎，小心小心再小心，马虎大意要不得呀……

原载《湘江文艺》2021 年第 5 期

汪家的宝贝

北京奥运会前一年，也就是二〇〇七年，黄娟和丈夫汪希国商量来商量去，犹豫来犹豫去，终于咬咬牙"豁出去"买了一套一百五十平方米的大房子，地点在紧靠北四环的亚运村一带，有名的中达富丽小区，房价彼时已经噌噌噌窜到一万出头。之所以说他们"豁出去"，按黄娟的说法，当时她是抱着若投资失败就要跳楼的心态去买这个房的，刷卡付款签合同时就像签生死状一样，头皮直发麻，眼皮子乱跳，腿肚子直抖。这个小区的房子，两年之前，只要五千多，她和老汪几次到过这地方，每次来都心动一回，有一次都要挽袖子交订金了，却又忐忑不安地收了心——最好的机会就这么错过了，现在花的钱搁两年前可以买两套——每次想起来都窝心得肉疼肝疼。

拿到新房钥匙，辛苦装修了一年，好歹赶在奥运会开幕之前，鸡飞狗跳地搬了进去。这一住进来，立马感觉就不一样了。开幕式那晚，一家三口坐在后阳台的藤椅上品着冷饮望风景——脚下边不太远处就是那个大鸟巢，大场面不用望远镜能瞅得一清二楚。这情形，真有点像是坐在天宫里遥看人间美景，那种美好的感觉难以形容，一辈子忘不掉！

奥运会结束不久，这一片的房价便翻了番。后来的价格，就更不必说了，呼呼往上蹿，几乎每个月都蹿一大截。黄娟跟老汪天天像喝了兴奋剂似的，走路都止不住的摇晃。相信那之前在北京买房赶上点的人都有这种感觉。

他们家原先住的是老汪单位的房改房，七十多平方米，当初仅花不到十万买下的，在东三环双井桥附近，是一个老旧小区。老汪原打算买了新房，卖掉旧房，反正就一个姑娘，将来嫁个有房的男人，天经地义，不愁没房住。多亏让黄娟给拦住没让卖，房价都在涨啊，旧房也是房啊，涨得一点儿不差。他们索性把旧房租出去，房租也跟着涨啊，每年一个台阶，光靠房租，全家日常生活的开销，都有了。家有两套房，在北京城，可不是个小事。老汪家，不说别的，就凭这两套房，就足以让人羡慕嫉妒恨。

那一阵子，汪家的好事接二连三，女儿汪宇佳大学本科毕业，去了硕士研究生都未必能挤得进去的一家研究院，这个研究院是国家某部委直属单位，待遇好，位置也好，离家只有三站地，汪宇佳在里面负责信息与资料工作，工作不累，基本不需要加班，她的直接领导是个好脾气的中年大叔——这一点很重要，没摊上那种嫉妒心忒重、横挑鼻子竖挑眼的老女人当顶头上司，真是她的福气！

这还没完呢！汪希国在部里干了七年半处长之后，终于撬动了上头的"铁石心肠"，虽然没提他当副司长，但是给了他个副巡视员的头衔，好赖也享受个司局级干部待遇。汪家两口子谢天谢地谢组织，很知足了。

有这么三件大喜事临门，那些天黄娟和汪希国做梦都要笑醒。

都说北京的雾霾越来越重，很少看到蓝天白云，难免心情压抑。可是黄娟偏偏就没这种感觉，她觉得天天都是好日子、好风景、好心情。区区一点儿雾霾算什么呢？只要你心里面明净，雾霾就不是个事儿！那些天天跟空气置气闹别扭的人，在黄娟眼里，都是没怎么混好的人，心情不顺，所以才怨天、怨地、怨空气。

其实，在黄娟、汪希国两口子眼里，汪家让人羡慕嫉妒恨的，不是那两套房，也不是汪希国的那个副司局级职务，这算什么啊？在北京，有多套房的人多的是，当大官的人更多的是！可是跟人相比，那些身外之物就都不算啥了，不是吗？说白了，跟他们的宝贝女儿汪宇佳相比，那些都不算啥。汪宇佳小名佳佳，佳佳才是这个家里最宝贵的，是黄娟和汪希国的心头肉，是他们的连心桥，是汪家让人羡慕嫉妒恨的核心所在，是他们这辈子最大的骄傲——虽然这辈子还长着呢，这么下结论有点早，但是他们两口子偏偏认准了，女儿佳佳是他们这辈子最大的骄傲，是他们的命根子。

这是毫无疑问的。

佳佳是个稀有的美丽而懂事的女孩子，在老师、同学、邻居、同事眼里，但凡认识她的人没有不夸她的。现如今，美丽的女孩子大街上随处可见，但是既美丽又懂事的女孩子，就不那么多见了。这里所说的懂事，在黄娟两口子心目中，是指乖巧、听话、勤快、细心、成熟、温柔、孝顺、善良等一应优点。她一贯让父母省心而不是频频给父母添堵，总是安安静静的，而不是疯疯癫癫的，她从来不惹事、不多事、不挑事、不生事。往高了说，佳佳是新时代淑女的一个典范，既有大家闺秀的风采，又有小家碧玉的韵致；往近了说，她是父母眼里最好的孩子，几乎无可挑剔；她宛若一个飘落人间的天使，偏巧摸进了汪家的门。

佳佳打小就讨人喜欢，小时候她的长相非常的甜美，人们都说她像个洋娃娃——头发天生的带卷儿，深陷的眼窝，小巧玲珑的浑圆的鼻尖，有点发蓝的眼珠儿，尖尖的下巴颏，这副小模样儿人见人爱，在洪山镇——就是黄娟和汪希国的老家，太行山深处一个兔子不拉屎的穷地方——那个唯一的幼儿园里，她是最出名的，给父母挣了很大的面子。

汪希国、黄娟在老家也是鼎鼎有名的。他们二人是县上高中的同学，两人所在的村子相距三华里。一九八〇年，一同参加高考，汪希国榜上有名，他考上了省商业学院，是洪山镇解放后的头一个大学生。黄娟名落孙山。

他们两个在高中时就偷偷好上了，汪希国到省城上学后，两个村子的人都以为他们的关系不会长久，黄娟也做好了吹灯的心理准备，毕竟考上大学，是农村孩子跳出农门的最好机会，还不趁这个机会找个端铁饭碗的城里女子？以后子子孙孙都是城里人，多好！可是……可是人家汪希国并没有提分手的事，二人靠书信联系着，时断时续，每次接到他的来信，黄娟总是心跳得怦怦响，偏偏这封薄薄的信是一把小锤子，在敲打她的心房，总以为这是最后一封，久久不敢撕开。汪希国在省城上了三年大专，分配到县商业局坐办公室，屁股还没坐热，头一件事居然是来黄娟家正式提亲，让人不太敢相信这是真的。他还煞有介事地请了个媒人一同过来。太行山人脑瓜子封建，即使是自由恋爱搞成了，也得由媒人出面提亲，这个程序不能省略，否则就显得不那么正规，两人胡搞似的。

希国的这一举动足以让黄家人感动一辈子。黄娟更是把他视为大救星，想起来都要落眼泪。婚后，希国想办法把她弄到镇上初中当代课老师，不久生下佳佳。每到周末，希国就坐长途客车或者是搭便车从县城回到镇上来住一两个晚上。他们是一对让邻人同事羡慕的好夫妻。

希国上头有个哥哥，虽然是农民，但是生了儿子，黄娟却生下个丫头，这让公公婆婆很瞧不上她——本来汪家人就不怎么待见她，他们当然希望儿子在城里找一个吃公家粮的媳妇，最好女方家有点地位，可以帮帮儿子。他们也想了一些办法阻止儿子和她来往。他娘到处说她像个狐狸精，只会勾搭男人，而且高颧骨，乌眼圈，是个克夫相。即便婚后，他娘还是不断地说她这不好那不好。话传到她耳朵里，她没有一点儿办法，不敢像别的媳妇那样撸起袖子跟婆婆干架，她得忍着，尽量不去和婆婆碰面。怀孕的时候天天念叨，一定要生个儿子给自己争口气呀……可是偏偏生下个丫头来，让她在公婆眼里更是里外不是人！要命的是，那年头计划生育抓得贼紧，如果是农民身份，可以偷着多生一两个，大不了罚点款，顶多让人把老屋给掀了，但那些吃公家饭的人只能生一个，否则就要丢饭碗。黄娟曾经试着跟希国商量，能不能让她再怀一个，偷偷生下来，抱给她妹妹抚养，将来寻机再抱回来。希国道："你想过吗？如果超生败露了，上头把我给开回乡来种地，你生三个儿子，又有啥？还不是受穷的命！"又道："我嫌弃过女孩吗？没有啊！"男人的豁达再一次感动了黄家人，黄娟对丈夫无限的感激之余，全心全意培养女儿佳佳，发誓把她教育培养成一个让人羡慕嫉妒恨的女神一样的女孩，把她身边的同类都比下去。

原以为会在小县城生活一辈子，但你心肠良善，老天终归开眼。希国在商业学院上学时的老师李庆书，因为是"文革"前清华大学的高才生，不知怎么突然就走了运，先是当副院长、院长，然后调到省商业厅当副厅长。希国是李庆书老师最喜欢的学生，不为别的，就为班上当年有十三个男生把老家的对象给蹬了，唯有希国坚决不当陈世美。李庆书老师发达之后，就把"忠诚厚道"的希国调到省厅工作，黄娟娘俩自然跟着沾光，搬到了省城。没过两年，李庆书上调到北京，又把希国带到部里，这一下一家三口成了北京人，立马感觉就不一样了。要不是李庆书后来出了点事，因为经济问题判了刑，希国的前途应该宽阔明亮得多。尽管如此，他们已经是相当的心满意足，感觉这辈子老天爷对他们是开了眼的，待他们是不薄的，尤其对黄娟而言，最起码老天爷给她安排了一个好丈夫，又给他们夫妇俩安排了一个好女儿。这可是不得了的！那些不幸福的人，往往不是因为没钱没势，而是因为没能碰上一个好配偶，或者没能生养一个好孩子。想想是不是啊？生活的幸福就来自于你的身边人是否让你感到幸福，仅此而已。

离开洪山镇，终于摆脱了婆家人对她精神上的打压，黄娟犹如迎来了第二次解放。这么多年过去，公公婆婆先后离世，希国的那位哥哥虽然生下两个儿子一个女儿，生活并不如意，两个儿子一个在南方打工，一个在老家种地，生活质量可想而知。当初他们可是瞧不起黄娟和佳佳的，佳佳用她出色的表现给了婆家人一个响亮的耳光。现在希国和他哥哥一家基本上没什么来往，当然这是黄娟多年来不断"控诉"他们、为希国洗脑的结果。他们已经有六七年没回太行山老家了。黄娟的父母也已过世，唯一的妹妹住在省城儿子家里。父母不在，线就断了，回去干什么呢？

没有了老家人的牵绊之后，汪家的日子感觉更滋润了。住在城里的人，不怕天不怕地，就怕乡下老家有事，不是来借钱就是想来城里看病找工作，你帮他，他认为那是应该的；你不帮他，他马上就翻脸，说你忘本，到处糟蹋你的名声。他找你办十件事，你有一件没办好，就会得罪他，那九件等于白办了。汪家跟老家断了联系，这才过上属于他们三个人的好日子。不是说非要吃多好，穿多好，用多好，主要是气氛，欢乐而轻松的家庭气氛。黄娟是母亲，是妻子，是家庭主妇，话多一些，嘴碎一些，性子急一些；老汪说话语速偏慢，在机关里培养锻炼出的一种沉稳干练气质；女儿则宁静柔顺，时常莞尔一笑，表情恬淡。有那么好的丈夫，有那么好的女儿，黄娟从不怀疑自己是天底下最幸福的人。认识她的人都知道，她常常有两句话挂在嘴上的，一句是："我爱人哪，是天底下最好的男人！"她不像别人那样叫男人老公，她对外一直称呼汪希国"爱人"——老公、老婆这样的称谓似乎是从港台电影里学来的，是舶来品，听上去黏黏糊糊的、酸唧唧的、不庄重、骚气。改革开放之前，内地有谁这么说？还不都是张嘴爱人、爱人的！称呼配偶为爱人——这才是纯正的中国特色。

她常挂在嘴边的另一句话是："我家闺女，真是太优秀了！"

在家里，茶余饭后，或者是饭间，一家三口经常以玩笑打趣，相互逗乐。以前黄娟老爱说："希国呀，你真是天底下最好的男人！"后来年纪渐大，便改口为："老汪呀，你真是天底下最好的男人！"老汪总是嘿嘿一笑道："你是天底下最好的女人，行不行？"黄娟又道："你瞧咱闺女，那可真是天底下最优秀的女孩！"老汪笑道："这倒不假。咱家闺女，就是好！"宇佳抿着小嘴莞尔一笑，道："我爸嘛，当然是天底下最好最帅的老爸啦。"黄娟故作不高兴状，伸指头一点她，嗔道："你这没良心的，你妈呢？怎么不说？"宇佳低头又一笑："我妈呀，当然也是天底下最好最美的老妈。"黄娟便作了谦虚状，筷子一放："得得，我闺女才是天下最美！"老汪道："在我眼里嘛，闺女是天下最美的女孩，老婆是天下最美的老娘们！行不行？"一家三口笑成一团。老汪平时在单位，工作忙不说，那种环境主要是心情压抑，精神紧张，这么一说一笑，不良情绪就释放了。

　　佳佳由于长相美、性格好，难保不被人盯上，黄娟和老汪不担心别的，就怕她早恋，尤其上了高中之后，经常打预防针。现在早恋是普遍现象，少男少女不搞一回早恋，同学都笑话你。当然，早恋是有后果的，吃亏的说到底终归是女孩一方，因此家有闺女的得时刻小心，严防死守。一扯到这个话题，宇佳曾经反驳过一句："你们俩不也是高中时候谈的恋爱吗？你们可以，我为什么不可以？"两口子给说愣了，许久才反应过来，黄娟道："我和你爸那是真心相爱，谁也拆不散，不是吗？我们要是没谈，哪能有你？幸亏我们那时谈上，才有了你这个好闺女。"老汪觉得她没把问题说透，补充道："佳佳，现在主要是对付高考，时间太紧，等你考上好大学，想怎么谈，都成！"宇佳想了想，认真地说："爸、妈，知道了。"

　　在双井老房子住的时候，对门邻居是老汪部里的一个同事，姓柴。老柴家儿子小柴和佳佳高中同学，同级不同班。黄娟总觉得那小柴不正经，因为他看佳佳的眼神不对，像个老道的色鬼，小眼睛眯眯着，直勾勾的，盯着人不放。黄娟反复提醒佳佳要小心，尽量不要和小柴说话。老柴的老婆是个大大咧咧的女人，在一家五星级酒店当大堂副经理，说话嘴上没个把门的，黄娟提醒她，小心你儿子早恋。那女人竟然笑嘻嘻道："男孩子嘛，怕啥！搞大别人肚子，大不了赔点钱。"你听听她这话，这个娘们年轻时候绝对不是个省油的灯，只是现在老了，骚不动了。气得黄娟半个月没理柴家的人。

　　女儿终归是个好女儿，虽然屁股后头不乏追求者，但她很好地把控住了自己，高中三年，平平安安，没一丝风言风语传到家里来。都说女孩青春期不好度过，汪宇佳这不是顺利度过了吗？这样的好女孩，现在真的很少很少了，黄娟两口子想不骄傲都不成！

考大学，佳佳成绩有点欠。黄娟原指望她即使上不了北大清华，起码得上人大或者北师大，北航也不错，北理工也凑合。可是分数一出来，研判来研判去，只能报北工大。黄娟心里有点失望，却又不能流露出来，因为这怪不得孩子，要怪只怪自己家住在朝阳区，朝阳区没怎么有好学校，好学校都在海淀区和西城区。要怪只能怪自家没有早一点儿到海淀或者西城买一套学区房，佳佳如果早一点儿到海淀或者西城读初中打个好底子，她说什么也得考上一所好高中，读了好高中，即使上不了北大清华，她最起码得考上人大、北师大这个级别的学校。

黄娟、老汪两口子很快就想通了，能上北工大，也是不错的。只要孩子好，听话懂事，能有个大学上，就可以了。老汪当年只是个大专生，现在不也是国家部委的正处级干部了吗？汪宇佳从初中到高中最要好的同学、闺蜜林婉秀，连北工大都进不去，只能勉勉强强上了北京联合大学。和她一比，宇佳算是相当幸运了。

那时汪家还住在双井。女儿上大三那年，黄娟感觉到了有点不对劲——佳佳浅蓝的眼睛藏不住一点儿心事。果然一问二问，她便老实承认，谈恋爱了。黄娟半天没吭气。老汪道："孩子大了，都大学快毕业了，谈个恋爱也正常。"黄娟好半天才缓过气，一迭声地逼问道："男孩家是哪里的？父母都是干什么的？你了解他吗？他对你是不是真心好？还是就想玩玩……"

佳佳如实说了。男孩跟她一个班级，家是山东农村的，父母自然都是农民，父亲在深圳打工，母亲在老家种地、赡养老人，家中还有一个弟弟上高中。人家当然是真心和她好，农村孩子都很朴实，不会玩虚的。黄娟一听就急眼了，差点跳起来："什么？就这条件，你也谈？你想往火坑里跳，是不是？"佳佳小声道："你们当年不也是农村出来的吗？现在不也是过得挺好吗？只要人好，怕啊？"黄娟难得的一瞪大眼珠，气得呼呼直喘，要憋死的样子。老汪在一旁帮腔道："佳佳，现在跟过去不一样了。你想想，如果一毕业，男孩留不到北京，你们将来怎么生活？你总不能跟他去山东吧？这个问题很严重，很严重，也很现实，现在不能不考虑，否则将来后悔也晚了。"

两口子做了半个月的工作，黄娟甚至扬言，如果不拉倒，就到学校找老师、找领导，非把那个男生吓退不可。又说，上学期间，主要是学习为主，以后还要考研、考博，路长着呢，谈恋爱的事，完全可以放一放。老汪说，如果他有困难，我们可以补贴他一点儿钱，农村孩子，真的不容易。也许老汪想起了当年的自己，眼眶子红了。

佳佳毕竟是个特别听话的乖孩子，到后来她终于松了口，又过了一段时间，告诉父母，和他掰了。黄娟上前一把搂住她，亲了一下乖女儿的脸蛋，眼泪都要下来了，心想，这么懂事的孩子，现在你到哪里去找啊！

黄娟还是不放心，悄悄问她："哎，你跟他，有那个……没有？"佳佳一愣："……什么呀？""就是那个……男女关系……"佳佳头一别，脸臊得像块红布，有些不高兴了，甩下一句："妈，你瞎想什么呀！"钻进了自己房间。那天晚上，老汪亲自把刚买来的电泡脚盆搬到客厅，接上水，插上电，水烧得热热的，又亲自把女儿从她房间里领出来，替她脱掉鞋和袜子，给她烫脚捏脚。女儿不但模样俊，一双脚也是非常的秀气，三十六码，不大不小，不胖不瘦，不厚不薄，玲珑可爱，简直无与伦比。打她小时候，老汪就喜欢女儿这双灵秀的小脚丫，经常是捧在手里，又是亲又是捏又是嗅。女儿大了后，这习惯也没怎么改，时常找个机会欣赏一通。这晚上老汪脑门上挂着汗珠帮她洗脚捏脚，手指头冷不丁挠几下她的脚心，终于把她逗乐了。

至此，黄娟和汪希国，总算把心搁到了肚里。

此后有好几年，汪宇佳没再有任何恋爱的举动。

刚参加工作那几年，汪宇佳每天按时上下班，晚上极少出去，一家三口偶尔到附近的博纳国际影城看场电影，或者到鸟巢、水立方那一片溜达溜达，或者她偶尔在周末和闺蜜林婉秀相约见个面，都是白天出去，而且大都是人家婉秀主动约的她。她乖乖地守在父母身边，像一只恋家的小狗或者小猫，撵都撵不动，成为不折不扣的宅女。黄娟买来毛线，娘俩一块儿织毛衣，比谁织得快，欢声笑语不断。毛衣倒是织了不少件，却也不见有谁来穿。宇佳还学会了做饭，手艺日渐精进，周末吃上女儿亲手做的可口饭菜，两口子心里那个美呀，没法形容！

宇佳有好一阵子没外出了，黄娟问她，她笑道："婉秀有了正式男朋友，见色忘友，都不联系我了。"这个突如其来的消息让黄娟暗自心惊："怎么，婉秀都有对象了？"佳佳道："妈，人家为啥就不能有对象？"黄娟有点失落，呐呐道："找了个什么样的？不会是个打工仔吧？"宇佳笑道："妈你又看扁人家了，婉秀可不简单呢，这回找了个大款的儿子，她身上背的包说是值五万多呢！"

这个消息让黄娟一宿没睡好。宇佳和婉秀是最要好的朋友，有这一层关系，两家的关系也还不错。婉秀的父亲林广信是朝阳区下边一个事业单位的小科长，用他的话说，是"全北京最老的科长，二十多年没挪窝"，他和汪希国是"钓友"，每年都要相约出城钓几次鱼；她妈赖小芸呢，就是个街道居委会打杂的，上不得台面。林家的家庭、地位什么的，没法跟汪家比。婉秀本人更是没法跟宇佳比，宇佳的优点，婉秀差不多都没有，她可是又懒又馋又笨，爱贪小便宜，整天疯疯癫癫、咧着大嘴、没心没肺的样子，就知道享受；论长相呢，那就更没法比了，俩人在街上走过，至少百分之九十的目光是瞄向宇佳的。大学毕业后，她连个正式工作都没有，到处找公司打工，经常换单位。可就是这样一个人，竟然找了个大款的儿子，相当于找了个大款。

黄娟摇醒呼呼大睡的老汪，把这个消息讲了。老汪醒悟道："我正纳闷呢，老林怎么突然用上了光威。嘿！这下找到答案了。"老汪说的光威是一种鱼竿的牌子，加拿大货，很贵很好用，他老想买，一直没舍得。

黄娟总还是觉得佳佳提供的信息不实，像林婉秀那样的条件，怎么可能轻易找到大款的儿子呢？要么是那人长相特别不咋样，要么就是个骗子，现在的骗子可真多的是。她让佳佳约婉秀来家里玩，最好带上男朋友，大家认识一下。到了周末，婉秀果然带男朋友来了，开着一辆大奔来的，往小区门口一停，特别的亮眼。小伙子名叫赵振，是浙江人，父亲在杭州做蚕丝生意，据说是亿万身家。他和婉秀是在夜店认识的，感情很快升温。

让黄娟料想不到的是，人家赵振除了微微有点胖，略微有点矮之外，并没有什么大毛病，白白净净的，不抽烟，戴一副窄边眼镜，像个正在用功上进的小学者，挺懂礼貌，看上去也挺顺眼。中午饭老汪计划在家做，他一大早就去置办了各种食材，说是要露一手给小赵。老汪的厨艺确实不赖，婉秀可以做证。但是赵振坚决"不能让汪叔受这个累"，说是已经订好了附近五洲大酒店的包间，中午就去那儿吃。怕他们不相信，又当着众人面打了一个电话给酒店。

五个人挤上赵振的车到了酒店，进了包间，才发现林广信两口子早已候在里面。老朋友相会，倒也开心。赵振特意拎上来一瓶十五年的年份茅台，笑道："汪叔和林叔每人半斤，不多不少。"点的菜都是费钱的，海参鲍鱼龙虾牛排都上来了，就连见过世面的老汪都感到太过奢侈，三角眼都瞪圆了。赖小芸的气色明显比先前好，穿的也花俏，无形中把黄娟给比下去了。席间，赖小芸似乎无意中透露，阿振的爸爸要在北方开拓市场，就派刚从美国留学回来的阿振先来北京打前站，下一步，要给阿振买个大房子住。赵振道："刚才到汪叔家看了，最起码买那样的。"婉秀歪靠在赵振身旁，不停地和他眉来眼去，咧着大嘴笑，拿膀子蹭他……

这顿饭黄娟感到吃得有点堵心。回到家，她和老汪商量，该给佳佳找男朋友了。当然，他们并不太着急，因为凭女儿的条件，想找个对象，太容易了！以前不是没有人追她，都让父母给挡回去了。想找个什么样的，黄娟心里早就有谱，归纳起来主要有：相貌嘛，得看着顺眼，身高最好不低于一米八，特别优秀的，降到一米七八也行；学历嘛，不要求太高，比佳佳不差就行；家庭嘛，不要求大富大贵，生活无忧即可，门当户对的优先考虑；本人没有不良嗜好，比如吸烟馋酒什么的，老汪就从不抽烟，适量饮酒；得有一套城区房，大小另说……

这些条件真的不算苛刻。

但有最关键的一条：就是对佳佳要好！

怎么个好法呢？是有标准的——标杆远在天边，近在眼前！

黄娟对女儿道："佳佳呀，你爸对我、对你咋样？"佳佳由衷道："好！没法再好了。"说着红了眼圈。黄娟抬手抹一下眼角道："你爸会疼人，特顾家，从没对我们娘俩发过火，对吧？孩子你记住呀，你未来的爱人，就得像你爸这样，对你好，对你的孩子好！至于他没钱没地位啥的，都不要紧。"

　　从手头几个候选对象里面筛选了一下，黄娟认为，有一个名为徐其健的，比较靠谱。徐在国内读的本科，属于985院校，后去美国留学六年多，是个海归博士，身高一米八二；家在四川雅安，出大熊猫的地方；父母都是公务员，虽然职务不高，但生活是有可靠保障的。他刚回国不久，在北京一家电子研究院工作，薪水还可以，未来更可期。据介绍人说，徐家举全家之力在北京买一套小点的房子，还是能够做到的。

　　黄娟之所以暂时看上徐，主要在于他是堂堂正正的美国回来的博士，不像那个赵振，说是到美国留学，其实读的野鸡大学，还不如说是到美国玩两年。黄娟和老汪分析了半夜，不太担心别的，主要有点担心四川男人喜欢玩，不大顾家，比如爱搓麻将什么的。

　　宇佳和徐其健头一回见面，是在咖啡馆里。宇佳回来禀报说，问过了，他不会打麻将，将来也不会打。这个疑虑可以消除了。第二次见面，在眉州东坡酒楼亚运村店。黄娟特别想看一眼小伙子，光看照片是不行的，就鼓动老汪开上家里的广本雅阁，追去了酒店。二人躲在一张屏风后面的角落里，象征性点了两个菜，隔着屏风张望，只见那姓徐的小伙模样周正，戴着黑色宽边眼镜，气质洒脱，颇有海归范儿。黄娟不由喜上眉梢。她认真观察了一个多钟头，也发现了某些小问题，比如她看到佳佳好几次给他夹菜，而他却无动于衷，一次也没给佳佳夹菜。他还把一盘自己喜欢吃的川味辣肠拖到自个面前，没一会儿就干光了，而佳佳也喜欢吃这个东西。

　　他怎么就不知道让让汪宇佳呢？男人，就怕自私，就怕不知道照顾人。老汪是怎么做的？家里但凡有什么好吃的，老汪都是尽着她们娘俩，从没这样过……黄娟心里不觉打起了鼓。周末，她让宇佳约小徐来家玩，说好十点半到，结果他快十一点了才来，周末又不堵车，第一次上门，怎么能够随便迟到呢？他只带来一束花，等于空着手，哪怕给未来老丈人拎两瓶酒也行啊！茅台贵，你买两瓶衡水老白干行不行？黄娟心里又感到不对味儿。

老汪在厨房里忙活，宇佳过去好几次想帮忙，都被她爸撵出来了，小徐却一次也没踏进厨房的门。老汪做了一桌子的菜，你哪怕说一句"叔叔辛苦了"也行，他不吭声，就知道拣喜欢的吃，连句客套话都不说。他真的连那个赵振都不如。晚上，黄娟和老汪商量了好久，一致的意见，就是这个男孩子有点"冷"，佳佳虽然能干，但她毕竟是个女人，是需要男人呵护的，而这个小徐，怕是将来不能很好地照顾佳佳。黄娟找个机会把想法给女儿说了，又把她爸的意思转告她："是你找对象，和他怎么处，你自己定。"

宇佳和小徐处了两个月，统共只见过五回，每次都不冷不热，不咸不淡的，关系不见推进。爱情初始像一锅冷水，缘分就是那干柴烈火，没有缘分，这锅冷水是很难烧热的。果然，到后来，说不上什么原因，他们谁也不联系谁了，就像压根没认识过似的。宇佳为此松了口气。黄娟也跟着松口气。都感觉卸下一个担子，一家人再也不提这事。

黄娟单位的孙大姐又给介绍了一个，男方父亲是大型央企一把手，母亲是京城某著名律师事务所的合伙人，本人在业内鼎鼎有名的一家投资公司上班；从家庭到小伙子本人，各方面条件都相当好，既算官二代、富二代，又算是高知家庭。这样的对象还真不好碰，有一个是一个，一冒头就被人抢走。孙大姐说，因为她特别喜欢佳佳，看着她长大的，所以才愿意牵这个线。这时候已经有了微信，他们先加上微信，宇佳跟他商量好初次见面的时间地点，周六下午四点在地铁8号线奥林匹克森林公园南门站。她洗了澡，坐地铁去的，一出站，就见一个高大帅气的小伙站在一辆湖蓝色的跑车跟前，手里拿着一束花，一身的名牌装束。这帅小伙便是程坤。

程坤说他喜欢运动，夸宇佳真会选地方。他们先到公园散了一个小时的步。秋天的奥森公园流光溢彩，人很多，但并不显得拥挤。喜欢运动的男孩子，大都是阳光型的，开放舒展，初次见面，他给了宇佳一个挺好的印象。出了公园，快到饭点了，宇佳提出回家，程坤坚持带她到一个附近的什么会所吃顿便饭。她拗不过对方，被动地跟着去了。那个会所很高档，以前她从没到过这种地方，眼花缭乱的，进到里面，都不会迈步了。吃饭的人并不多，程坤说，都是反腐闹的，以前人们排着队来这儿消遣，至少提前三天预订。他身上带有好几张这儿的消费卡，想必常来。碰杯时他盯着宇佳道："我就喜欢你这样单纯干净的女孩子。"宇佳的脸腾地红了。他给宇佳夹菜，殷勤得很。

回到家，宇佳把情况一五一十复述了一遍。又把程坤送她的礼物——一瓶香奈尔的香水、一支迪奥牌口红拿出来给父母看。黄娟皱眉道："你怎么收人家的礼物啦？"宇佳道："不要不行，他不高兴。"黄娟和老汪都感到，这回有戏。这个男孩可能有点"热"，但不是坏事，男孩子嘛就得主动点，温暾水是不行的。黄娟马上给孙大姐拨电话通报情况，千恩万谢。

三天后的晚上他们再次见面，没多久汪宇佳就回来了，神情很不对劲。黄娟问她缘由，她犹豫了一阵，如实说了。原来那小子很不老实，在车里就要对她动手动脚，猴急猴急的。她反抗，手腕子被他扭出一片青紫。这才第二次见面，他就敢这样胡来，胆子也忒大了！

宇佳无意中还从他车里捡到一支别人用过的口红——这件事情更他妈严重！

黄娟有点蒙，简直气炸了肺。老汪从外面应酬回来，黄娟把他叫到一边把情况一说，老汪倒是比较冷静，说："现在的年轻人，观念比较开放，可以理解。"黄娟生气道："理解个头！他就是个花花公子，不知道玩弄过多少女孩子。我们家汪宇佳不是林婉秀，我们可不能找这样的！"老汪跟着改口道："好好，听你的，咱跟他拉倒。"黄娟立马要打电话给孙大姐，让老汪拦下了。老汪道："这人到底是孙大姐什么人？"黄娟道："孙大姐含含糊糊没说清楚，大概是她老公的一个表侄儿，要不就是她老公的表外甥，反正是一个远房亲戚。"

孙大姐的老公在中组部工作，人家好心好意给牵线搭桥，跟对方还是亲戚关系，没必要兴师动众声讨人家，况且又没造成严重后果，这样显得不厚道。于是老汪严肃地说："老黄，你跟她说什么？说那小子对咱姑娘耍流氓？怪她给介绍错了人？有必要吗？我看算啦！咱姑娘悄悄撤出来就是。"家里的大事毕竟都是男人做主，黄娟虽然有点咽不下这口气，但最后还得听他的。

宇佳按照父母亲的意思，以后没再接那小子的电话，来微信也不回。他很知趣，就没再联系她。过了一段时间，把他微信拉黑，电话号码删除，这事也就平稳过去了。

有了上回的教训，黄娟对找官二代富二代什么的，有点心有余悸，觉得还是找个官一代靠谱，年轻的国家公务员，他正在爬坡，他要靠自己的努力往前奔，所以他不敢乱来。自己男人就是个现成的例子，多少年来，汪希国辛勤工作，全心为家，一步步走到司局级领导岗位，这种类型的男人不正是佳佳的未来目标吗？

偏巧有个朋友给张罗了一个，小伙子叫余乃平，环保部的，才二十八岁就是正科，青年才俊，复旦大学本硕连读毕业的，当年全县的高考状元，身高长相也不错。但也有两点遗憾：一不是北京人，他老家中原一带的；二是他父母都为县上普通中学教师，很难在北京买得起房。

老汪比较想得开，劝黄娟道："中原人也有好的呀！哪儿都有好的，哪儿也都有不好的。他父母不在北京，也不是坏事，至少亲家关系好处，多少亲家就因为离得近，磕磕碰碰多了，最后跟仇人似的。他父母离得远，他会死心塌地把咱家当作他自己家，你不就相当于多了个儿子吗？你赚大发啦！"黄娟讪笑道："你倒会安慰人。可他买不起房，住哪里？难不成让佳佳跟他租房子住？这问题很现实。"老汪道："咱们把双井的房子从租户那儿收回来，不就解决了吗？"黄娟冷笑道："哟！你挺会为别人着想的。男方买房，女方办嫁妆，天经地义。他家一毛钱不出，就把媳妇娶了，还顺便划拉到一套房，太便宜他了！我图个什么？"老汪道："老黄你想想，小伙子年轻有为，只要肯干，用不了几年就是个处长。当了国家部委的处长，还愁搞不到房吗？"黄娟道："那可不一定，现在不比从前了。"老汪道："事在人为。我不是这么过来的吗？"黄娟心头一热："你是你，他是他。如果他赶上你一半，我也认了。"停了停，又道："双井的房子先保密啊。"

黄娟嘴上虽然不太乐意，心里还是蛮期待的，毕竟找个国家机关的公务员当女婿，还是很有点脸面的。她鼓励佳佳打起精神跟小余约会，没多久又邀请小余来家里坐坐。小余像个快递小哥那样，肩上扛着，手里提着，呼哧呼哧把一大堆东西搬到家里，有牛奶、各种水果、一只内蒙古的羊腿，还有一桶鲁花花生油。虽然也值不了多少钱，但一看就是过日子的人，是个老实厚道孩子。他一进门，东西还没放妥当，黄娟就从心里给他打了个高分。

这个小余的确不一般，情商高，能言善语，举止得体，说出的每一句话都认人感觉很舒服。他算是个学霸，眼睛居然没怎么近视，不戴眼镜，眼力好，很会看眼色，老汪下厨做菜，他跑到厨房打下手；吃罢饭，他抢着洗碗、扫地。下楼的时候，还不忘把垃圾袋提上。仅这几个小细节，就让黄娟和老汪立马认可了他。

女儿和小余前前后后处了有小半年，当然是在黄娟严格的监督管理之下，是可控的。她提醒女儿，不到最后关头，绝对不能来生米做成熟饭那一套。实际上她这也是多此一举，因为宇佳是个守身如玉的女孩子，爱惜名声像爱惜生命一样，决不会像她闺蜜林婉秀那样随随便便跟人上床，拉拉手还可以，吊一下膀子也成，想进一步？还是先等等吧，现在还不到时候。

小余脑瓜子灵光，没多久就摸清了汪家的家底，知道汪家有两套房，双井的老房子每月收租七千多，够全家的生活费了。他原本含含糊糊向宇佳保证过，争取尽快买个小房子，他父母会拿一部分钱付首付。自打摸清汪家有余房，再也不提买房的事了。宇佳按照母亲的提醒，跟他探讨买房的事，他王顾左右而言他，就是不接话茬。如此重大的问题宇佳不敢隐瞒，原原本本汇报给父母。黄娟怪女儿嘴巴不严泄了密，实际上是她自己无意中透露双井另有一套出租房，小余不过是顺藤摸瓜、抽丝剥茧，在与宇佳一来二去的闲聊中彻底坐实了而已。

对这个重大的问题，老汪觉得没啥，对黄娟道："只要他人好，他确实买不起房，咱也不能逼人家，咱就图个人，不图他的财。"黄娟却看得很严重，认为小余耍滑头，不忠诚不老实，是个两面人。不久，小余又踩着鼻子上脸，推翻了原先答应的"将来生了小孩请母亲过来带"的承诺，说自己母亲站了一辈子讲台，关节炎很厉害，弯不下腰，走路困难，照看不了小孩。言外之意，看孩子的事将来全交给岳父岳母。宇佳居然给他说通了，跑回家来动员父母接受小余的说辞。

黄娟忍着，忍着，看他还有什么诡计。果然，有一天宇佳约会回来，念叨道："人家小余说了，女主内男主外，将来结了婚，他不负责家务，他只负责干好事业。"要命的是，宇佳这个傻丫头被他洗了脑，居然认为他说的有道理。

如此三番，小余得寸进尺，越来越"放肆"，简直有点肆无忌惮！这还没结婚呢，八字才有一撇，他就敢这样！真要登堂入室，把老两口扫地出门，撵回双井老房子住，也不是没可能！

老汪倒觉得没那么严重，只是年轻人还需要调教，他还没飞多高呢，不怕他炸翅。黄娟可真有点受不了他啦！想到这些小公务员，什么时候混出来？现在真不比从前了，再牛的岗位也没那么多油水了，基本就靠这点死工资生活，什么时候买得起房？公务员还有什么奔头？就说这个小余吧，他一个外地人，恐怕也没啥靠山，谁能保证他升上去？升不上去咋办？那还不害了佳佳，连带着害了全家！汪家可不能在他身上押这个宝，赌这个博……

黄娟越想越后怕，便打起了退堂鼓。

汪宇佳二十九岁那年，她母亲黄娟年满五十五周岁，正式办了退休。黄娟随老汪晋京后一直在医药公司上班，那是一家市属老国企，多年来半死不活的，换了好几茬领导，也不见有起色。她在里面负责一点儿财务工作，有她不多没她不少，退了休，正好集中精力为丈夫女儿服好务。

国家领导人说，要实现中国梦。汪家没别的梦想，汪家就想实现找一个乘龙快婿的梦。汪家绝非想借女儿婚姻攀附权贵，没那个意思，只想找一个称心如意、一辈子对她好的老公，像她爸这样的就行。这个要求并不高。汪家就这么一个宝贝，又是那么的美丽可爱，无论如何得找一个配得上她的人，看不准宁可不找，宁缺勿滥，不能无限度地降低标准。

　　眼见着身边和汪宇佳同龄的女孩子纷纷有了主，黄娟和老汪有点着急，特别是黄娟，当母亲的，说一点儿不急那是假的。但他们也不太急，因为他们始终坚信，汪宇佳这么优秀的女孩子，总会有一个命中注定的白马王子，就在前方不远的地方，等着她。

　　黄娟退休之后有一阵子，明显加快了为女儿找对象的进程，由被动等待变为主动出击，时不时有人给介绍，只要条件靠谱，就去见一下；哪怕略微差一点儿，也鼓励女儿去见。听说谁家有个儿子或者亲戚的儿子不错，她也会靦着脸主动请熟悉对方的人捎口信，希望能够安排见一见。一年多一点儿的时间，见了得有小二十个，其中有两个国家部委的，三个北京市政府下属机关的，都是小公务员；另有警察、军官、见习法官、助理检察员、教师（大学和中学的都有）、公司白领、小老板、银行和国企的员工；有并不怎么富有的富二代，黄娟戏称为"小富二代"；有父亲官并不怎么大的官二代，黄娟戏称为"小官二代"；还有国家图书馆有正式身份的工作人员、北京园林局的秘书、历史研究所的年轻学者，等等等等，五花八门。

　　其中有四五个谈得比较深入，印象深刻，黄娟都感觉有门了。一个叫龙建刚，是土生土长的北京人，父母亲都是大学教授，他本人博士毕业后留在北师大当讲师。他很会照顾人，特别的心细，每次约会都要亲自把佳佳送到楼下，看她上楼才放心离开。每逢过马路，都要挽着佳佳的手，小心翼翼扶她过，生怕被车撞着。天热了，他们去公园，有蚊子，他拿一把小扇子，不停地帮佳佳驱蚊。对女人照顾有加，心细如丝，这一点比佳佳爸爸汪希国有过之而无不及。黄娟真的看上他了。

　　可是老汪发现了他一点毛病，这问题说大不大，但要是细想，却令人起腻。这龙建刚是个小白脸，说话做事有点女里女气的，性格跟他的名字正相反。当时正在放电影《战狼 2》，里面有一句从班固《汉书》里扒来的台词："犯我中华者，虽远必诛！"老汪从单位听到一个段子，说有的男孩是那种"娘炮"，或者说是"娘男"，你让他念这句台词，他会伸出一根手指头，柔柔地说："犯我中华者——讨厌……"老汪边说边比画，把黄娟和佳佳逗得笑出了眼泪。等她们收起笑，老汪才道："你们想过吗？我怎么老觉得，这龙建刚就是这样的娘炮呢？"

这个发现令黄娟暗自一惊。老汪说的没错，龙建刚就是个典型的娘男，严重缺乏男子汉的阳刚之气，有时宇佳竟能从他身上闻到香水味——一个大男人，用香水，怎么说都不对劲。他爸妈给他起这个名字，大概就想让他找回点阳刚之气，可是，显然文不对题，让人失望了。佳佳本身就是个极温柔的女孩，如果她丈夫比她还要温柔，那么生下来的孩子，你想，会是什么样？

这一篇就这么无奈地翻过去了。

驻京某单位上尉参谋牛骏虎，相貌堂堂，身体健硕，他是外地人，父母虽没能力给他在北京买房，但他只要结婚，单位准会分给一套两室一厅的公寓房，位置也很好，就在北二环边上。将来随着职务晋升，还能分到更大的房子。所以房子不是问题，最大的障碍就算解决了。

牛骏虎这小伙子特别能吃苦，特别能战斗，特别有血性，踏实肯干，忠厚实在，只要他来家里，脏活累活他全包了，不让老汪夫妇和宇佳上手，他打扫厨房和卫生间的卫生，擦玻璃、刷马桶，把油烟机和煤气灶擦得跟新买的一样，抢着刷锅洗碗，活脱脱一个小汪希国。而且他还特别懂规矩，守纪律，和宇佳认识三四个月，从没主动拉过她的手，不像有的男孩，老想靠近她妄图沾点身体上的小便宜。女儿跟他约会，黄娟一百个放心。

汪宇佳跟牛骏虎，看来真是特别合适的一对。他父母是农村的，这一点黄娟也认了。老汪家也是农村的，她自己家也是农村的，作为农民的后代，黄娟和老汪决不歧视农村人。小牛老家在苏南地区，那地方农村跟城市差别不大，生活水平蛮高，家里有一栋二层小楼，他下面有一个妹妹，家庭负担不重。

如果不出意外，黄娟和老汪打算当年底让两个孩子领证结婚。没料到十一长假刚过，牛骏虎过来说，领导研究过了，让他从师机关到下边基层部队任职，担任连长。要去的地方不算远，就在河北，坐高铁到石家庄，再换汽车两个小时就能到。还说，这是首长对他的关爱，能够担任基层主官，对他成长进步很重要，以后仕途会跟着受益，不是每个人都有这种机会的。

汪家人有点蒙。不管怎么说，他这么一下去，结了婚就是两地分居，而且由于离京，关系转走，单位自然不会再给他分公寓房，想结婚，连个地方都没有，只能挤占汪家在双井的那套旧房。更要命的是，他此番下基层，按照规定担任基层主官，三年之内不能挪地方，三年之后，谁也没保证再把他调回京。他如果长期在下边干下去，两地分居的苦，佳佳即使能忍受，他们当父母的，也不落忍啊……

黄娟和老汪失眠了好几天。尤其黄娟，头发落了一枕头，像是夜里下了头发雨。好不容易睡着了，又是噩梦连连，她梦见一个鬼头鬼脸的男人夜里敲佳佳的窗户，还梦见佳佳的小孩被一个黑衣女人抱走了。醒来后，大汗淋漓。

人生莫测。人都说"穷算命，富烧香，不穷不富心不慌"，以前不大信命的黄娟，背着丈夫女儿到雍和宫边上的一条小胡同找"大师"占了一卦。大师说，宁拆十座庙，不拆一家亲，但是不能眼看着让你家孩子跳火坑，该拆还得拆，从汪宇佳的生辰八字来看，她宜找北方人，不宜找南方人。

黄娟跟老汪商量后，明确向女儿提出，离开北京的牛骏虎，已不大合适，当断还得断。

女儿真是个好女儿，尽管心里不太情愿，但是她私下哭过两回之后，还是选择了顺从父母。越是面对这样听话的女儿，黄娟、老汪两口子越是发誓要为她找一个好男人。宁让世上人负我，不能让世上人负女儿。

小区11号楼的尹大姐是个热心人，一辈子热衷于给人介绍对象，据说经她手搞成的，有二十多对了，而且没有一对离婚的。有了微信后，尹大姐建了个"中达富丽相亲群"，自任群主，每天都有人在群里面发布征婚消息、动态，很是热闹，群成员主要是小区有需求的家长，基本都是五十岁以上的人，为儿女或者亲戚的孩子物色目标。黄娟被人硬拉进来，她跟踪观察了一阵，认为群里面像个骡马市场，乱糟糟的，俗不可耐，而且很多人发布的信息严重不实，便退了群。年底，本楼701室的老胡家，高高兴兴把三十五岁的大姑娘嫁了，据说就是在"中达富丽相亲群"找到的目标。以前总是愁眉苦脸的老胡，乐滋滋的给群主尹大姐送去喜烟喜糖和喜酒，还送去一面锦旗。

这天在小区门口的小超市，黄娟碰到尹大姐来买菜，她放下身段，主动迎上去夸尹大姐是"活菩萨"，希望能够帮女儿重点琢磨一个。尹大姐知道汪宇佳，中达富丽的住户都对她印象不错。黄娟也顾不上买酱油了，颠颠陪着尹大姐走到11号楼门口。尹大姐道："佳佳她妈，我先把你拉进群，你自己挑；手头有了合适的，我马上通知你。"

社科院搞现当代文学研究的傅华，就是尹大姐重点推荐的，是小区某位住户的亲戚，与汪宇佳同岁。乍一了解，他是个不错的小伙，北大的文学硕士，文质彬彬，谈吐不凡，特有礼貌，好脾气，谦谦君子一般，是年轻人中不可多得的文化才俊。宇佳和他见过两次，感觉很谈得来，很投缘，愿意和他继续交往。他是杭州人，算命"大师"说过，汪宇佳宜找北方人，黄娟把悄悄去算命的事告知老汪和女儿，老汪满不在乎道："胡扯！咱不能全听一个算命的，他说的又不是圣旨。"宇佳道："妈！命不是算出来的，我相信自己的判断。"

交往一段时间后，宇佳发现，傅华没有什么不良嗜好，本身也没什么大毛病，就是啥事都爱往他妈身上扯，比如，他有个口头禅"我妈妈说了……"，或者"我跟妈妈说一声"，要不就是"我妈妈不同意"。他来过家里三次，黄娟跟老汪也都留意到了，他三说两说就扯到自己妈妈身上去。听妈妈话、心里有妈妈的孩子，大体错不了，因此他们也没太当回事。

五一放假，傅华的妈妈从杭州来看儿子，其实主要是来考察一下未来的儿媳妇。他妈妈陈女士在电视台工作，是一个干练的编导，早年离婚后没有再婚，含辛茹苦把儿子拉扯大。陈女士早就放出话来，给儿子在北京买套房，没问题！之所以没急着买，是想看看儿子找什么样的女朋友，以及女朋友在什么单位上班，得选一个合适的小区，不能离双方上班的地方太远。

见过宇佳后，陈女士比较满意；到访汪家，对女方家庭也比较满意。傅华开车陪妈妈逛颐和园、八达岭长城，宇佳全程作陪。傅华有一辆属于自己的车，他运气不错，在北大读书期间参与北京市的小车摇号，居然轻易摇中了一个号牌，把他的导师气得够呛，导师一家三口上阵摇号，六七年了都没中上。这也是黄娟看中这个未来女婿的一个小小原因，小两口没有一辆私家车，同事都瞧不起你。

宇佳发现了一个不容回避的问题，每次坐车，陈女士都要抢着坐到副驾驶位置上，有一回宇佳并非有意坐到那个位置上，平时坐傅华的车，那都是她的位置，她也是习惯了，结果坐在后座上的陈女士，很不开心，半天没吭气。傅华很敏感，找个理由停在路边，让宇佳帮他买瓶冰水，结果她返身回来，看到陈女士已经挪到副座上。这时候的陈女士喜笑颜开，说到高兴处，伸手抚摸儿子的手背、脸蛋。佳佳还发现，吃饭时，陈女士不停地给儿子夹菜，眼里根本没有她……

宇佳把她的新发现告诉了父母。黄娟看出来了，傅华属于典型的"妈宝"，像他这种单亲家庭，也是很容易出"妈宝"的。黄娟在医药公司有一个女同事，就是个有名的"宝妈"，儿子结婚后，天天找碴跟儿媳妇闹不痛快，小两口过性生活，她都要偷听。儿子的裤衩，她抢着洗。儿媳妇不在家，她就跟儿子睡一个屋。后来小两口过不下去，离了婚。

黄娟和老汪合计了好几天，又是几天几夜没睡好，都觉得事情有点麻烦。

黄娟提上水果去尹大姐家串门，把情况讲了。尹大姐倒没觉得有多严重，可能是当妈的好久没见儿子，想儿子，才这样做的；再说，男孩妈妈在杭州，又不是老来北京，如果男孩真爱佳佳，相信他会处理好这个问题，也相信他妈妈终究会想明白，儿子和儿媳妇才是睡一张床上的，她是文化人，会摆正位置的。尹大姐建议再处一阵儿深入观察一下。

老汪还是那句老话："女儿的事，终究要她自己拿主意。"

陈女士回杭州后，宇佳每次和傅华见面，只要听他说"我妈妈如何如何"，心里就颇不是滋味，甚至感到刺耳，原先积攒起来的那点好感，慢慢就变淡了。

还有一个叫韩天明的，在《人民日报》旗下的一家杂志社工作，身高接近一米九，高大威武，老北京人，父母都是普通职工，韩家在西四环四季青桥附近有一个小院，因为赶上拆迁，房地产公司一下子给补偿了四套房，他父母占了一套，另外三套都在他名下。北京男人，只要你有房，只要你不是残疾人，找对象就占有很大的主动，就因为有这三套房垫底，韩天明东挑西拣，三十三四岁了还没定下女朋友。宇佳大学同学姚美露的丈夫刘山和韩天明一个单位，刘山认为韩天明各方面条件不错，人也仗义，就通过姚美露给汪宇佳牵上了线。双方见过几次面，彼此印象都还好。姚美露半开玩笑道："汪宇佳呀，我一年搬好几回家，租房子租怕了，真后悔嫁给刘山。要是早认识姓韩的，肯定轮不到你了。"宇佳也难得地开玩笑道："美露，如果和姓韩的成了，我白送一套给你住。"

黄娟如法炮制，请韩天明来家做客，宇佳和他站在一起，一副小鸟依人的模样。老汪悄声道："和他一块儿，感觉闺女有安全感。"没多久，双方老人都想见个面，韩天明安排吃饭，大热天的，他父亲老韩却戴着一顶帽子，黄娟以为他是秃头——六十多岁的老男人，脱发很正常，其实没必要遮遮掩掩的，老汪也脱发了，后脑勺有碗底大的一片空白。

过后才知道，老韩是胃癌晚期，一头浓密的灰白头发因为化疗，全掉光了。再一深入了解，不得了！小韩的爷爷也是癌症死的，活了不到六十岁。他们韩家是典型的癌症家族！

汪宇佳把这个情况给姚美露说了，她担心小韩也会得癌症，那不就害了她。美露比她开明，半开玩笑道："只要自己不得癌，傻丫头，你怕什么呀！"宇佳道："你才傻！他没了，我不成寡妇了？"美露认真道："你真傻！他没了，那三套房可是跑不了的！你有三套房，不，有可能四套房，你还担心什么？追你的人，能少吗？你还不随便挑！"

宇佳硬给她说愣了，半天没回过神来。

当然这都是玩笑话，做父母的，不能这样考虑。黄娟对老汪道："咱们嫁闺女，可不是图人家的房子，咱也不缺房，两套了。就怕小韩到你这个岁数的时候，得了那个病，人没了，咱闺女也像我这个年纪，你让她怎么过？他们的孩子，会不会也遗传这个基因？世世代代这样下去，那太可怕了……再多的房子，又有什么用呢……"老汪道："这可是个大问题，马虎不得。闺女咋想的？"

宇佳让美露给她老公刘山捎话，请刘山转告韩天明，还是算了吧！又不好说怕人家将来得癌，找了个理由道："找算命的大师给测了生辰八字，说是两人不合，不宜靠近。"

这以后多了个心眼，和男方见面之后，如果感觉可以谈下去，先想办法搞清他家人有什么疾病，尤其是那些带点遗传性质的，像癌症、高血压、糖尿病、肝病等家族性疾患，务必搞清楚。人无远虑，必有近忧，这是原则问题。果然，相亲群里有人给介绍的一个名叫张士群的，在银监会工作，收入高，有婚房，名下有一辆宝马X5，可是一深入了解，他父母都是乙肝病毒携带者！虽然他本人化验结果一直呈阴性，可是有了孩子，你让不让爷爷奶奶碰？孩子肯定不能让两位亲家给带。说不定还要生两个娃，都得交给黄娟和老汪来带。俗话说，宁种十亩地，不带一个孩。要你带俩孩，这个担子太重了！宇佳是个孝顺孩子，她不会忍心这样累及自己父母。还有呢，双方亲家每年总要见几面，总要互相登个门，见面总要握个手、吃个饭。老汪特别在意这个，外出吃饭，都是自带水杯，不说带孩子，只说见面吃饭串门，他压力就很大。

黄娟也不能接受女儿还没结婚，就让老汪感受到很大压力这样的尴尬局面。

汪宇佳即将满三十一周岁时，终于碰到一个自己身体健康、父母身体也健康、爷爷奶奶姥爷姥姥都健在、有房有车，其他方面条件也很不错，仅仅身高略差一点儿（净高一米七五）的单身男士，他就是北京大学第三附属医院的泌尿科医生洪磊博士。洪博士比汪宇佳只大三岁，年龄非常合适。他在日本学医多年，不想在国外成家，一直单着，刚刚学成返回国内，正是嘴馋眼花的时候，老汪部里的一位同事及时给牵了个线。同事说，若是下手晚，只怕很快被人抢走，现在这个年纪的男人特别吃香，北京城大龄剩女多，老男人不愁没人跟。这世道，不是大龄女人的世道，是老男人的天下。

洪医生和宇佳的关系很快升温，这与黄娟有较大关系，她不再像过去那样严防死守，她甚至提醒女儿放开一点儿，开放一点儿，别太封建，晚上晚一点儿回来也没关系，该去夜店就去夜店，年轻人嘛，就得好好享受都市夜生活。还说，如果人家洪磊想有一点儿亲热的表示，千万别给人家甩脸子闹不愉快，毕竟他在国外生活了很长时间，外国人这方面都比较开放，你也得近朱者赤，与时俱进，不能让他把你当老土。当然，黄娟敢这样说，也是基于宇佳是个有数的女孩子，不会做太出格的事，这一点儿做父母的大可放心。

林婉秀这一阵情场失意，无着无落，寂寞无助，时常联系宇佳。当年那个叫赵振的富二代，早没影了。这些年她不知换过多少男友，她倒是不吝，大凡能给点好处，想上床嘛，你就爬上来！男人嘛，不就那点浅显的想法，最想干的事，无非是打一炮。她这人有个特点，心里藏不住事，有了好事或者是不好的事，就想找个朋友倾诉，宇佳是她最好的朋友，自然是她的最佳倾诉对象。她找男友，不大在意高矮胖瘦年龄职业什么的，就看你有没有实力，就看你舍不舍得为她花钱。她从一众男友身上挣了些银子，去年在东五环外传媒大学附近的一个小区，全款为父母买下一套一百平方米的七成新二手房。

宇佳把这个消息透露给父母。黄娟不屑地道："咱闺女谈了那么多男朋友，要过人家一毛钱吗？靠卖挣钱，下三烂才这么干，这个女孩早晚出事。"老汪对女儿道："老林家的这个闺女跟咱不是一路人，三观不同，你们迟早要闹别扭。"

婉秀从男友们身上沾过不少光，也吃过一两次亏，遭遇过骗财又骗色的窘境。有个卖化妆品的老板和她好，那老板在世纪金源租有专柜，借用她的部分钱当周转资金，每次都给她相当可观的利息，比到银行买理财产品高多了。有一次借了她一百万，结果转身就找不到人。她报了案，警察慢慢腾腾办案，过了好久才告诉她，那人以前在世纪金源租有化妆品专柜，早撤柜了，他骗了林婉秀等人的钱还了赌债，人可能偷渡到缅甸去了，一时半会儿捉不回来。

宇佳自从有了洪磊，精神面貌大好。洪磊温文尔雅，能言巧语，出手也大方，几乎天天黏着她，宇佳快要被他融化了。她跟他去夜店消遣，为了防止出意外，有时喊上婉秀当电灯泡。这段时间正是婉秀感情的空窗期，跟最好的朋友凑一起玩，有吃有喝有礼物，婉秀当然是求之不得，每叫必到，每到必醉。

这晚上在三里屯一间酒吧消夜，除了他们三人，还有美露、刘山夫妇。刘山想写写医院的事，听妻子说宇佳交了个医生朋友，提出能否安排一见。想到早晚会介绍大家认识，也想借机炫耀一下自己名花有主，宇佳就把美露、刘山二人喊上了。

洪医生点了三种酒，宇佳要保持清醒，所以每次只喝一点点，决不失态。美露、刘山第一次见洪磊，有意控制，但也喝了不少。婉秀不用说了，来之不拒，她喝得最多。洪医生做东，当然也不会少喝。他说在日本最想吃的中国菜是毛氏红烧肉，有时候半夜做梦醒来，似乎还能闻到红烧肉的味道；最想看的是中国女人，实在想看了，就到东京街头的路边找个地方一蹲半天，看过来过往的中国女游客从身边闪过，仿佛能闻到一股股女人的肉香。婉秀大呼小叫，说洪医生你天天看病号，上手悠着点，千万别变成流氓医生啊。众人起哄，一阵乱笑。美露说，她就被某医生猥亵过，只是不太严重。刘山给气得瞪她一眼，仰脖喝下一大杯洋酒。某一个瞬间，宇佳把头伸到桌子下面摸一支掉落在地的筷子，蓦然看到洪磊一只脚压在美露的光脚背上，而且还顺着她小腿上下滑动磨蹭，如果不是隔的远够不着，他敢把脚指头伸到人家裙子里去……宇佳头嗡嗡直响，拿筷子头使劲捅了他腿肚子一下。他急忙收回脚，像没事一样，照样招呼别人喝酒。

喝罢酒，就近找了个KTV。除了宇佳，那四位都喝得差不离了。宇佳心里面不痛快，本来喜欢唱歌的她，实在提不起情绪，板脸枯坐在角落里，赌气不唱。洪医生抢过话筒，小眼睛色眯眯的，主要盯着婉秀的大胸脯。刘山似乎意识到美露有风险，有意把美露藏在自己身侧。洪医生深情唱了一曲《特别的爱给特别的你》，明目张胆说是"献给婉秀妹子"的，边唱边向婉秀抛媚眼，配合着身体动作，露骨极了……

这尴尬的一幕美露和刘山都瞧在眼里，二人频频冲宇佳挤眼睛，那意思显然是，你这个男友可不怎么老实，当着你面都敢这么放荡，背后还不知要玩出啥花样。宇佳感觉两人的目光像是手掌，伸过来啪啪打她耳光，打得她眼冒金星，满脸紫胀。她愤怒又沮丧，推说头疼，起身走人。其他三位好友见状，也都跟着走了，把洪医生一个人丢下。

宇佳隐忍了一个礼拜没回洪医生的微信。越想越生气，越生气心里越没底，到底没忍住，哭着把情况讲给了母亲。她隐瞒了洪磊猥亵美露的细节，只讲了 KTV 的事。黄娟脸都给气紫了，转头告知了老汪。老汪沉默许久，用力一拍茶几道："这狗东西！被日本鬼子教坏了，太不像话！"顿了顿又道："这是个重大原则问题，佳佳就是一辈子不嫁人，也不能找这样的花心男人。"黄娟咬牙切齿道："佳佳，没错！这种人你要远离点，因为雷劈他的时候，会连累到你。"

家长一锤定音。这一篇，便又翻过去了。

事后黄娟怀疑，会不会是林婉秀招惹勾搭了姓洪的？那女孩可是浑不懔，什么事都干得出来，只要给钱。黄娟还怪女儿不该轻率地把洪磊推到她跟前。她对老汪道："我就不明白了，咱闺女要貌有貌，要品有品，哪一点都比林婉秀强，他怎么就盯上那林婉秀了呢？"老汪作为男人，看得更清楚些，他道："婉秀这孩子，虽然她不是肤白貌美气质佳，但她骚气、浪、性感、有胆儿。女孩子有这个特质和本领太重要了，能干成大事！"黄娟想了想，点头道："你还别说，她那小眼睛，一眨巴一眨巴，是挺会勾人魂的。"

宇佳嘴上说，婉秀不会主动勾搭姓洪的，都是那姓洪的坏，心里却也颇有些拿不准。和洪磊断绝来往后，宇佳有意疏远了婉秀。婉秀似乎意识到这一点，想约见宇佳聊聊。宇佳推脱有事，她便给宇佳发了长长的语音，说洪医生在那晚上之前确实想单独约她，被她坚辞拒绝了。她这个人谁的床都可以上，唯有闺蜜的男友，上不得，这是她做人的基本原则。后来洪医生还想约她，她果断拉黑了他。

宇佳相信闺蜜的这番说辞，因为自己毕竟了解她。便给她回语音说："婉秀，反正你现在也没男朋友，如果洪磊还对你有意，你不如跟他处处吧。我已经与他没任何关系了，你不必介意的。"婉秀回语音道："不可能！他也就是想玩玩我，早看出来了，他就那点花花肠子。我才不会因为他让你瞧不起我呢！宇佳，你加油！"

汪宇佳心里酸酸的，说不上为什么。

一晃又是差不多两年过去了。女人过了三十岁之后，最大的敌人就是岁月。人是不经熬的，黄娟的头发白了一大半，她害怕致癌物不想染发，外出时经常围一条碎花头巾。这期间，汪宇佳又断断续续见过一些人，都不太理想。黄娟每天都紧盯着"中达富丽相亲群"，眼下似乎只有这一个渠道了，里面女的多，男的少。不知从哪里冒出来这么多的大龄女，她们自己好像不怎么着急，都是家长急。过去那些热心的同事、同学、朋友、老乡、邻居们，为宇佳操过心之后，一个个都退却了。人们嘴上都夸宇佳这孩子优秀，却又都不想再多管闲事。

老汪年龄快要到点，临近退休，工作上不再像从前那样老是加班加点，他外出钓鱼的次数大大增加。黄娟心里烦，有时央求老汪带她出去散散心，老汪说："钓鱼的都是老爷们，没见有哪个老娘们跟着。等我再过年把退了休，带你到国外转转。"对于女儿的事，他也不那么上心了，说是急也没用，相信最终她会嫁一个满意的，早嫁晚嫁一个样，趁时光好，多让她陪陪咱老两口也不错。

每天女儿上班，当妈的依依不舍似的，都要送到电梯口，电梯门一开，娘俩还要来个热烈的拥抱。

白天就她一人在家，她也懒得做饭，中午饭瞎凑合，主要盯着相亲群。一旦遇到年龄和条件比较合适的，她总是忍不住要追问对方一句："你说小伙子那么优秀，为什么一直没找到对象？你说说他因为啥？"对方常常被她问得一时答不上话来。

她在小区里，或者在小区附近走动时，偶尔会有熟悉的人关切地问她："黄师傅，您家姑娘，名花有主了吗？"她其实害怕别人提这个，便故作轻松地摇摇头，还不忘感谢人家一句。心情不大好的时候，遇有人问，她有时便气哼哼道："不好找！找不着！"

人家一愣，不知该怎么接话。她顾自往下说道："姑娘太优秀了！天下像她爸那样的好男人，都死光了！你叫她往哪里找？"

人家更不知道该说啥了，赶紧道个别走掉，落荒而逃一般。

这天在电梯里，碰到十七楼的苏娅。她是派出所的，她老公也干公安，在朝阳分局工作，两口子认识人多，以前曾给佳佳介绍过两个，都不太合适。苏娅迟疑间递过话来："黄大姐，我这里有个目标，您家姑娘还有兴趣吗？"

黄娟一听，立马来了精神："好呀好呀！我代我姑娘谢谢她苏阿姨。"她只顾说话，像抓着根稻草一样跟着苏娅从十七层下来。她家住二十二层。一出电梯门碰到苏娅老公在楼梯间吸烟，楼道里烟雾缭绕。苏娅高门大嗓道："老崔！你快跟黄大姐说说，那个小伙子的事。"

老崔哈哈一笑道："正想找机会跟您家汪领导说说呢！我先问一句，姑娘有什么具体条件？"

黄娟道："只要小伙子人品好，其他也没啥具体要求，只有一条——不能有不良嗜好。像您这样的，抽烟喝酒半夜不归家，就不合格。"

老崔哈哈一笑，掐灭了烟。苏娅道："对！像你这样的，你连提都甭提！"

老崔这回介绍的小伙，年龄偏大，三十八岁了，独子，一直单着，他是个画画的，宅男，事业型，在画院工作。实话实说，画画的水平一般，就是喜欢。他爸爸曾经担任文化部副部长，家里物质条件嘛，那就不用说了。苏娅插话道："这可是省部级噢，黄大姐您可听好喽。"

老崔摆摆手道："得得，人家汪领导是个司局级，双方也差不太多。"

黄娟道："那可差大发了！人家省部级是高干。"

老崔道："不瞒您说，小伙子嘛，还真有一点不良嗜好，不怎么喝酒，但是爱抽点烟。搞艺术嘛，熬夜多，像我们办案子一样，不抽几支，夜里根本顶不住。"

黄娟愣了愣，爽快道："其实呢，抽点烟，也没事。我家对门的老刘，就是个大夫，朝阳医院的，烟瘾大着呢。他说抽烟没那么可怕，都是人吓唬你。"

老崔乐了，指着苏娅道："听到没有？这可是大夫说的。哎哎，黄大姐，既然您没意见，我就给对方说，让两个孩子先加微信。"

晚上老汪和佳佳回来，黄娟迫不及待把这个事讲给他们听。三人都认为挺好的，对方还是个搞艺术的，而且家庭那么高的地位，想必素质低不了。至于有抽烟的不良嗜好，大不了结婚后让他改。

微信很快加上了。

可是，盼来盼去，对方一直不提见面的事。黄娟觍着脸跑去找苏娅、老崔问情况，老崔道："嗨，别提啦！我也是刚知道，正要给您说一声。那熊孩子嘛，找人算命测八字，说是跟汪宇佳生辰八字不合。"苏娅气咻咻道："啥时候了，还信这个，真他妈神经病！难怪他快四十岁了没对象。黄大姐，别泄气，咱姑娘那么优秀，不愁遇不到好的。"

这一天，汪宇佳收到林婉秀微信，先是她发来的一张图片，是

257

个隆起的肚皮。宇佳纳闷，两年多不见，难道婉秀胖成这样了？接着是一个位置图，离这儿不远，就在大屯北路上一个挺有名的高档小区。宇佳一时弄不明白，正犹豫着要不要给婉秀打个电话，她先打过来了。

电话里，婉秀告诉宇佳，她怀孕五个月了，刚买了个房子搬进来，站在阳台上，隐隐约约能看到中达富丽小区，鸟巢水立方看得清清楚楚，奥森公园就在脚底下。她请宇佳抽空带黄阿姨汪叔叔来做客。

周六上午，老汪又要去钓鱼。宇佳想去看看婉秀，她都怀孕了，她变成什么样了？她办婚礼都不通知自己，可见那年洪磊的事让两个闺蜜生分了。

黄娟也好奇，婉秀家那么一个条件，怎么能买得起高档小区的房子，蒙人吧？宇佳不想带母亲去，架不住她非要跟着，母女俩下楼买了水果和花，打一辆快车，不到十分钟就到了婉秀家小区的门口。她母亲赖小芸下来接客，说她爸去钓鱼了。三人坐电梯直达二十五层。这栋楼高二十八层，站在二十五层，几乎可以把周边景物全收到眼底。婉秀说的没错，站在她家，完全可以看到中达富丽小区。

这套房子，比宇佳家的房子还大，一百六十八平方米，南北通透，说是二手房，其实上一户人家没有住过，人家净赚一千多万出的手，婉秀差不多花两千万盘下来。当然是她老公家里出资。婉秀骄傲地挺着肚子迎接宇佳母女，又打电话催刚下去买东西的丈夫"赶快滚回来"。她丈夫回来了，是个肤色较黑个头较矮的山西人，看上去老实巴交，显得有点土气，见了黄娟和宇佳，居然有些腼腆。

很快就搞清了，婉秀老公高兵比她小两岁，从英国留学回来，到婉秀所在的私企公司上班，婉秀是他的直接上级。他们火速恋爱，火速结婚。高兵父亲退休前是山西某县的人大副主任，掏钱为他们买了这套房子。宇佳和黄娟都看出来了，高兵对婉秀百依百顺，婉秀想喝水，高兵都要先尝一口，看温度是否合适。婉秀在人前把个高兵呼来唤去，这男人也是好脾气，满脸堆笑，爽快地答应着，脚下打滑滴溜溜转，一点儿不生气。婉秀道："高兵！咱孩子生下来，我妈身体不行带不了，叫你妈过来带，成不成？"高兵道："成！我妈就喜欢孩子。"婉秀道："我要去月子中心，叫你爸准备好钱，听说要十二万！"高兵笑道："这个不用你操心。"过一会儿婉秀又道："高兵！过来给我捏捏腿……"

宇佳真的很羡慕婉秀的状态。黄娟心里不大痛快，心想："臭显摆什么呀。"现在黄娟悟出来了，这个林婉秀认准了一个目标，她只找有钱人。官二代瞧不上她，本地的富二代也不会瞧上她，她就去捕捉那些家在外地有点家底的傻二，像早先的赵振，眼前的高兵这样的目标。

婉秀和她妈赖小芸非要留宇佳母女在家吃中饭，声言高兵会做山西菜。宇佳想留下，想多和婉秀聊一聊。黄娟推脱身体不大舒服，有点血压高，坚持要走。走前，婉秀把宇佳叫到屋里，说她刚看了张爱玲的《倾城之恋》，里面有句话：一个女人，若得不着异性的爱，也就得不到同性的尊重。婉秀劝宇佳道："你抓紧吧，别挑三挑四了，差不多就可以。"宇佳无言以对，只得点点头道："知道了。"

半下午老汪钓鱼回来，黄娟把婉秀家的新房子描绘了一番，说一个县的人大副主任，不过是个副县级，怎么就有能力掏两千万在北京为儿子买房？他家开银行吗？你不觉得奇怪吗？老汪道："没啥奇怪的，山西有煤。"黄娟恍然大悟道："难怪。我就不明白，住里面能睡踏实？"老汪道："你呀，别操这个闲心了，咱自己睡踏实就成。"黄娟忽然起高腔，忿然道："汪希国！你以后不要再和老林一块儿钓鱼了！汪家和林家，不是一路人！咱姑娘，那么纯洁，他林家姑娘呢？说难听点，就是个破鞋！破鞋！"老汪指指女儿房间，提醒黄娟小声点儿，讪笑道："你呀，做糖不甜，做醋很酸。"黄娟道："你听到了吗？以后不要再和他一块儿钓鱼了。"老汪道："好好好，听你的。"

实际上，老汪已经有两年多没见过婉秀她爸了。

二〇二〇年，全世界为疫情所困，尤其上半年，人们几乎都不来往，似乎全成了宅男宅女。黄娟从各个渠道又为女儿物色了两三个目标，因为疫情，暂时不便见面，只在微信上沟通，有一搭无一搭的。

到了六月，重点地区的疫情基本得到控制，小区管得不像过去那么严了。这天，黄娟出来散散心，走了一段路，热风一吹，憋了一口气，突然剧烈地咳嗽起来，咳得站立不稳，眼冒金花；咳着咳着，喷出两大口鲜血！把过路的人都吓坏了，赶紧帮助她给家人打电话。老汪和女儿慌慌张张赶回来，把她就近送到条件不错的中日友好医院。医生一看情况，二话没说，安排住院。幸好因为疫情，外地来的病号少，病房难得空了一大片。要在往常，想住院你得找各种关系。

第三天结果出来了，黄娟是肺癌，而且是晚期，已经转移到好几个地方，没法手术了，也不需要做放化疗，因为那样死得会更快。医生说，顶多还有半年的生命。

她身体一直好好的，这么多年，除了生女儿那回，她都没住过院！家里没有吸烟的，老汪下厨房的次数并不比她少，新房装修也都是注重环保的，她家父辈祖辈里面似乎也没人得癌，没有遗传基因，可是，她竟然得了肺癌！回忆一下，这一两年她也是有过征兆的，偶尔会干咳一阵，早晨咳痰有时带点血丝，总以为是上火，没当回事。

主治大夫和老汪商量，是否把真相告诉病人，老汪和女儿合计后，决定先瞒一阵再慢慢透露给她。

知道内情的人一致认为，是女儿的婚事拖垮了她，她心累，心情长期压抑，病就冒了头。她老是想不明白，女儿那么优秀，为什么就找不到一个称心如意的郎君呢？就连她压根瞧不起的林婉秀都嫁了条件那么好的男人，为什么比林婉秀不知好多少的汪宇佳，就不能有个像她爸爸那样的好丈夫呢？她想不明白，认为老天爷不太公平，对汪家有亏待。

自己的祖宗自己敬，自己的孩子自己夸。在他们夫妇眼里，尤其在她眼里，女儿是一朵花，是天使般的存在。可是，在别人眼里，并不是那么回事，或者说，并不是那么完美。

汪宇佳确实是众人眼里的乖乖女，她确实是懂事有礼貌，淑女范儿。这一点儿不假。可是，她的确算不上一个美丽的女孩子。她皮肤说白不白，有点黄，像那种象牙黄；五官没什么毛病，搭配的也行，就是不那么出彩；一米六的个头，一百斤左右的体重，眼睛不大，也不是那么明亮有神；张开嘴，牙齿好像还有点发灰，反正不是那么洁白。总之，在人们眼里，论相貌，她就是个普普通通的女孩子。

黄娟住了两个多月的院，再住下去已无意义，医生建议回家静养。老汪本想再对她隐瞒一阵病情，可是病房的另外三个病号都是肺癌，她心里面早有数了，已经没法再瞒下去。她抓住男人的手，故作平静地说："希国，我认命。"老汪背过身抹眼泪，她又道：

"这辈子有你这么个好爱人，我知足了。"

出院那天，老汪开车来医院接她，他是从单位赶过来的。他搀扶她坐到副驾驶位置上，她感觉屁股下面有个东西，伸手一摸，是个手机。可是，他明明看到老汪的手机就放在驾驶台上。这个手机是谁的呢？难道老汪还有别的手机吗？她怎么不知道？……她一路疑惑着，到了小区。下车时，顺手把那个手机掖在袖子里。老汪把她护送回家，又回单位上班了。她躺在床上，拿过那个手机端详。这个手机她确实没见过，非常陌生。老汪有两个手机，怎么就不给她说一声呢？他有什么要隐瞒的？……想着，想着，她开机——原以为有开机密码，结果没有，一下子就进到桌面上，很快捷。这使她怦怦跳的心平静了一些。

她点开微信，发现里面只有一个好友：MY。手机通信录里面，也只有一个联系人：MY。好奇怪，现在的手机能装下五花八门的很多东西，老汪这个新冒出来的手机，却只有一个联系人，这就好比偌大的房子，只住了一个人，让人感觉孤单的很。

MY是谁呢？微信聊天记录是没有的，一片空白，显然删除了。幸好，MY的朋友圈能够看到。她快速浏览一下，发现这个MY很热爱生活，前天晒养花的照片，大前天晒养狗的，再往前晒健身的，还有游泳的、外出旅游的、就餐的、过生日的……林林总总，丰富多彩。可以肯定的是，这个MY是个女的。

她往下拉，试图找到一张MY的正面照片，果然找到了两张，是前年到内蒙古大草原骑马的半身照。越看越觉得这人面熟，一定在哪儿见过。

她扶着脑门，捏着太阳穴，努力地想呀，想呀……终于想起来了，这人原先和汪希国一个处的！后来听说调到部里办的内部杂志当编辑。她叫什么来着？——M、Y——马、瑜。

是的，她就叫马瑜！

这个叫马瑜的女人，原先是汪希国的部下，他们交集的时间不长，也就一两年，她大学毕业分到他那个处，好像北京奥运会刚开过，她就调离了。黄娟还和她在饭桌上遇到过一两次，印象已不深。

问题严重了。老汪这个第二手机，藏着掖着不让她知道，却只和马瑜一个人联系。给人感觉好像是间谍之间的单线联系似的，非常的神秘……

她有点累，迷迷糊糊睡了一会儿。很快被一阵急促的脚步声惊醒，原来是老汪跑回来了，进门都没顾上换鞋，大步来到卧室，慌乱地看她一眼，支吾道："老黄，你看到我的……一个手机吗？刚才还在副驾驶座位上……"

她没睁眼，也没吭声。

"……那个是部里发的……工作手机，专门在单位用，不让往家带……所以，以前你没见过……"

她还是没睁眼。

"……我们有要求，不能带回家……真的就是为了工作……老黄，你拿到了就还给我……"

她不动。他扑过来摇晃她。她这才睁开眼睛，无力地说："你以为，我死了……是吗？"

"不不不……老黄你误会了……"

"我没有误会。汪希国，你说这个手机工作上用的，我就不明白，你只联系一个人吗？那个 MY，是你的上线，还是下线？"

汪希国汗如雨下，十分慌张，无言以对。

黄娟病倒后，汪宇佳停止了见对象。母亲病成那个样子，她没有心情。这段时间似乎也没人为她牵线搭桥。都是疫情闹的，疫情太耽误事了，人们做什么都没心情。小区门口开餐馆的小老板有一天坐在路边哭，因为没人来吃饭，他连房租都交不起了。

年底，黄娟病危。她给汪希国留下三条口头遗嘱：一、她死后，汪希国一定再找个人过日子，但有两个前提——一是找谁都行，就是不能找马瑜；二是必须女儿出嫁了他再找。二、决不能让女儿知道他出过轨。三、务必给女儿找个配得上她的好男人，这个男人要像女儿眼中的爸爸那样高大完美。

老汪跪在妻子面前，含泪一一答应下来。

黄娟给女儿留下的口头遗嘱倒也简单，就一句话：找一个像你爸爸那样的好丈夫。

黄娟过世后，老汪很快办妥了退休手续。他打起精神，一心一意给即将年满三十五岁的女儿找称心如意的男朋友。

原载《福建文学》2021 年第 5 期